मानुष गन्ध

मानुष गन्ध

सूर्यबाला

वाणी प्रकाशन

वाणी प्रकाशन

4695, 21-ए, दरियागंज, नयी दिल्ली 110 002

फ़ोन : +91 11 23273167 फ़ैक्स : +91 11 23275710

शाखाएँ

अशोक राजपथ, पटना 800 004, बिहार

कॉफ़ी हाउस कैम्पस, महात्मा गांधी मार्ग, इलाहाबाद 211 001, उत्तर प्रदेश

महात्मा गांधी अन्तरराष्ट्रीय हिन्दी विश्वविद्यालय, वर्धा 442 001, महाराष्ट्र

www.vaniprakashan.com
marketing@vaniprakashan.in
sales@vaniprakashan.in

Manush-Gandh
by Suryabala

ISBN : 978-93-5518-185-5
Collection of Stories

प्रथम संस्करण 2022

मूल्य : ₹ 399

सिटी प्रेस, दिल्ली-110 095 में मुद्रित

वाणी प्रकाशन का लोगो मक़बूल फ़िदा हुसेन की कूची से

अनुक्रम

मानुष-गन्ध

"कम्माल ए—आपका वैभव अमरीका से हिन्दी में चिट्ठियाँ लिखता है?"

मोना मलकानी अपनी आँखें फ़ाख़्ते—सी झपकाती हैं।

"और हर हफ़्ते—" सँभालते—सँभालते भी मेरे अन्दर से एक मीठे गुमान से भरी गागर छल्ल से छलक पड़ती है।

"हर हफ़्ते?—" मिसेज़ मलकानी की आँखें अब पूरी तरह फैलकर छितर जाती हैं, फिर अपने अन्दर तिनग गयी ईर्ष्या की हलकी—सी तीली को फूँक मारकर ख़ुद ही बुझाने की कोशिश करने लगती हैं—"घर की याद आती होगी नी? वड़ी, ये रेते भी तो कितनी मुसीबतों में हैं। सब दूर के ढोल सुहावने वाली बातें हैं...इसी से तो चिट्ठियों पे चिट्ठियाँ—दिल की तसल्ली की खातर...लेकिन फिर भी...हर हफ़्ते? अखीर लिक्ता क्या है?"

मैंने अब तक अपनी सागर का मुँह करीने से बन्द कर दिया है। नहीं तो बताना शुरू करने के साथ ही यह छलकती चली जायेगी। लिखता क्या है...दुनिया—जहान की खुराफ़ातें, पैरोडियाँ, प्रोफेसरों की नक़लें, लड़कियों की विश्वव्यापी नखरेबाज़ियाँ, ('बिल्लो जी' बनाम बेला बहन को चिढ़ाने के लिए) शरारतों की धारावाहिक किश्तें और दाल—भाजी पकाने के प्रयोगधर्मी नुस्ख़ों की गरमागरम रपटें...अब जैसे कि—'मुलाहजा फरमाइए कि कल सब्ज़ी बनाने का टर्न मेरा था—जान लड़ाकर सारे मसाले भिड़ा दिये लेकिन दोस्तों ने ज़बान पर रखते ही बदमज़ा—सा मुँह बनाकर हड़क दिया—'ये क्या 'करी' बना रक्खी है? कुछ ढंग का (ढंग से) डालते क्यों नहीं?'...मैं निरीह

वाणी में रिरियाया–'सब कुछ तो डालता हूँ लेकिन स्वाद आता ही नहीं'...तो ममा, करी न सही, दोस्तों का कहना है कि विज्ञापन की मिमिक्री लाजवाब रही...मैंने आदाब बजाकर शुक्रिया अदा की–'ख़त के पुनश्चः' यानी पुछल्ले में यह जोड़ दूँ कि 'दो–चार दोस्तों ने मिलकर प्याज़–टमाटर का छौंका मारा और सब्ज़ी–पापड़, अचार के सहारे हलक से अतार ली गयी...तो आप यह जानकर ख़ुश हो लीजिए कि ऐसे मौक़ों पर आपकी (यानी आपकी बनाई सब्ज़ी की) बहुत याद आती है।

अगला ख़त–'वाऽ माम वा! क्या मट्ठी भेजी है अस्थाना के हाथों। सारा अपार्टमेंट अजवायन और डबल रिफाइंड की ख़ुशबू से गमक गया।...सदियों के भूले–बिसरे यार–दोस्त 'मानुष की गन्ध, ममा मानुष की गन्ध' की तर्ज़ पर सूँघते चले आ रहे हैं। नानी से कहना, उनकी कहानियों के इस पात्र ने यहाँ खासी लोकप्रियता अर्जित कर ली है। (नानी की कहानी के हवाले से हिन्दी की पताका ज़ोश–शोर से...अहा, मातेश्वरी की तो बाछें खिली पड़ रही हैं–बहरहाल–) हर तरफ़–'मट्ठी आयी है, आयी है, मट्ठी आयी है' के कैसेट बज रहे हैं। 'निकाल यार! दोस्तों की दुआ लगेगी–ये देख, पिकल का डिब्बा भी साथ लाये हैं–बचा हुआ, रिटर्न–गिफ्ट के तौर पर छोड़ जायेंगे'...झूठ नहीं बोलूँगा, मट्ठी तो दी सबको, लेकिन गुझिया छुपाकर रख दी। जब दिल–दिमाग़ उदास हो (पुनः नानी के शब्दों में), छान–पगहा तुड़ाने लगता है तो एक–आधी खाकर वापस जल्दी से छुपा देता हूँ। फिर भी हर बार खाते वक़्त यह अहम सवाल खड़ा हो ही जाता है कि जब गुझिया ख़त्म हो जायेंगी तो तेरा क्या होगा कालिया?

अगला ख़त–'मनोहर जा रहा है। साथ में एक पैकेट भेज रहा हूँ। कुलाँचें मारती टूट पड़ीं न मेरी बिल्लो बहनजी पार्सल पर? सोच रही होंगी कि ख़ूब रच–रचकर मावे, किशमिशों से भरी गुझिया भेजी हैं वैभउआ को–सरदार ख़ूब खुस हुआ होगा–ज़रूर मनोहर के साथ घड़ियाँ, साड़ियाँ और बेशुमार सेंट की शीशियाँ भेजेगा..., लेकिन जब पैकेट खोलेंगी तो पुस्स...ले–दे के दर्जन–भर, मूँछों के सफाचट होने के पहले और बाद की, मनहूस चौखटे वाली फोटुएँ और टुइयाँ–सी

परफ्यूम की शीशी–जोक्स अपार्ट, मनोहर बेचारे के पास बिल्कुल जगह नहीं थी–बहुत क्षमा माँग रहा था, समझीं माता–पुत्री?–'

और अगला–उसके बाद का, उसके भी बाद का–नीले, नीले, तमाम सारे ख़त...मेरे लिए आसमानों जैसे। देख सकती हूँ, कितनी भी दूर से। रात–दिन जग–जगकर मेहनत से पढ़ते, झोल–सी सब्जी और गीले, पनीले चावल खाकर गुज़ारा करते, कहाँ–कहाँ से आकर परदेस में एक साथ हुए लड़के–महाराष्ट्रियन, गोअन, तमीलियन से लेकर माथुर, कोहली, चड्ढा से चतुर्वेदियों तक–हिन्दुस्तान के बाहर, अपना एक छोटा–सा हिन्दुस्तान बसाये हुए। रक्षाबंधन पर दुरअन्देशी बहनों की भेजी राखियाँ बाँधकर इंस्टीट्यूट जाते हुए और नवरात्रियों पर ग़ैर–गुजराती नौसिखुए लड़के भी हाथों में डाँडिया आजमाते हुए; फीकी, सूखी होलियों और बेरौनक दीवालियों पर साथ इकट्ठे हो, 'पॉट–लक' पर गा–बजा, अपनी बीती होली, दीवालियों की रज्ज–गज्ज याद करते हुए।

कभी वहाँ बसे हुए परिवार बुला लेते हैं। हमवतनों से ख़ूब सारी बातें कहने–पूछने के लिए। साफ़ लगता है, बस तो गये, चाहे–अनचाहे परदेस में, लेकिन हर एक के अन्दर, हर लम्हे, कन्दील–सा एक हिन्दुस्तान जगमगाता रहता है। भुलाने की कोशिश में और ज़्यादा याद आता हुआ। उस बच्चे–सा, जो सोने का झूठ–मूठ अभिनय करता आँखें मुलकाता रहता है। उन लोगों के पास जाकर अच्छा लगता है–पता चलता है कि याद रखने से ज़्यादा मुश्किल भूल पाना है। कल श्रावणी माथुर भावुक हो आयी–'हम तो बेमुल्क ही हुए न। जो कुछ छोड़ा, वह छूट नहीं पाया और जहाँ से जुड़ना चाहा वहाँ से जुड़ नहीं पाये...'

'हिन्दुस्तान जाती हूँ, तो पहुँचने के दिन से ही, माँ वापसी की तारीख़ पूछकर रोना शुरू कर देती है। एक आँख रोती, एक आँख हँसती है कि सिर्फ़ इतने दिनों बाद मैं सपना हो जाऊँगी।'...

मैंने श्रावणी माथुर से पूछना चाहा, 'लेकिन क्यों सपना होना पसन्द करते हैं लोग? क्यों नहीं अपनी हक़ीकतों में सब्र रखते?' लेकिन पूछा नहीं। यह शायद जख़्मों को कुरेद देना होता...और पूछने की ज़रूरत भी क्या? हम ख़ुद भी क्या दिन–रात अपनी–अपनी

(सपनों की) गेंदों पर चौके–छक्के उड़ाते, उन्हें बाउंड्री पार जाते नहीं देखते क्या?...

क्षमा करना, तुम लोग मन की उपमा मोती से देते थे, हम लोग छक्के मारती गेंदों से। स्थितियों की माँग–वक़्त की ज़रूरत–हा–हा–हा–मोगाम्बो ख़ुश हुआ! अब देखो मैं क्या करूँ–म से ममा, म से मोगाम्बो–जानता हूँ, चिढ़कनी गालियों की बौछार अब शुरू होने वाली है–नालायक, नकारा, निकम्मा...

पिछले 14 अगस्त को अचानक फ़ोन घनघनाया–

"कौन, बब्बा? कैसे बेटे? सब खैरियत तो?"

"ख़ैरियत बाद में, पहले 'इन्साफ़ की डगर...' वाले गाने का दूसरा अन्तरा जल्दी से लिखवाओ तो...कल पन्द्रह अगस्त है और हम इंडियन स्टूडेंट एसोसिएशन के फंक्शन में यह गाना गाने जा रहे हैं। बोलो तो जल्दी"–उसे खिझाने में मज़ा आता है–"ऐसे तो याद नहीं आ रहा–गाऊँ तो शायद"–

"चोऽऽप्प! यानी कि इनफ, बस हुआ–कायदे से बोलो जल्दी–"

"इन्साफ़ की डगर पर..."

"वो तो मालूम है, अगला पैरा–"

"अपने हों–या पराये"

"अपने हों–या पराये–आगे?"

"सबके लिए हो न्याऽयऽ–?"

"सबके लिए हो न्याऽयऽ–हाँ?"

"देखे क़दम तुम्हारा"

"देखे क़दम तुम्हारा"

"हरगिज़ न डगमगाये"

"हरगिज़ न डगमगाये–आगे–"

"रस्ते बड़े कठिन हैं–"

"रस्ते बड़े कठिन हैं–ठीक–"

"चलना सँभल–सँभल के–"

"चलना सँभल–सँ–भ–ल के–"

"–बस, इसके बाद वाली लाइनें आती हैं–ओ.के." –कट–

"निकम्मे! कम से कम हालचाल तो पूछा, बता दिया होता–"

"बताने के डॉलर लगते हैं...मालूम क्या? ऊपर से परसों मेरा ट्यूटोरियल है। आजकल पार्ट टाइम क्लासेस भी लेता हूँ। जूनियर स्टूडेंट्स की कोचिंग भी– तब जाकर एरोग्राम के पैसे जुटते हैं, क्या समझीं? तो इन्तज़ार कीजिए एरोग्राम का–कि–"

'जी हाँ–हमारा आज़ादी का जश्न ख़ूब मना। प्रोग्राम हिट रहा। मेरी आवाज़ पर भी तालियाँ पिट गयी जबकि तुमसे थोड़ी ही ज़्यादा बेसुरी थी शायद।– हा–हा–हा–जोक्स अपार्ट–ट्यूटोरियल अच्छा गया। प्रोफ़ेसर्स ख़ुश हैं। मुझसे ही नहीं, ज़्यादातर भारतीय छात्रों से। उम्दा नाम कमा रहे हैं हिन्दुस्तानी लड़के। उस्तादों की नज़र में क़ाबिल, मेहनती।...वे पैसों की या कह लो डॉलरों की क़ीमत जानते हैं न। एक बहन का दहेज! एक छत का बन्दोबस्त! ख़ासकर मेरे साथ वाले तो सब के सब सामान्य मध्यवर्गीय खाते–कमाते घरों वाले नौनिहाल–जिनके माँ–बाप सारी उम्र, सबसे सस्ते साबुन से सबसे ज़्यादा सफ़ेदी की टनकार लाने की कोशिश में, पाई–पाई जोड़कर, एक दिन अपने नौनिहाल को उच्च तकनीकी शिक्षा के लिए अमरीका भेज पाने में सफल हो जाते हैं। बाकी का दायित्व नौनिहाल का। मन में एक सुगबुगाता रोमांच कि सिर्फ़ कुछ वर्षों में उपलब्धियाँ और डॉलरों से लदा–फदा उनका नौनिहाल लौटेगा और उनके साथ पुश्तों का दलिद्दर मार भगायेगा। ये लड़के खुद भी तो, बचपन से माँ–बापों को, जिन्दगी की उधड़ी सीवनों और उखड़े पलस्तरों की मरम्मती के लिए दम से बेदम होते देखते, महसूसते आये होते हैं। शायद इसीलिए उनकी आँखों में, उनसे ज़्यादा उनके माँ–बापों की उम्मीदें झलझलाती होती हैं।

और दूसरी तरफ़ यहाँ के लड़के!...बेशुमार दौलत, बेरौनक बचपन से अघाएये, उकताये, ऐश–आरामों की पिरामिडों में घुटते, हर लम्हे किसी नामालूम तलाश में भटकते, ऊपर–ऊपर सब कुछ पाये हुए...अन्दर–अन्दर सब कुछ गँवाये हुए से। आत्मविश्वास का एक खोखला ओवरकोट। अपने आपको ढाँके–हर पलायन को एडवेंचर का नाम देते हुए। बित्ते–बित्ते–भर की छोकरियाँ, माँ–बाप से कहीं

ज़्यादा भरोसा अपने डेढ़ बित्ते के सुपरमैनों (ब्वॉय फ्रेंडों) को सौंपती हैं। हर हफ्ते, पखवारे, कच्चे धागों से टूटते इनके भरोसेमन्द रिलेशनों को दुबारा–तिबारा जोड़ने की जोड़–तोड़ भी पार्कों, पबों, डिस्कोथिकों और एकान्तों में झूम–झटक, लोटपलोट और नशे–धुएँ के गर्द–गुबार के बीच होती रहती है...ये नौसिखुए स्वयंभू...'

"क्याऽ? हम भी?"

"ना–ना–ना–ना नारे–नारे, हम तो भई आपके पवित्र संस्कारों में डिसइंफेक्ट करके पैक किये हुए 'हैंडल विद केयर' वाले पार्सल ठहरे। नाक के सीधम–सीध चलने वाले लायक सपूत। विदेशों में भी अपनी परम्परा की मशाल जलाये अपने देश का नाम रोशन करने वाले सुयोग्य संस्कारी नागरिक...बेटूटे–फूटे, चिटके–तड़के, साबुत–सलामत, इस संस्कारी नागरिक की बामशक्कत क़ैद के ढाई साल तो बीत ही गये न मम्मी जान! बाकी रहे सवा दो–यानी कुल जमा पन्द्रह फ़ोन और बत्तीस एरोग्रामों के बाद–"

"ऐ ऽऽऽऽ ये हाज़िर हुआ जाता है नाचीज़–"

"लो, हो गया हाज़िर..."

"हाँ, तो ये रही थीसिस। बिल्लो जी नकनकाईं। बस्स? इत्ती पतली इसी थीसिस के लिए उत्ती दूर हॉर्वर्ड, मैसेचुएट्स और बोस्टन तक की दौड़ लगाई? इससे मोटी तो हमारे डिपार्टमेंट की सुकन्या मेहरा ने नौ महीने की प्रिगनैंसी के दौरान ही लिख मारी।"

अब भई आपकी सुकन्या (जो ठहरी–) मेहरा जैसी डबल रोल, छप्पर फाड़ क्रिएटिविटी मुझमें कहाँ?"

"और ये इतने सारे क़ाग़ज"...

"काग़ज़ नहीं मूरख, पेपर्स, आर्टिकल्स–देश–विदेश के जर्नलों में छपे, प्रशंसित हुए–और ये देख, सबसे नायाब तोहफ़ा–मेरे गाइड, डॉक्टर ब्राइसन का दिया प्रमाणपत्र। अभिभूत से ज़्यादा भावुक होकर लिखा गया–ज़मीन से ज़्यादा ही ऊपर उछाल दिया है मुझे–"

"डॉ. वैभव शुक्ला की यह थीसिस, चाइल्ड–नेफ्रेलॉजी (यानी बच्चों की किडनी से जुड़ी) की सारी समस्याओं, जटिलताओं पर किया गया एक नायाब शोध–कार्य है। अत्यन्त परिश्रमपूर्ण तथा

प्रामाणिक। अपनी शोध के प्रति लेखक की संलग्नता और समर्पण बेमिसाल है...यदि सचमुच विश्व–भर में इसे गम्भीरता से लिया जाये तो चिकित्सा विज्ञान विश्व को सुन्दर–स्वस्थ बच्चों की एक पूरी पीढ़ी उपहार में दे सकेगा"...बेला पढ़कर सुनाती जा रही थी।...

"यह इस खिलन्दड़े का करतब है री?...ये मुँह और मसूर की दाल?"...मैं हँसती हूँ।

"यानी तुम्हें कुकरी के सिवाय कुछ सूझता ही नहीं...कहाँ किडनी की बातें हो रही थीं, कहाँ लगीं मसूर की दाल पकाने–पता है? आने नहीं दे रहे थे डॉक्टर ब्राइसन...वहीं अपने नये प्रोजेक्ट पर रखना चाहते थे–"

"फिर ?"

"मैंने कह दिया–'सर! माय मदर वांट्स टु गेट मी मैरिड–'

''समझ गये–'योर मदर? ऑर यू?

''सर! बोथ।''

"सच्च?"...सुनते ही मैं चहककर थैलेनुमा लिफ़ाफ़े की सारी फोटुएँ बिखरा देती हूँ–"ये देख–बता, ये कैसी है?"

वह तपाक से कहता है–"अच्छी है"–

"और ये?"

''अरे ये तो उससे भी अच्छी है"–

"चोप्प"–मैं उसकी मसखरी भाँपती हूँ। झुँझलाकर सारी फोटोज़ समेट देती हूँ। वह छुटकारे की साँस लेता, पेपर्स सलटाने लग जाता है।

मैं पास, दूर से खड़ी अन्दाज़ती रहती हूँ। उपलब्धियों का एक पूरा पुलिंदा जुड़ गया है उसकी एप्लीकेशन के साथ। दीवानगी की हदें पार करते हुए, बच्चों की किडनी–ट्रांसप्लांट पर की शोध के दौरान अपनी उम्र के बेहतरीन वर्ष, दिन–रात वह लैब में होम करता रहा है। कोरी महत्त्वाकांक्षा से कहीं ज़्यादा, एक जुनून की तरह–प्रयोगों पर प्रयोग, निष्कर्षों, विफलताओं, हताशाओं और समाधानों की एक अलग ही दुनिया–उस सबकी परिणति–यह थीसिस। डॉक्टर वैभव शुक्ला ने इसे समर्पित किया है विश्व–भर के, लेकिन ख़ास तौर से हिन्दुस्तान

के बच्चों को—ब्राइसन ने इसे एक किताब नहीं, एक संकल्प नहीं, एक मिशन की परिणति माना है।

परिणति!...और शुरुआत? 'निकुंज' की मौत से—

जब राधाबाई अपने चार बरस के—से दीखते, सात वर्षीय निकुंज को लेकर, रोज़ जाँच, तपास, अस्पतालों से दवाखानों तक दौड़ती फिरती थी। निकुंज एक—दो दिन ठीक रहता था, वापस बुख़ार, सुस्ती में पस्त पड़ जाता था। जब ज़्यादा नागा करने लगी तो दिमाग़ झुँझलाया। आये दिन बच्चे की बीमारी को अपने बचाव का अस्त्र तो नहीं बना रही यह? जाकर वैभव बाबा के कॉलेज में दिखा के तपास (जाँच) कराके आ—अगर कुछ रोग है तो ठीक इलाज होना चाहिए वरना तेरे साथ—साथ मेरी ज़िंदगी भी हलकान।

अगले दिन ही छींटदार बरम्यूडा और शर्ट में सजे, काजल का टीका लगाये निकुंज को लिए अस्पताली नुस्खों के पुलिंदों से लैस, राधाबाई पहुँच गयी थी। और सारे चेकअप टेस्टों के बाद हुलसती हुई घर लौटी थी—कितना भला लोग है वैभव बाबा का दोस्त लोग—ये चुंगी का डॉक्टर लोग तो चकला चलाता है, चकला। मरज का पेचान नहीं, इलाज क्या खाक करेगा—बस, पइसा चूसने के फेर में रहता—निकुंज अच्छा हो जायेगा तो हाजी मलंग के दरगाह पर माथा नवाने को ले जायेगी।

तीसरे दिन वैभव रिपोर्ट लेकर लौटा। थका, बुझा, बौखलाया—राख—सा। पूछने पर झल्लाता—होंठों से होंठ चबाता, यहाँ से वहाँ ठोकरें मारता और अन्तर में चुपचाप बिस्तर पर ढह गया—बहुत देर बाद चाय का प्याला लेकर पास खड़ी हुई तो जैसे अन्दर रुँधता—सा कुछ भरभराकर बिखर गया—ममा! निकुंज इज़ फेडिंग स्लोली—उसकी दोनों किडनियाँ बेकार हो चुकी हैं—मुश्किल से दो—ढाई महीने ही—

क्याऽऽऽ? मैं अवाक्, स्तब्ध थी...राधा का यह बच्चा निर्धन, ग़रीबों के दर्जनों की गिनती में पैदा होने वाले आदमजातों में नहीं थी। सालों—साल के व्रत—उपवासों, मन्दिरों—दरगाहों पर माथा टेकने,

मन्नतें मनाने के बाद मिला था उसे—सिर्फ़ इतनी छोटी मियाद के लिए?

उधर राधा थी कि सही जाँच के बाद निश्चिन्त, उत्फुल्ल खुशियाँ मना रही थी कि अब वैभव बाबा हफ़्ते—महीने में निकुंज को चंगा कर देगा। जाँच के बाद ही निकुंज उसे ज़्यादा बेहतर लगने लगा था। नादान, बेवकूफ़ की तरह वैभव ने पचीसों किताबें देख डालीं—जिस—तिस से डिस्कस कर डाला। अदना—सा मेडिकल का छात्र—सब उसकी बेवकूफ़ी पर हँसते—

'यार! तू जानता नहीं क्या?...दोनों ही किडनियाँ क़रीब—क़रीब आख़िरी स्टेज पर...हिन्दुस्तान का कोई कोना निकुंज को जिन्दा रखने की शर्तें पूरी नहीं कर सकता—हाँ, अगर तू उसे बफेलो (अमरीका) ले जाने की सोच रहा हो तो अलग बात है।'

फिर चला था बहदवास दिनों और बेचैन रातों का सिलसिला... जानते हुए भी कि अब कुछ नहीं हो सकता।

पहले बहुत छुपाया गया। फिर ख़ूब सोच—समझकर बता देने का निश्चय। जिससे राधा और बच्चे की कोई इच्छा अधूरी न रह जाये। समय बहुत कम है...

और मुझे निकुंज से ज़्यादा वैभव की चिन्ता उद्विग्न करने लगी थी। रात—दिन पढ़ाई को दिये जाने वाले समय का एक बड़ा हिस्सा, अब निकुंज की पूछताछ को दिया जाने लगा था। होस्टल से पहले की अपेक्षा अब ज़्यादा घर आना। नियम से राधा की कोठरी पर हाज़िरी बजाना। कभी निकुंज के लिए टॉफियाँ, कभी पतंगें, कभी रंग—बिरंगे गुब्बारों का पैकेट। मेरी उद्विग्नता अक्सर उग्रता—भरी बेचैनी में बदल जाती। राधा की शोकान्तिका में यह अपने करियर की होली जलाने को तुला बैठा है। पोजीशन लाने की इसकी इच्छाशक्ति ही पूरी तरह समाप्त हो गयी दीखती है। इतना खिलन्दड़ा, इतना मेधावी और मेहनती लड़का जैसे टूट—फूटकर ध्वस्त—पस्त हुआ पड़ा था।

लेकिन मैं ग़लत साबित हुई। उसने सँभाला। ख़ुद को भी, राधा को भी। मेडिकल कॉलेज के बच्चों के वार्ड में राधा की पार्ट—टाईम ड्यूटी लगवा दी हफ़्ते में दो दिन अनाथालय, कुछ घण्टों को।

राधा देखती, शोकाकुल माँओं, क्लान्त, कुपोषित, दर्द से कराहते बीमार बच्चों को, साधनविहीन, विपन्न...निकुंज हँसता–खेलता गया–कष्ट नहीं सहा। उसके लिए सब सुविधाएँ उपलब्ध करा दी थीं वैभव बाबा ने...पर रोग असाध्य था। समझ गयी थी राधा।

पोजीशन पाने पर भी, सर्जरी, मेडिसन, गाइनेक, सब छोड़कर वैभव ने चुनी पेडियाट्री ब्रांड। किसी को अचम्भा नहीं हुआ। डॉ. वैभव शुक्ला स्पेशलाइज करेंगे बच्चों की किडनियों से सम्बन्धित कारणों और इलाजों की सम्भावनाओं पर। जब शोध पूरी हो जायेगी, प्रमाण जुट जायेंगे, तब सिर्फ़ बच्चों का एक ख़ूब बड़ा–सा, सारी सुविधाओं से भरपूर अस्पताल–जहाँ उनके माता–पिता भी बच्चों के साथ रह सकें, ऐसी कोशिश। कहाँ ठीक होगा, ममा–लखनऊ, मद्रास, चंडीगढ़–लेकिन अभी तो पहले रिसर्च–लैब की सुविधा जुटानी होगी। कोई बात नहीं, कुल चार–पाँच साल की ही तो बात है न!–

पोस्टमैन...लम्बे दबीज लिफ़ाफ़े के कोने पर छपे इंस्टीट्यूट का नाम पढ़ते ही वह मुझे पकड़कर चर्खी–सा घूम गया–

देश के सबसे प्रेस्टीजियस चिकित्सा–संस्थान से इंटरव्यू का बुलावा।

लौटा तो जैसे क़िला फ़तह करके। बड़ी गर्मजोशी से मिले संस्थान के उच्च अधिकारी। विदेशों में छपे उसके पेपर्स बड़े ध्यान से देखे, बधाई और शाबाशियाँ दीं। देश को गौरवान्वित करने का श्रेय प्रदान किया गया। और फिर, 'बहुत शीघ्र सूचित करेंगे' के सौजन्य के साथ वापसी का टिकट थमाकर विनम्रतापूर्वक विदा किया गया।

अब इसके बाद अन्य किसी संस्थान में एप्लीकेशन भेजने का कोई तुक या ज़रूरत तो नहीं, फिर भी, क्या मालूम, थोड़े छोटे संस्थान ज़्यादा सुविधा, ज़्यादा छूट दें काम करने की। प्रतिष्ठा उनके संस्थान की भी तो बढ़ेगी। हो सकता है, इसी वजह से ज़्यादा उत्साह से आगे आयें। रुचि दिखलाएँ...और फिर लिफ़ाफ़े में टिकट चिपकाये रखे हैं तो भेज देने में हर्ज़ क्या?

इन्तज़ार में बहुत सारे दिन हलाक किये गये। पहले उत्साह, उत्तेजना, फिर विभ्रम, उद्विग्नता और आख़िर में हैरानी, विस्मय—आख़िर क्या हुआ? पोस्ट ऑफ़िस में पता किया जाये!...कुरियर लौटा तो नहीं? कहीं मेरी स्वीकृति का इन्तज़ार न करते हों वे लोग! और तब अनिच्छा से फ़ोन मिलाया गया। कई लाइनों से होता हुआ फ़ोन, सम्बद्ध उच्चाधिकारी तक पहुँचा तो उधर से बला की शिष्ट, संक्षिप्त और मुलायम आवाज़ में बताया गया कि—"हमें दुःख है कि सारी कोशिशों के बावजूद हम अभी अपने संस्थान में आपके लायक पोस्ट क्रिएट नहीं कर पा रहे, जिसमें आपकी योग्यता का पूरा लाभ उठाया जा सके।—बेहतर हो, आप हमें 'कुछ वर्षों' का समय दें।"

कुछ वर्षों...ओ...तो यह राज़ था इनकी खामोशी का।...

अनुभव की यह पहली कुनैन चुपचाप नहीं गुटक पाया था वैभव।

बेला के हाथों से पानी का भरा गिलास ले, गटागट पीकर निढाल पड़ा रहा। लेकिन जल्दी ही विमूढ़ मनःस्थिति से छुटकारा पा, दूसरे अस्पतालों, संस्थानों और मेडिकल कॉलेजों में लिफ़ाफ़े भेजने की गति बढ़ा दी।—छोटे—बड़े से क्या होता है, काम करने की सुविधा और सन्तोष मिलना चाहिए बस...

"वह आपको नहीं मिल पायेगा हमारे यहाँ"—संस्थान नम्बर दो के निदेशक ने पिंड छुड़ाते हुए कहा, "आपके स्तर का माल—असबाब कहाँ से लायेंगे हम? इंफ्रास्ट्रक्चर नहीं है हमारे पास। न अमरीका, न अस्ट्रेलिया जैसी ग्रांट..."

तीसरे संस्थान के सरपरस्त ज़्यादा बेतकल्लुफ़ थे—"आप आ जायेंगे तो हमारे पास कौन आयेगा बन्धु! बच्चों की किडनी बचाने के फेर में हमारे पेट पर तो लात पड़ जायेगी न भइए। हमें कौन बचाने आयेगा? सो हमें बख्शो माई—बाप..."

वक़्तव्य नम्बर तीन—"एक बात पूछूँ? यह इतने परिश्रम और निष्ठा से अर्जित ज्ञान, विज्ञान और अनुसन्धान की पूँजी इस ठण्डे, भद्दे, टुटपुँजिए बाज़ार में क्यों लाये हैं, मान्यवर! मेरी मानिये, आपके लिए उचित स्थान वाशिंगटन, मिशिगन और बोस्टन ही हो सकते हैं!"

"लेकिन मैं हिन्दुस्तान में रहना चाहता हूँ।" एक निरीह–सी हो आयी आकांक्षा।

"हिन्दुस्तान में? भला क्यों?...बन्धु! आप क्या दूसरों का इलाज करेंगे, आपको तो ख़ुद ही इलाज की जरूरत है।...इतने पैसे ख़र्च कर कमाया हुनर इस मिट्टी के मोल बेचना चाहते हो? इतना भी नहीं जानते कि यही मुर्गी वहाँ सोने के अंडे देगी और यहाँ हलाल कर दी जायेगी"...

"अपने देश में रहना है! ओ...फिर तो आप डॉक्टर नहीं, फ़रिश्ते हुए फ़रिश्ते डॉ. शुक्ला। आप ऐसा कीजिए, अगर कोई संस्थान मेहरबान नहीं, तो आप एक मोबाइल हॉस्पिटल बनाइए। शहर–दर–शहर घूमिए अपने मिशन पर। दवा, शोध, जाँच सब मुफ़्त मुहैया कराइए। असली देशसेवा तो ये हुई, विदेशों में कमाये डॉलरों की मार्फत"...

सुझाव नम्बर तीन–"हूँ, तो ऐसा कीजिए, लोअर, जूनियर लेवल पर जॉयन कर लीजिए। इतना 'फेवर' ज़रूर कर सकते हैं हम आपका।"

नम्बर चार–"समझ में नही आता, जब आप लोग इतने देशभक्त हो तो डिग्रियाँ क्यों लेकर आते हो इम्पोर्टेड?–अरे इसी 'लेवल' की इंडिया की डिग्री लेकर आओ।"

"जी, लेकिन बच्चों के किडनीजन्य रोगों के उच्च शिक्षण की व्यवस्था अपने देश में है ही नहीं न, नहीं तो मैं–" (निकुंज को बचा नहीं लेता!)

"सीधी–सी बात है, वो हमारी डिग्रियों को मान्यता नहीं देते तो हम उनकी को क्यों दें?"

"लेकिन इसमें नुक़सान तो हमारा, हमारे बीमार बच्चों का होता है न–"

"अरे छोड़ो, हिन्दुस्तान में बच्चे किडनी के रोगों से उतने कहाँ मरते हैं!" बात टाली जाने लगी।

"उतने? मतलब? हम जाँच ही कहाँ कर पाते हैं सर! जाँच की व्यवस्था ही नहीं है। असहाय माँएँ और बीमार बच्चे अच्छे होने की

उम्मीद में टुकुर–टुकुर देखते–देखते निस्पन्द हो जाते हैं। (निकुंज की तरह–) और हम कुछ नहीं कर पाते। नहीं, सर! मैं आपके मरीज को नहीं हथियाना चाहता। मैं तो सिर्फ़ उन बच्चों को बचाना चाहता हूँ जो इलाज और सुविधा..."

"या हमें मारना?" उनकी आँखों में एक हिंस्त्र भाव है। तर्क की तराजू डगमगाने लगी तो सीधे बाट उठाकर सिर पर दे मारा–"अजी, हिन्दुस्तान की तो वैसे ही आबादी की मार से कमर टूटी जा रही है, और तुम हो कि रोगी, अपाहिज बच्चों को किडनी–ट्रांसप्लांट और डायलिसिस पर चढ़ाने निकले हो। इससे तो अच्छा होता परोपकार के नाम पर भुखमरे बच्चों के लिए रोटी जुटाने का बन्दोबस्त करते। ख़ैर ...आपकी यह थीसिस और बायोडाटा बेशक ज़ोरदार है, लेकिन हमारे काम का नहीं। आप तो वहीं जाओ जहाँ से बायोडाटा लाये हो–"

जॉब लेने जाता। सीखें, सलाहें और जुगालियाँ लेकर लौटता... और लौटता तो अक्सर बीच की मेज़ पर ताज़े अख़बार होते। अख़बारों में देश की ज्वलन्त समस्या पर हेड लाइनें, सम्पादकीय या फिर विशेष रपटें...जिनका सारांश होता कि 'यह अपने देश का दुर्भाग्य है कि इस मिट्टी में उपजे, पले और शिक्षाप्राप्त उच्च तकनीकी संस्थानों के मेधावी छात्र अपने देश में रहना ही नहीं चाहते। चिकित्सा–प्रबन्धन और टेक्नोलॉजी के प्रायः सभी नामी–गिरामी संस्थानों में तो ये छात्र प्रवेश ही इसलिए लेते हैं कि जिससे विदेशी विश्वविद्यालयों में इनका एडमिशन सुनिश्चित हो जाये। काश! अपने देश की प्रगति और समृद्धि की दिशा में हमारे युवा सोच पाते!...'

वह बाज की तरह उन पृष्ठों पर झपट पड़ना चाहता है कि रुक जाता है। शर्मिंदा होता है कि माँ–बहन को उदास किया। उस अपराध–बोध से उबरने के लिए वर्षों पहले देखी फ़िल्म सात हिन्दुस्तानी के अमिताभ बच्चन वाले डायलॉग की मिमिक्री कर बैठता है–

सितारों के आगे जहाँ और भी है
अभी इश्क़ के इम्तहाँ और भी हैं–

"आइडिया! थोड़ी कोशिश सितारों के आगे भी करके देख ली जाये। क्यों ममा! यानी अन्तरिक्ष–अनुसन्धान केन्द्र में भी अपना नाम दर्ज करा आऊँ। जब वहाँ भी कॉलोनियाँ बसेंगी, बस्तियाँ होंगी, बच्चे होंगे, तो शायद मेरी सेवाओं की ज़रूरत लोगों को महसूस हो"–

"बेशक! और तब बब्बा, तुम मज़े से अन्तरिक्ष में बैठे यहाँ के प्रधानमन्त्री से फ़ोन पर बतियाना। प्रधानमन्त्री कहेंगे–हमें तुम पर गर्व है वैभव! तुम हिन्दुस्तान के वैभव हो।"

"लेकिन एक बात है, अन्तरिक्ष में अपना कार्यभार सँभालने से पहले उन सारे सम्पादकों पर नालिश भी तो करवानी है जो भारतीय युवाओं को लेकर ग़लत–सलत ख़बरें–"

"बेशक! सज़ा तजवीजनी ज़रूरी है।"

"उम्रक़ैद?...नहीं, फाँसी बब्बा।"

बेला अब जी–जान से उसे हलका करने के बहाने ढूँढ़ती रहती है।

"हाँ री बिल्लो, आदलती कार्रवाई इतनी लम्बी तो खिंचेगी ही कि इसी बहाने पूरी उम्र अपने इसी घर में कट जाये–"

जैसे आर–पार चीरते चले गये, उसके सन्ताप में डूबे, बिंधे शब्द–तत्क्षण परिहास भी–बिल्लो जी, आप मेरी थीसिस को पतली बता रही थीं न–अब देखिएगा। मैं इससे कहीं मोटी किताब भारतीय चिकित्सा संस्थानों में हुए अपने साक्षात्कारों के अनुभवों पर लिखता हूँ। मम्माजी, इस वर्ष की 'बेस्ट सेलर' होगी वह किताब। हा–हा–हा–वह जी–जान से कोशिश करता लेकिन उसकी हँसी की खनक ख़त्म होती जा रही थी।

"पोस्टमैन!" अब पोस्टमैन आना भी एक विद्रूप–सा ही लगता। एक और अस्वीकार...

वैभव हाथों में पकड़ा लिफ़ाफ़ा खोलता है।

दक्षिण कोलम्बिया के अपने निभृत एकाकी पुश्तैनी घर में छुट्टियाँ बिताने आये डॉक्टर ब्राइसन ने उसे बुलाया है। उन्हें बच्चों की किडनी से जुड़े अपने नये प्रोजेक्ट के सिलसिले में उसकी मदद चाहिए। एक तरह से यह प्रोजेक्ट वैभव के सपने, उसके मिशन को ही आगे बढ़ाने वाला है। इस प्रोजेक्ट से जुड़ने के आकांक्षी, लालयित

बहुत लोग हैं, पा ब्राइसन उसे चाहते हैं उसका जवाब पाने के बाद ही कोई निर्णय लेंगे। इसीलिए संस्थान से औपचारिक पत्र न भेजकर अपने घर से– डॉ. ब्राइसन ने यह भी पूछा है, इस बीच उसने कहीं जॉयन कर लिया क्या?

अधूरा पढ़ा ख़त थामे वैभव खड़ा है। वह अभिभूत है। गर्वित है, सम्मोहित है। संकुचित और शर्मिन्दा भी।

वह ब्राइसन को झूठ नहीं लिख सकता।

वह सच को भी नहीं स्वीकार पा रहा।

पहला, उसकी आदतों, संस्कारों में शुमार नहीं।

दूसरा, उसके आत्मसम्मान को ग्राह्य नहीं।

वह कैसे लिख सकेगा ब्राइसन को कि अपने जिस देश की आत्मीयता, आत्मा, संस्कार और उसूलों की बातें करते–करते वह भावुक हो उठता था, उसमें उसे शरण नहीं मिल पर रही। वहाँ वहा तिरस्कृत, उपेक्षित है। अनवांटेड।

एक बार डॉ. ब्राइसन ने उसकी बचपनियाँ बातें सुनते–सुनते कहा था–'वैभव! मैं हिन्दुस्तान को नहीं जानता। तमाम सारे विरोधाभास उत्पन्न करती हैं हिन्दुस्तान पर पढ़ी–सुनी बातें...लेकिन तुम्हें जानता हूँ और तुम्हारे माध्यम से हिन्दुस्तान को प्यार करने लगा हूँ।'

ब्राइसन के दिल में हिन्दुस्तान के लिए पैदा हुआ प्यार वैभव की उपलब्धि है। वह प्यार किसी ठोकर से चूर नहीं होना चाहिए।

तब कैसे इस विरूप सच को छुपाये?

ब्राइसन ने लिखा है–'मुझे मात्र एक महत्त्वाकांक्षी, परिश्रमी, शोधार्थी नहीं चाहिए...एक रूखा अन्वेषक भी नहीं। एक दोस्त भी चाहिए, एक पिता भी, छोटा भाई, बड़ा बेटा–सब कुछ एक साथ...और ये सारे नामी–अनामी रिश्ते तुम हिन्दुस्तानी बड़ी आसानी से, बड़ी गहराई से ईजाद कर लिया करते हो...'

अधूरे ख़त, खुली आँखों एक सपना देख रहा है वैभव–डॉक्टर ब्राइसन के साथ वह भारत में बाल–रोगों पर होने वाले अन्तर्राष्ट्रीय सेमिनार में विशेषज्ञ की हैसियत से सहभागी है।

सेमिनार में पढ़े गये उसके पर्चे ने धूम मचा दी है। देश–विदेश के विभिन्न चिकित्सा संस्थानों के प्रतिनिधि, उच्चाधिकारी उसे बधाई दे रहे हैं। अपने संस्थान में, विश्वविद्यालयों में आने के लिए आमन्त्रित कर रहे हैं...उसे हारों, पुष्प–गुच्छों से सम्मानित किया जा रहा है। स्वास्थ्य मन्त्री बच्चों की किडनी से सम्बद्ध उसके शोध की बहुआयामी उपलब्धियों पर उसे बच्चों का मसीहा और भारत का गौरव घोषित कर रहे हैं...

"बब्बा! चाय–" बिल्लो चहकती है। चौंकता है वह, अपने आप में लज्जित–सा भी।

"बधाई बब्बा।"

"क्यों भला, बिलो बिदकनी?"

"क्यों?...क्योंकि मानुष की गन्ध, बब्बा, मानुष की गन्ध..." (इस देश से न सही, पराये देश से मानुष की गन्ध तो आयी।)

लबालब आँसू–भरी आँखों से दोनों ठठाकर हँसे।

"अरे, यह पुनश्च यानी कि पुछल्ले में क्या लिखा है ब्राइसन ने?–"

"लिखा है, मैं वादा करता हूँ, प्रोजेक्ट पूरा होने पर तुम्हें तुम्हारे देश वापस भेज दूँगा–तुम्हें छीनूँगा नहीं तुम्हारे देश से..."

और यह भी कि–

"तो मैं इन्तज़ार करता हूँ..."

इस ख़त के मिलने के तीन हफ़्ते बाद वैभव को टिकट मिल गया था।

हवाई जहाज़ में बैठने से पहले, उसने मुड़कर बापस चारों तरफ़ देखा और अपने देश से कहा–

"मैं भी इंतजार करूंगा वापसी का एक न एक दिन"

शहर की सबसे दर्दनाक ख़बर

यह ख़बर किसी अख़बार में नहीं छपी, क्योंकि यहाँ दंगों के दौरान भी अमन–चैन था। यह सच है कि जब सारा शहर अलाव–सा धधक रहा था, तब भी इस इलाके के सभ्य–सम्भ्रान्त लोगों ने पूरी शान्ति और इत्मीनान बनाये रखा था। ज़ाहिर है, वह शहर का सबसे सम्पन्न, धनी–मानी इलाक़ा था और वह उस इलाक़े की एक जगमगाती हुई इमारत।

इस इमारत के सत्रहों फ़्लैटों के बाशिन्दे एक–दूसरे से बेहद तरीक़े से पेश आते थे। किसी भी तरह के शोर–शराबे, खिटपिट, खिचपिच से कोसों दूर, हमेशा एक भव्य शान्ति बनाये रखने के हिमायती।

कार के हॉर्न और कुत्तों के भौंकने तक पर पूरी पाबन्दी (कुत्ते भूँकें नहीं, सिर्फ़ दुम हिलाएँ) बिला वजह न किसी को परेशान करने वाले, न होने वाले लोगों की जमात थी यह। शहर के अन्दर रहते हुए भी शहर के कीचड़ से बेदाग, कमल की तरह खिले हुए थे वे।

उन लोगों की अपनी रोज़मर्रा की दिनचर्या ही इतनी अतिव्यस्त और गहमागहमी–भरी होती कि पूरे शहर में और अगल–बगल भी, कहाँ क्या घट रहा है, इसकी जिज्ञासा और जानकारी की न गुंजाइश होती और न ही फुर्सत ही। सब कुछ पूरी तरह व्यक्तिगत और वैयक्तिक। इस व्यक्तिगत की परिधि ही इतनी चकाचौंध–भरी होती कि बाकी का रोता–झींखता शहर, साये की तरह एक कोने में दुबक जाता।

फिर भी वे लोग एक–दूसरे के प्रति अपने धर्म, कर्तव्य और एटीकेट्स, सामाजिक ज़िम्मेदारियों से पूरी तरह वाक़िफ़ थे और

इस फ़र्ज़ को निभाने के लिए 'बेस्ट विशेज, थैंक्यू, कंडोलेंस' आदि खुशी–ग़मी के हर मौक़े के 'कार्ड' बराबर एक–दूसरे को भेजकर अपनी शुभेच्छाएँ ज़ाहिर करते रहते थे। यह काम बड़ी आसानी से हो जाता। साल–छह महीने में एक बार हर तरह के कार्डों पर अपने हस्ताक्षर करके रख दिये जाते और पूरे साल ज़रूरत के मुताबिक़ सम्बद्ध लोगों को भेजे जाते रहते। कभी घर के बड़े होते बच्चे, कभी बीवियाँ या फिर थोड़े पढ़े नौकर, बचे समय में यह काम खुशी–खुशी कर दिया करते।

समूह–भावना और परम्परा के निर्वाह की दृष्टि से क्रिसमस, न्यू ईयर या दीवाली 'ईव' भी मनाई जाती। उस शाम 'चन्द्रा टावर' के टेरेस पर रंगबिरंगी बिजली की झालरें और दैत्याकार स्पीकर लगा दिये जाते। सबके इकट्ठे होने पर हार्ड और सॉफ्ट ड्रिंक सर्व हो जातीं। तरह–तरह के पार्टी–गेम्स खेले जाते। उसके बाद वेज–नॉनवेज खाने और जोक्स का दौर चलता, थोड़ी–बहुत शेरो–शायरी भी। फिर सारे मर्द शेयर मार्केट और सारी औरतें 'पार्लर' और 'बुटीक्स' डिस्कस करती लौट पड़तीं। सिर्फ़ कम उम्र की युवा पीढ़ी सारी रात लेटेस्ट पॉप और 'हार्ड मेटल' की हंगामाखेज़ धुनों पर ब्रेक, शेक और रॉक का कहर बरपाती रहती।

इस शान्तिप्रिय जीवन–शैली में दंगों की वजह से खलल पड़ा था। तो सिर्फ़ इतना कि ऑफ़िस, टावर, होटल और डिस्कोथिक जाने में थोड़ी रोक लग गयी थी। अपने एरिया के लोग लाख शिष्ट–सम्भ्रान्त हों, लेकिन आगे कब किस नुक्कड़–चौराहे पर कार के शीशे चकनाचूर कर दिये जायें, कॉलर पकड़कर बाहर खींच लिए जायें या बग़ैर खींचे ही एक जलती लुत्ती भर ही लगा दी जाये, कोई ठिकाना है, जाहिल, जपट्टों का।

इसलिए इन दिनों ये लोग अपने या किसी बग़ल वाले फ़्लैट में, ओवरवेट सोफ़ों पर धँसे, बीयर पी रहे थे, ब्रिज खेल रहे थे और बीच–बीच में हालातों की जानकारी और जायजे के लिए रिमोट पर बी.बी.सी. न्यूज़ का बटन दबा दे रहे थे।

नयी पीढ़ी साइसक्रीम–पार्लरों तथा फास्टफूड सेंटरों के आसपास मँडराती गलत हिन्दी और सही अंग्रेज़ी की मिलीजुली 'रिडिल्स'

पूछ–पूछकर सुनसान पड़ी सड़कों और माहौल की बोरियत दूर करने की जी–जान से कोशिश कर रही थी।

खाने–पीने के मामलों में भी दूसरे इलाक़ों की तरह यहाँ कोई किल्लत नहीं थी। महँगी ही सही, पर आटे, दाल, मसालों से लेकर पिज्जा, बर्गर, केक, चॉकलेट, सभी कुछ उपलब्ध था यहाँ। क़ीमतों में तीस–चालीस रुपये का अन्तर भी आ गया तो क्या फ़र्क़ पड़ता है? हू केयर्स...!

इसलिए इन लोगों के पास कोई समस्या फटकती ही नहीं। फटकती भी तो पैसों से सलटाने ली जाती। उनके पास ज़्यादा इन्तजार का समय और सब्र नहीं होता। यूँ ही बड़ी–बड़ी पार्टियों, कॉकटेलों, कमेटियों के मुद्दे सलटआने की कुछ कम अफरातफरी नहीं होती। फिर दंगे जैसे जाहिलाना हरकत और मुद्दे पर सिर खपाने की किसको फुर्सत?

अब हो गये तो हो गये। इस तरह के उत्पात तो अब हर शहर और दुनिया के दस्तूर बन गये हैं। दिन–दहाड़े या सरेशाम कोई लूटपाट, दंगे, आगजनी, गैस या फिर विस्फोटों में ही सौ–सैकड़ों का जल–झुलसकर मर जाना भी कोई सनसनी, कोई ख़बर हुई आजकल!

लेकिन इस बार वाले दंगों ने कुछ अजीबोग़रीब क़िस्म की उत्तेजना–सी पैदा कर दी थी चन्द्रा टावर में। समस्या थी, इस इमारत के सत्रहवें फ़्लैट को लेकर।

इस फ़्लैट में कमाल साहब, उनकी बीवी और बच्चों का छोटा–सा परिवार रहा करता था। बीवी और बच्चे तो ख़ैर आम बीवी–बच्चों जैसे ही थे लेकिन कमाल साहब कमाल के इन्सान थे।

ख़ूब लम्बे, ख़ूब तगड़े। जिन्दादिली और गर्मजोशी से भरपूर।

चेहरे पर बेतकल्लुफी का नूर छाया रहता और आँखों में बेपनाह नेकनीयती। जात–बिरादरी और परायेपन पर लानत भेजते। मनहूसियत से तो उन्हें सख़्त चिढ़ थी। महीन खिलखिलाहटों के ऊपर रौनकदार ठहाकों की कलफ लगाते और भेंट–मुलाक़ातों के दौरान हमेशा पहले ख़ुद बढ़कर हाथ मिलाना उनके दस्तूरों में शामिल था।

बिल्डिंग के चौकीदारों और मालियों तक के कन्धों पर आते–जाते एक दोस्ताना धौल जमा, उनकी राज़ी–ख़ुशी और ख़ैरोख़ैरियत पूछते रहते।

सुबह–सुबह जब चन्द्रा टावर की ऊँची–नीची बालकनियाँ, चाय–कॉफ़ी के प्यालों और अख़बार के साथ ड्रेसिंग–गाउनों की डोरी कसे, पहला सिगार सुलगाने के इन्तज़ाम में लगी होतीं, तब तक कमाल साहब अपनी तहमद और तंजेब के कुर्ते में, बिल्डिंग के तिकोने लॉन का तीसरा चक्कर काटकर सुबह की पाली वाले चौकीदारों की कमान–सी झुकी गर्दन का सलाम कुबूल कर चुके होते।

चौकीदार बेहद दुबला–पतला और सींकिया था। कन्धों और कमर से थोड़ा झुका भी। उसका खाकी यूनिफॉर्म उसके शरीर के चारों तरफ़ इस तरह झूलता होता जैसे खूँटी पर कपड़े टँगे हुए हों। हर दो–तीन दाँत के बाद उसके एकाध दाँत ग़ायब थे। इसलिए हँसते हुए वह हमेशा हास्यास्पद और खिसियाया–सा ही लगता। लगता ही नहीं, था भी।

जब भी कमाल साहब उसके झुके कन्धों पर भरपूर हाथ मारकर 'खैरियत पहलवान?' का जुमला दोहराते, वह सँभालते भी लड़खड़ा जाता। फिर हिनहिनाती आवाज़ में 'साहेब की दोआ' कहते हुए निहाल हो लजाने लगता। यूँ अदब वह सभी साहबों का करता था, पर कमाल साहब की लरजदार आवाज़ सुनते ही टोपी सँभालता दौड़ पड़ता। उसका दुबला चेहरा हमेशा किसी मरियल चूहे की याद दिलाता, लेकिन कमाल साहब के दिये खिताब की वजह से सब उसे 'पहलवान' ही कहते।

उसे गर्व होता कि वह कमाल साहब जैसे करिश्माई शख़्सियत की ताबेदारी बजाता है, जिसकी नेकनीयती और दरियादिली के सभी कायल हैं।

आसपास कहीं, किसी भी तरह के फ़साद या खुराफ़ात की भनक लगते ही जहाँ सभी ख़िड़कियाँ फटाफट बन्द होने लगतीं, कमाल साहब का दरवाज़ा सीधम–सीध खुल जाता। तेज़ क़दमों से वे बाहर आते। दोनों पक्षों को, दोनों हाथों से जुदा–जुदा कर उनकी

तकरीरें सुनते और समझा–बुझाकर अपने–अपने रास्ते रवाना कर देते। कभी–कभी तो भीड़ का मजमा तितर–बितर करने के लिए उनकी कड़कदार आवाज़ ही क़ाफ़ी होती।

...लेकिन इस बार की बात और थी। ये जाहिल–जपट्ट क़िस्म के फ़साद नहीं थे। न खुलेआम ख़ूनी ललकार वाले। एक शर्मनाक क़िस्म की बदनीयती हावी थी पूरे शहर पर। दंगे हों, जुनूनी और हुड़कबाज़ ही सही, पर हो–हवाकर ख़त्म तो हों, उनकी कुछ मियाद तो हो। यह क्या कि ज़मीन के अन्दर–अन्दर आँवें–से धधकाते चले जा रहे हैं। जब चाहे मोटी राख से ढाँप दिया, जब चाहे धधका दिया।

बाहर से भीतर तक दीवालों के आरपार कुछ अजीब क़िस्म की उत्तेजना और अनसनी। अन्देशे और खौफ़नाक सन्नाटे। ख़बरें सनसनाती आतीं कि जिस इमारत में, जिस सम्प्रदाय का व्यक्ति अकेला पड़ जा रहा है, उसकी जान के लाले। और उसकी वजह से उसकी अगल–बगल वालों के भी। हिन्दू बस्तियों में बसे इक्के–दुक्के मुसलमान परिवारों और मुस्लिम बस्तियों में अकेले पड़ते हिन्दू परिवारों के बारे में चौकीदारों से जानकारी ली जा रही है। सीधे–सादे या फिर गुप्ती–छुरी की नोक पर। जान का जोखिम दिखाकर। इमारतों में लगी नेमप्लेटों से चुपचाप नाम नोट किये जा रहे हैं।

अब! माना कि यह एरिया उन छोटी–मोटी बस्तियों से अलग है, लेकिन अभी पिछले हफ़्ते ही तो अचानक कालीन वालों के शोरूम से आसमान छूती लपटें उठने लगीं और जब तक दमकल वाले घण्टियाँ घनघनाते आये, सब कुछ जलकर स्वाहा हो चुका था। ख़ैर, ऊँची उठती लपटें दिखती तो हैं, पर ये ज़मींदोज़... धधकते आँवें...इनका तो कोई ठिकाना ही नहीं।

सुनी या गढ़ी, अफ़वाह उड़ चली कि कुछ लोग 'चन्द्रा टावर' में भी आये थे। 'पहलवान' को डरा–धमका रहे थे। उसकी खूँटीनुमा गले पर पड़ी शर्ट की कॉलर झिंझोड़ते ही चौकीदार को कँपकँपी छूट गयी। माई–बाप की दुहाई मचाता 'पहलवान' गिरता–पड़ता साहब लोगों के पास भागा।

अब तो 'चन्द्रा टावर' रेसीडेंस एसोसिएशन की मीटिंग बुलाना जरूरी हो गया था। पहले ऐसी कोई भी मीटिंग कमाल साहब के फ़्लैट में ही हुआ करती थी। लेबर, पानी म्युनिसिपैलिटी–टैक्स और कॉन्ट्रैक्टर आदि के सारे मसले कमाल साहब ही निपटाया करते थे, पर आज वे ख़ुद एक मसला बन गये थे। मीटिंग उनके फ़्लैट में या उनकी उपस्थिति में कैसे हो सकती थी?

इसलिए मीटिंग चुपचाप किसी और के फ़्लैट में रखी गयी। एक–एक कर अफ़वाहों, ख़बरों और हालातों पर चर्चा चली। धीमी आवाज़ में 'रिस्क, डेंजर' और अपनी–अपनी 'इनसिक्योरिटी' को लेकर लोग चिन्तित दिखे। यह वॉचमैन साला तो चूहा है। शुतुरमुर्गी गर्दन पर हलकी दबोच पड़ते ही उसकी घिग्घी बँध जायेगी, फ़ौरन उगल देगा ज्जि...जी...हाँऽ छठे माले पर सत्रहवें फ़्लैट में कमा...ख़तरा भले किसी फ़्लैट पर मँडरा रहा हो, दहशत तो हर बाशिन्दे के साथ जुड़ गयी अब।

जी नहीं, वाचमैन बदलने से कुछ होने–हवाने वाला नहीं। तमंचों की धार के सामने किसी भी लाठी–डंडे वाले वाचमैन का टिकना मुश्किल है। चाहे वह ही क्यों न हो। क्यों डालेगा अपनी जान जोखिम में? उससे तो यह चूहा भला, हट्टा–कट्टा वफ़ादार तो है और कमाल साहब पर अपनी जान ही छिड़कता है।

"फिर?"

"एक ही रास्ता है। कमाल साहब कहीं चले जायें...कहीं? यानी? कहीं भी..." मशविरा देने वालों के दिल में एक लम्हे को तो आया, जहन्नुम में...और शायद दूसरे भी दिल ही दिल में इस पर सहमत भी हो जाते...लेकिन यह सिर्फ़ लम्हे–भर की ही और निहायत फूहड़ क़िस्म की ख़याली फाकामस्ती थी जो कभी–कभी यों ही उजागर हो जाया करती है...दिल के दिल सभी लोग कमाल साहब की बेहद इज़्ज़त करते थे।

लेकिन यह बिल्कुल नाजायज़ और एटीकेट के ख़िलाफ़ था। इस बेहद खौफ़नाक माहौल में उन्हें कहीं भी जाने का अल्टीमेटम देना...इनह्यूमेन...लेट्स नॉट बी इंनहयूमेन...

दरअसल क़ानूनी तौर पर भी बाक़ी फ़्लैटों के बाशिन्दे किसी एक को फ़्लैट छोड़ देने के लिए बाध्य कर ही नहीं सकते।...और

सबसे बड़ी बात, उनसे कहेगा कौन? इशारा ही सही, करेगा कौन? सबके सिर झुक गये। फ़ोन पर भी कहने की हिम्मत या बेशर्मी। हालाँकि मौजूदा हालातों से हिम्मत आजकल बेशर्मी की हदें पार कर गयी है, फिर भी...लेट्स नॉट बी अनयूमेन...सबने सिर झुकाकर स्वीकारा, फिर?

सबसे पहले तो इमारत के नीचे लगे बोर्ड से उनका नाम हटा दिया जाये। उनके दरवाज़े की नेमप्लेट भी। सुना गया हैटों सादी खुफिया पोशाकों में दिन के दिन आकर बोर्ड पर लगी नेमप्लेटें से नाम छाँटे जा रहे हैं।

लेकिन उखड़ी नेमप्लेटें देखकर तो शक–शुबहे की गुंजाइश ज़्यादा ज़ोर पकड़ती है। इसलिए अच्छा हो उनके नाम से मिलती–जुलती किसी फ़र्ज़ी नाम की प्लेट लगा दी जाये।

"एक्सेक्टली" सबके चेहरों पर राहत झलकी।

"अरे, कमल कैसा रहेगा? कमाल का कमल...सिर्फ़ एक मात्रा का फ़र्क़। किसी को शुबहा भी नहीं होगा।"

"जियो बाश्शाओं! क्या आइडिया सूझा है?" बगल वाले ने बगल वाले को दाद दी।

"एक बात और भी, हम सभी को कमाल साहब से रिक्वेस्ट करनी होगी कि वे ख़ुद भी ज़्यादा बाहर न आयें–जायें...घुसपैठिए सक्रिय हैं, चारों तरफ़।"

"बिल्कुल, ख़ुद ही क्यों, अपने बीवी–बच्चों को भी, उन्हें कोई चांस नहीं लेना है। किसी को कानोंकान ख़बर नहीं होनी चाहिए कि इस इमारत में कमाल साहब नाम का कोई आदमी...बस इस शब्द, नाम का कोई वजूद है ही नहीं..."

"बेहतर हो, बच्चों का स्कूल जाना बन्द कर दें।"

"ख़ैर, स्कूल तो वैसे भी नहीं जा रहे बच्चे, सुना प्रिंसिपल ने ही फ़ोन करके कमाल साहब को मना कर दिया है।"

"वैरी गुड" चेहरों पर पुनः राहत झलकी, वर्ना बच्चे अफ़वाहों के बड़े ज़बरदस्त कंडक्टर होते हैं।

"फिर भी, हम बच्चों और मिसेज कमाल के नाम भी बदल देने की तजबीज रखेंगे उनके सामने..."

"बेशक! बेशक! वी मस्ट डू समथिंग टू प्रोटेक्ट देम!"

ध्वन्यार्थ में बाकी बैठे सभी के दिलों से एक गुमशुदा आर्त पुकार निकलती है, वी मस्ट डू समथिंग टु प्रोटेक्ट अवरसेल्वस!

ताबड़तोड़ काम बाँट दिये गये। दो लोग वाचमैन को बुलाकर निर्देश दें। दो के ज़िम्मे कारपेंटर बुलवाकर नेमप्लेट बदलवाने का काम। कमाल साहब के नाम का रूपान्तरण करने वाले साहब ने ख़ुशी–ख़ुशी अपनी मिसेज़ की मदद से उनके बीवी–बच्चों के नये नामकरण का दायित्व भी अपने ऊपर ले लिया।

यह भी तय हुआ कि कमाल साहब अपने नौकर को भी हिदायत दे दें कि वह बाहर उनकी जाति–धर्म का ब्योरा हरगिज बयान न करे और जब नौकर न हो, तब भी वे ख़ुद कोई सामान इत्यादि लाने के लिए बाहर हरगिज़ न निकलें। बल्कि हम लोगों में से कभी किसी को रिक्वेस्ट कर सकते हैं। हम लोग मँगवा देंगे।

आख़िरकार यह उनके साथ–साथ पूरी इमारत के सत्रह परिवारों की हिफ़ाज़त का सवाल है।

"एक्सेक्टली! वी मस्ट ट्राइ टू प्रोटेक्ट देम..."

लोग सरगर्म मुद्राओं में अपने–अपने फ़्लैटों में लौटे। मीटिंग में 'डिस्कस' हुए मुद्दे और लिए गये 'डिसीजंस' बीवी–बच्चों को बताए गये। ख़ासकर थोड़े बड़े बच्चों को, इस ताकीद के साथ कि एक तो वे कमाल साहब के नाम की आपस में कभी भूले से भी चर्चा न करें और दूसरे वक़्त–ज़रूरत बाज़ार से उनको सामान वग़ैरह लाने के लिए पूछ लिया करें।

बच्चों ने पूरे उत्साह और उत्तेजना से सुना। उस पर अमल करने के प्लान भी बनने लगे।

बाक़ी बातों पर भी तेज़ी से अमल होने लगा। कुबड़ा वाचमैन भचकता हुआ तेज़–तेज़ बाहर आया और लिफ्ट के बगल में टँगा नामों वाला बोर्ड उठाकर पिछवाड़े की टंकी के पास रख आया। कारपेंटर के लिए भी हाँका पड़ गया।

नौ नम्बर फ़्लैट वाली ने अपनी 'टैलेंट' का इस्तेमाल कर कमाल साहब के दोनों बच्चों का नया नामकरण भी कर डाला। 'बीवी' तो ख़ैर निकलती ही नहीं बाहर...लेकिन बच्चों के नये रखे नाम बड़ी मिठास और ख़ैरख्वाही से उन्होंने तुरत–फुरत फ़ोन पर समझा दिये–"रुकैया से कहिए, अपना नाम रुक्मिणी ही बताये कुछ दिनों और शौकत का नाम शौनक। सिर्फ़ एक अक्षर की ही तो अदला–बदली हुई है। ओ.के. अच्छा देखिए कुछ ज़रूरत हो तो बेहिचक..."

"जी, बेशक, शुक्रिया..."

दूसरों ने भी फ़ोन खटखटाये। हेज–हिफ़ाज़त पूछी और फ़ोन रखते न रखते एकाध नेक सलाहें, पेशकश–एक बात कहूँ, थोड़े दिनों तक बिन्दी लगाया कीजिए। घर में भी। क्या मालूम कौन कब दरवाजा खटखटा दे। ख़ैर, बाहर तो आप निकलिए ही नहीं, न आप, न कमाल साहब...अब ख़तरा तो है ही, हम सभी के लिए...लेकिन मैंने तो मीटिंग में साफ़ कह दिया, कमाल साहब कहीं नहीं जायेंगे, यहीं रहेंगे।

बच्चों के लिए अच्छी–ख़ासी व्यस्तता और शगल हो गया। जब, जो भी लिफ्ट या सीढ़ियाँ से उतरता, चढ़ता होता, कमाल साहब के दरवाज़े पर घंटी मार देता और दरवाजा खुलने पर मदद के नाम पर कुछ न कुछ बाज़ार से मँगवाने की ज़िद करने लगता।

कुल मिलाकर पूरे चन्द्रा टावर में एक गहमागहमी–भरी सरगर्मी भर गयी थी। जब भी किन्हीं दो या तीन फ़्लैट वालों के बीच आमने–सामने या फ़ोन पर बात होती, वे कमाल साहब की सुरक्षा के लिए उठाए गये नियमों पर चर्चा करते और इसी बहाने अपनी–अपनी सुरक्षा का अहसास उन्हें राहत से भर जाता। लोग खुश थे कि अब कमाल साहब ने बाहर निकलना लगभग बन्द कर दिया है। शुरू–शुरू में जब कमाल साहब को फ़ोन पर और प्रत्यक्ष भी हिदायतें मिलने लगीं तो उन्होंने उलटे कहने वालों का ख़ौफ़ भगाना चाहा था, बल्कि एकाध की बातों पर आदतन भरपूर बेतकल्लुफी से ठहाका भी लगाया था। लेकिन धीरे–धीरे उन्हें लगने लगा कि उनकी आवाज़ कहीं ठहर नहीं पा रही। उनके ठहाके ख़ाली घड़े–से बज रहे हैं। उनकी बातों में किसी को दिलचस्पी नहीं। उनसे सिर्फ़ सुने जाने की अपेक्षा की जा रही है।

तब उन्होंने मर्सराइज्ड की लुंगी और तंजेब का कुर्ता पहनना बन्द कर दिया और एक दिन शीशे के सामने देखते–देखते पूरी दाढ़ी बना डाली। लेकिन उस्तरा हटाकर मुँह धोने के बाद ख़ुद अपना चेहरा उन्हें बहुत बेगाना, बहुत अजनबी–सा नज़र आया। जैसे किसी अनचाहे साथ और अबोले सम्वाद का साथ ढोते, बेमक़सद भटक रहे हों वे।

सबसे गहरा सदमा उन्हें तब पहुँचा जब उनकी बदली शक्ल देखकर बच्चों के चेहरे उतरते चले गये।

इस बीच कुबड़ा वाचमैन ख़ुशी–ख़ुशी उत्साह के अतिरेक में उनको यह सूचना दे गया कि नामों की शिनाख़्त वाला बोर्ड हटा दिया गया है। बढ़ई पुरानी नेमप्लेट उखाड़कर नयी नेमप्लेट लगा रहा है। अब चिन्ता की कोई बात नहीं।

कमाल साहब सबकी नज़र बचाकर चुपचाप पिछवाड़े वाली खिड़की पर जाकर खड़े हो गये। पीछे टंकी के कबाड़ के पास कारपेंटर उनके नाम की तख्ती उखाड़कर नयी तख्ती लगा रहा था।

बच्चे हैरान थे, बीवी सहमी और कमाल साहब सर्द, ख़ामोश।

लोग थे कि खैरख्वाही पर टूट पड़े रहे थे। उन्हें इससें एक अजीब क़िस्म का लुत्फ़ मिलने लगा था। उन्हें पहली बार लगा था कि इसका भी एक सुख है। कुछ–कुछ रेसकोर्स ओर शेयर मार्केट जैसा ही। एक सरगर्म उत्तेजना।

चन्द्रा टावर जैसे एक तराजू हो रहा था जिसके एक पकड़े पर दबीज भारी बाट से कमाल साहब रखे थे और दूसरे पलड़े पर बाक़ी सारे फ़्लैटों के बाशिन्दों की हलकी गहरी हलचलें, कुतूहल से भरी जिज्ञासाएँ, आशंका, उत्तेजना और सुगबुगाहटें...

कमाल साहब बड़ी मुश्किल से नीचे उतरते। हिदायतों से बँधे–से। बाहर वालों के डर से नहीं, चन्द्रा टावर के अपने ख़ैरख़्वाहों के डर से।

लेकिन जब भी उतरते, कुबड़ा मरियल–सा वाचमैन उन्हें देखते ही भचकता हुआ एक झटके से उनके पास दौड़ चलता। किसी चौकीदार की औकात से नहीं, एक संरक्षक की हैसियत से।

बिना बात ही अपने चारों तरफ़ निगाह दौड़ाने के बाद जैसे आश्वस्त होकर वह उन्हें अनुमति देता, सब सही है हुजूर, जायें, मैं हूँ न!

बच्चों को दूसरे बच्चे निर्देश देते, बीवी को दूसरों की पत्नियाँ। सदाशयता के शिकंजे में पूरा परिवार अर्धसुन्ना–सा घुट रहा था।

बच्चे बड़े सलीके से रुकैया और शौकत को अपने साथ ले जाते और घर आये दूसरे बच्चों के बिना पूछे ही ज़ोर देकर बताते–"इसका नाम रुक्मिणी है और इसका शौनक, समझे!" लेकिन जाने क्या हुआ कि रुकैया और शौनक ने ख़ुर ही दूसरों के घर खेलने जाना बन्द कर दिया। कमाल साहब को कहीं जाने की ज़रूरत ही नहीं थी। सारी चीज़ें ख़ुद ही पहुँच जातीं। कुछ न भी होता तो लाने–मँगाने को जी ही नहीं चाहता। बेगम वैसे भी कहाँ निकलती।

धीरे–धीरे हालात बदले। बदलने ही थे। हमेशा एक–से कैसे रह सकते हैं?

लोगों ने चैन की साँस ली। सबसे ज़्यादा ख़ुश कुबड़ा चौकीदार। एक विचित्र, सुखद उत्तेजना में आत्मलिप्त–सा। अगली सुबह वह कमाल साहब को बतायेगा–अब कोई ख़तरा नहीं साहेब। डरे की कोई बात नहीं...आप निसाखातिर (निश्चिन्त) होकर टहलो, घूमो–फिरो। दूसरे साहब लोगों से भी बोलता हूँ। फ़र्जी नाम वाली तख्तियाँ हटाएँ अब। आपके असली नाम वाली लगवाएँ, जल्दी से जल्दी...

लेकिन चौकीदार के दिल की दिल में रह गयी। अगली सुबह लोगों ने पाया, रातों–रात कमाल साहब और उनका परिवार लापता था...

किसी से बग़ैर कुछ कहे, सुने, पूछे या सूचित किये।

सभी हैरान थे।

आख़िर कहाँ गये होंगे कमाल साहब?

कौन–सी जगह तलाशने?

इस पूरी ज़मीन पर...?

तिलिस्म

टैक्सी का हॉर्न बजा।

उसने हुलसकर ऊपर से झाँका।

बेटी ही थी।...

जी चाहा, छज्जे से सीधी नीचे कूद पड़े और एकदम बेटी को–

हैं–हैं, आस्ते–उसने खुद को सँभाला, फिर भी हबड़–हबड़ करती, पल्लू खोंसती, जल्दी–जल्दी सीढ़ियाँ उतर गयी।

बेटी टैक्सी से बाहर निकल रही थी। गोदी में पाँच महीने की बच्ची। नरम, गुलाबी स्लीपिंग–बैग में लिपटी। बेटी ने बड़े जतन से उसे अपनी दुबली बाँहों में दुबकाया हुआ था।

उसने लपककर दोनों हाथों में मनचाहे खिलौने–सा उसे समेटना चाहा।

"अरे–अरे, सँभाल के।" बेटी मुग्धमन मुस्करायी, फिर माँ के गले से लग गयी।

सामान उतरा और एक–एक कर जीने से चढ़ाया जाने लगा। छोटे–बड़े बैग्स, झूला, खिलौने, दूध, पानी की बोतलें, दवाइयों का बक्सा, टंबलर, तौलिए, गद्दियाँ, गदेले और मिल्क–पाउडर के डिब्बे–

"पूरा दहेज तैयार कर लिया है तेरी मम्मी ने–" कहकर उसने बच्ची को दुबारा हचककर चूम लिया। फिर बेटी के हाथों में लटके थैलों में से एकाध लेने चाहे।

"नहीं–नहीं, तुम उसी को सँभालो।" बेटी ने हँसते हुए कहा और जीना चढ़ गयी।...

कमरा सामानों से भर गया।

भरकर और छोटा लगने लगा। बहुत सारे थैले ज़मीन पर फैल गये।

बेटी ने एक नज़र दीवालों पर डाली–

"लगता है, मेरी ग़ैरहाज़िरी में घर की रँगाई–पुताई का तुम लोगों को बिल्कुल ही होश नहीं रहा। पहले भी तो मैं ही तुम लोगों के पीछे पड़–पड़कर करवाती थी।"

"क्यों, अभी तो तेरी शादी में कराई थी–"

"अभी?" बेटी हँसी–"सात साल पूरे होने को आये मेरी शादी को–"

'साऽऽत...साल!' इसका मतलब कि पूरे साढ़े पाँच साल बाद देख रही है बेटी को।...

आँखों में सच्चे–झूठे भरमों की आँख–मिचौली–सचमुच देख रही है न कि सिर्फ़ सपना...

बेटी का ध्यान बच्ची पर था। उसने झूले के स्टैंड खोले। "लाओ, अब इसे झूले में डाल दूँ।"

"क्यों भला?...मेरी गोद में रहेगी"–उसने लाड़ भरे अधिकार से कहा।

"गोदी में जग जायेगी आधी नींद में...झूले में सो लेगी। आदत है न।"

"तो क्या?"

"तो? नींद पूरी हुए बिना जग गयी न ये आफत की पुड़िया तो सारा घर सर पे उठा लेगी। फिर मैं काम कैसे सलटाऊँगी?"

"क्या काम सलटाने हैं तुझे हुँह?...हाँ, चलके पहले कुछ मुँह में डाल।"

"चलती हूँ। बस ज़रा इसकी नैपी बदलकर सारी चीज़ें जमा दूँ तब तक।" फिर माँ को समझाती–सी बोली, "जल्दी–जल्दी में रखा है, सब देखना भी है, क्या आया, क्या छूटा–इसके साथ कब किस चीज़ की ज़रूरत पड़ जाये, कहा नहीं जा सकता न..."

सो तो है–उसने मन–मन बेटी की समझदारी की दाद दी–"लेकिन पहले तू कुछ खा तो ले। मैं सुबह से ही इन्तज़ार करती रही कि आ जाये तो दोनों साथ–साथ चाय पिएँ।"

"अरे! तुमने अभी तक चाय भी नहीं पी? तुम भी मम्मी..."

बेटी ने कलाई पर बँधी घड़ी पर नज़र डाली।

माँ को अच्छा लगा।

"तो क्या–कितने सालों बाद तेरे साथ चाय पिऊँगी।"

बेटी नैपी बदल रही थी बच्ची की–"पापा कब तक लौटते हैं?"

"अँधेरा होने से पहले कोई सवाल ही नहीं।..."

"ले, खौल गयी चाय।"

''प्याले–प्लेट कहाँ रखे हैं...मुझे तो कुछ मालूम भी नहीं।" बेटी ने मदद करनी चाही।

"अच्छा है न, नहीं तो अब तक एकाध टूट चुके होते"–बेटी के लिए घर में मशहूर था कि वह हमेशा हड़बड़ी में झोंके–सी चलती है, अगल–बगल रखे काँच के प्यालों, प्लेटों की शामत बुलाते हुए।

"आ बैठ, पराँठे भी सिंक गये। नीबू के रस वाली मिर्च भी दूँ?"

"न, रहने दो, इसे नुक़सान करेगी।"

"भला, इतनी अकल तो आयी!...ला, उसे मुझे दे दे। तू चैन से पी।"

"नहीं। वैसे भी अब उठने वाली है...गोद बदलेगी तो और जल्दी उठ जायेगी।" बेटी ने भरपूर लाड़ से बच्ची को दुबकाते हुए कहा।

विभोर मन उसने दो प्यालों में चाय डाली। शक्कर घोली।

बेटी के साथ भरी चाय की पहली घूँट।...

तृप्त, परितृप्त, शरीर–मन एक अतीन्द्रिय सुख में सराबोर। जैसे इतने लम्बे, विछोह–भरे अन्तराल के दोनों छोर, रेशमी डोर से बाँध दिये गये हों।...रेशमी धागों से बुना यह पुल! कहाँ से शुरू हो इस पुल की यात्रा? जब काले कोसों दूर, बिराने शहर में यह बेटी प्रसूति के बाद अस्पताल के बेड पर असह्य यन्त्रणा से छटपटा रही थी।...

जानलेवा ख़तरों और जटिलताओं के बाद किसी तरह लड़की पैदा हुई तो तमाम सावधानियों के बावजूद टाँके पक गये...ख़ून के थक्के पर थक्के के साथ पीला पड़ता शरीर...और यह सब सिर्फ़ सुनती रही थी वह–तीसरों के मुख से। क्योंकि यहाँ ठीक उन्हीं दिनों पिता भी अस्पताल में भर्ती; अचानक हुए एपेंडिक्स ऑपरेशन के इमरजेंसी वार्ड में। उन दिनों दिल लगातार धड़धड़ाता रहता–फ़ोन बजता तो कलेजा मुँह को आजाता जाने क्या सुनने को मिलेगा।...एक–दूसरे से दूर, सिर्फ़ प्रार्थनाओं के सहारे, कल्पों–से कटे वे दिन, महीने, साल...हाँ, कहाँ से शुरू करें–

तभी अचानक बच्ची जगकर रो दी। जैसे सोते में कोई सपना देखकर चौंकी हो।

"लो, बज गया सायरन। अब मुझे फ़ौरन ड्यूटी पर हाज़िर होना है इसकी...अच्छा हुआ इतनी चाय पी ली।"

बेटी तत्क्षण बच्ची को चुप कराती उठ खड़ी हुई।

"अरे–रे–रे तो उसे मैं लेती हूँ न...तू चाय तो ख़तम कर ले!" माँ की आवाज़ में एक तड़फड़ाहट थी।

बेटी ने प्यार से समझाया–"नहीं, यह भूखी भी होगी। ट्रेन में देर तक सो ली थी न! ठीक से फीड नहीं ले पायी थी।"

"लेकिन तू पराँठा भी ख़तम कर लेती"–वह व्यग्र हो उठी।

"ये लो, मोड़कर लिए जाती हूँ हाथों में पराँठा; ठीक?" तभी बेटी का ध्यान माँ की प्लेट में पड़े पराँठे की ओर गया–"तुम अपनी चाय–पराँठा इत्मीनान से ख़तम करके उठना। मुझे किसी चीज़ की ज़रूरत नहीं।...सुबह से कुछ खाया भी नहीं था तुमने"...बेटी चलते–चलते बोली।

"कोई बात नहीं...ज़रूरत पड़े तो आवाज़ दे देना।" और वह निरुत्साह, अकेली पराँठे के टुकड़े निगलने लगी।

नाश्ता निपटने तक ही दुपहर हो आयी। उसने जल्दी–जल्दी टेबल समेटी, पोंछी। चाय के बर्तन धोए, फ्रिज़ से सब्ज़ियाँ निकालीं,

पर मन लगातार बेटी की आने वाली आवाज़ पर। अब आयी। अब आयी। न आयी।

अन्त में उफनाये चावल की गैस धीमी कर, वह कमरे की ओर लपक ली। क्या मालूम, न सुनाई दिया हो। बेटी की पीठ दरवाज़े की तरफ़ थी। आहिस्ता से पास जाकर झाँका, लेटकर बच्ची को फीड करते–करते बेटी ख़ुद भी झपक गयी थी। वह लम्हे–भर खड़ी देखती रही।

एक बार जी चाहा, झकझोरकर जगा दे। झपक भले गयी हो पर दिल से तो बेटी भी जाने कितनी बातें कहना, बाँटना चाहती होगी। लेकिन मौक़ा लगे तब न। जब से आयी है, बेचारी लगातार बच्ची का सरंजाम ही जुटाती रही। सोने दो। और वह दवे पाँवों लौट ली। रसोई में जाकर चावल का माँड़ पसाया (बेटी को फरहरे चावल पसन्द हैं।), सब्ज़ियाँ काटीं, छौंकीं। दाल में बघार दी। काम निपटते गये। अब बस रोटियों के लिए आटा मँड़ना बाक़ी था।

अचानक बेटी की नींद खुली। वह झेंपती हुई–सी रसोई में आ पहुँची–"जाने कैसे नींद आ गयी...तुमने जगा क्यों न लिया? जगा लेना था।''

जैसे सूखी खेती लहलहा उठी हो–

''क्यों जगा लेती?...अच्छा हुआ, अभी सो ली।...इकट्ठे दुपहर को बतियाएँगे। मेरी भी फँसान तभी ख़तम होएगी।"

"असल में इसने ट्रेन में पूरी रात जगाया न!"

"तू भी ऐसे ही जगाती थी, अब समझ में आया?"

"कौन? मैं? कभी नहीं। तुम्हीं तो कहती हो, मैं पूरी मॉडल बेबी थी।"

"मॉडल बेबी भी रोते हैं भई।"

"और मॉडल माँएँ रात–भर जगती हैं...?"

दोनों हँस पड़ीं।

"लाओ क्या करना है? तुम अकेली कब से लगी हो!..."

"अपना वही पुराना काम सँभाल, तरी का नमक चखना।"

"ओ हो मँगोड़ियाँ, यमी..."

"लेकिन खायेगी कब, ये बता? अभी तो नहाई भी नहीं–"

"उसकी तो ख़ैर कोई बात नहीं, लेकिन पहले इसका जूस निकालना था।...सो गयी न मैं, तो सारा कुछ लेट हो गया।"

"निकाल ले। अब कोई गाड़ी पकड़नी है?"

बेटी ने फलों की डलिया खोली–"ओ गॉड! ये तो सारे दब गये।...मम्मी! यहाँ पास में सन्तरे मिलेंगे क्या?"

"एकाध दुकानें हैं तो अगले चौराहे पर...लेकिन लाने वाला..."

"वो तुम्हारी पार्वती?"

"वो कामचोर तो हवा से बातें करती आती है, तीर–सी सनसनाती भागती है, मिनट–भर भी ज़्यादा ठहरने का सवाल ही नहीं।"

"अच्छा..." बेटी ने ठहरकर सोचा–"तो फिर मैं जाती हूँ...लेकिन इस बीच यह उठ गयी तो...घर–चेहरे सब कुछ अजनबी, तुमसे सँभलेगी नहीं।"

कुछ क्षणों का असमंजस–"ठहर, मैं लिए आती हूँ।"

बेटी जानती थी, माँ कभी ऐसी ख़रीदारी पर नहीं निकलती। यह ज़्यादती थी–"नहीं, तुम कहाँ जाओगी, धूप भी अब तेज़ और गर्म हो गयी है।"

"अच्छा तो एक काम कर," उन्होंने उपाय सुझाया–"सेब रखे हैं फ्रिज़ में। काटकर पकाये देती हूँ। फल तो फल...''

सेब तो देती ही हूँ शाम को...लेकिन इस समय वाला जूस...कल ट्रेन में भी नहीं दे पायी।"

''तो फिर ला, मैं ही लिए आती हूँ।" हारकर वह बोली।

संकोच के बावजूद बेटी के चेहरे पर रौनक थी।

"ठीक है। फिर तुम सन्तरे, मुसम्मी दोनों ले लेना। सन्तरे कभी–कभी खट्टे निकल जाते हैं। तुम्हें दुबारा न परेशान होना पड़े।"

लौटी तो बेटी वापस कमरे में। बच्ची उसकी गोद में लुदकती–फुदकती हुमच रही थी। कंचों–सी झलमली आँखें, गुलगुलों–से गाल...उसने सुस्ताते हुए उसका माथा सहलाया, फिर बेटी से पूछा–"नहा नहीं पायी न तू?"

"कहाँ, इसने कुछ करने ही नहीं दिया। जगकर बैठ गयी नवाबज़ादी।" बेटी ने बच्ची की गुदगुदी पीठ पर बनावटी रोब से धप्पा मारा तो उसकी माँ की आँखों में आसमान के बीचोबीच तपता सूरज था और भूखे पेट में ख़ालीपन की ऐंठन।

बेटी कह रही थी—"लाओ, अब पहले इसे ही नहलाकर दुरुस्त कर दूँ—वैसे भी ट्रेन की थकी है।"

"अरे, लेकिन फिर तेरा खाना—"

"बाद में खा लूँगी।"

माँ का एकदम से कहने का मन हो आया—'और मैं?' लेकिन कहने में लज्ज़ा—सी आयी। किसी तरह, सही, ठीक—ठाक शब्द सूझ गये—"अरे, इतने छोटे बच्चे को कहाँ की थकान। ए.सी. में तो आयी है। गर्मी, उमस रही होती तो भी कोई बात थीं। असल में थकी तो तू है। चल, गरम—गरम खा लें झटपट, हम दोनों।"

उसने जानबूझकर आख़िर में 'हम दोनों' जोड़ा था या फिर अनायास ही जुड़ गया था। शायद पेट और मन में भी एक साथ मरोड़ें—सी उठ रही थीं। पर बेटी का ध्यान पूरी तरह बच्ची पर था। लक्ष्य नहीं कर पायी।

झिझकते हुए कहा, "नहला दूँ, नहीं तो मेरा मन अटका रहेगा—थोड़ा कुनकुना पानी होगा क्या?"

"मैं गैस पर किये लाती हूँ न!"

मैं रसोई की तरफ़ लपक ली।

बेटी ने सामानों के बीच से नहाने का फ़िरोज़ी टब निकाला। फिर बारी—बारी बेबी सोप, तौलिया, स्पंज, कपड़े, क्रीम...

माँ ने गरम पानी लाकर टब में उड़ेल दिया। फिर ठण्डा मिलाया। बेटी ने कलाइयों पर पानी छिड़ककर अन्दाज़ा—थोड़ा भी, ज़्यादा गरम या ठण्डा तो नहीं? फिर बच्ची को दुलराते हुए माँ से बोली—"अब तुम्हें थोड़ी मदद करनी होगी, इसे नहलाने में।"

"अरे, तू ला इधर, मुझे दे उसे।...और देख, मैं कैसे अकेली ही, साबुन—शैंपू लगा, झटापट..." उसने बेटी की गोद से बच्ची लेनी चाही।

"अरे–अरे, मम्मी," बेटी हँसी, जैसे निपट अनाड़ी पर–"ऐसी झटापटी करोगी न तो यह ऐसा सायरन बजायेगी कि पूरा मुहल्ला इकट्ठा हो जायेगा और हाथ–पैर पटककर चीखना शुरू करेगी तो जल्दबाज़ी में कहीं साबुन रह जायेगा, कहीं शैंपू।...और सबसे बढ़कर इसे नहाने से ही चिढ़ हो जायेगी।"

माँ की आँखें फटी रह गयी पर तभी फिर से इस्तेमाल लायक एक जवाब सूझ गया...

"समझ गयी, तभी तू नहाने से इतना कतराती है।"

"बिल्कुल।" बेटी हँस दी।

माँ–बेटी दोनों वापस खिलखिला पड़ीं। लेकिन हँसती हुई माँ को अपना पेट ख़ाली कटोरे–सा महसूस हुआ। खुरचता–सा।

बेटी ने माँ को डिमांस्ट्रेशन–सा देते हुए बच्ची को टब में बिठा दिया। पानी में बैठी बच्ची ने अपनी नरम, गुलाबी हथेलियों से टब का सिरा कसकर पकड़ रखा था। उसकी बिटर–बिटर ताकती आँखें एक साथ सहमती, मुस्कराती, बड़े कुतूहल से चारों तरफ़ देखती जा रही थीं।

बेटी अब पूरे मनोयोग से बच्ची की छोटी–छोटी कलाइयों, उँगलियों और नाख़ूनों तक की बड़ी मुलायमियत से सफ़ाई किये जा रही थी। बीच–बीच में पानी के हलके छींटे बच्ची पर मार हँसती भी जाती। माँ चुपचाप उसके कहे अनुसार माँगी हुई चीज़ें पकड़ाती, धरती, थमाती जा रही थी। स्पंज, साबुन से सफ़ाई हो चुकने के बाद टंबलर से पानी की धार भी–'थोड़ा और, ज़रा रुककर, सिर के पिछली तरफ़ ज़रा–सा, बस'–आदि निर्देशों का चुपचाप अनुगमन करती वह, तेजी से लग आयी भूख को भुलाने की गरज़ से बेइन्तहा ख़ुश बल्कि मन्त्रमुग्ध दिखने की कोशिश करती जा रही थी। एक, दो, ढाई, तीन, चार मिनट!...

और अचानक वह ऊबने लगी, जैसे बुरी तरह थक गयी हो।...लेकिन ऊबने का भाव आते ही ख़ुद अपनी ही नज़र में गिरते जाने जैसा अहसास भी। एक बेनाम–सा भाव धिक्कार उठा उसे, बिलावजह। अजीब स्थिति थी उसकी।

यह दुर्लभ महामोही क्षण और अन्दर पैठती ऊब। अनिच्छा और थकान। क्या सिर्फ़ भूख की वजह से?...वह घबरा उठी, अपने अन्दर पसरती जाती इस सपाट गेरुखी से। क्या करे, कैसे छुपाए? कैसे निर्दोष, निरपराध साबित करे अपने आपको? खुद का खुद पर दायर किया गया आरोप–पत्र! बच निकलने की सारी कोशिशें नाकामयाब हो रही थीं...अचानक जैसे अदालत के स्टाम्प पेपर पर एक नयी इबारत लिख गयी हो, इस तरह गवाही बदलती, परिहासी स्वर में कह रही थी वह–"ख़ामख़्वाह आदमी की बच्ची को बत्तख बनाने पर तुली बैठी है यह अकल की दुश्मन। निकाल उसे जल्दी से। कहीं ठंड–वंड खा गयी तो बस..."

विनोद, वात्सल्य सब सलटा ले गया यह वाक्य। आख़िर लम्बे खिंचते समय का अहसास वह बेटी को कराती भी कैसे। यही एक तरीक़ा था।

लेकिन बेटी बच्ची की कुलबुलाती भंगिमाओं में सराबोर इस सबसे बेअसर थी–"ओफ़्फ़ोह! मम्मी! तुम लोगों को तो बस पानी के नाम से जुकाम होने लगता है। पता है, बच्चों को सर्दी–जुकाम ठण्ड लगने से नहीं बल्कि किसी इनफेक्शन की वजह से..."

अब उसकी बेसब्री जवाब दे गयी–"अच्छा, पहले निकाल उसे पानी के बाहर–अपना ज्ञान छाँटना बाद में।''

ईश्वर का धन्यवाद। बेटी सकपकायी तो ज़रूर लेकिन उसके शब्दों के पीछे छुपी बेकली और झुँझलाहट नहीं भाँप पायी।

उसने मगन मन बच्ची को निकाला और नरम तौलिए में लपेटकर सुखाने लगी।

"बस, अब यह जूस पीकर सोयेगी तब चैन पड़ेगा।" बेटी ने माँ की परेशानी भाँपते हुए कहा और लाड़ से भरकर बच्ची को चूम लिया।

उसकी भूख लगकर मिट चुकी थी। पेट का ख़ाली कटोरा जैसे उलटा हो चुका था। सुस्त, बेजान और थकान से भरी वह सिर्फ़ यह सोच रही थी कि कुल मिलाकर अभी कितना और समय लगेगा बच्ची के पूरी तरह सो जाने में। जूस तो ख़ैर बेटी ने निकाल रखा है।

बस, बेबी लोशन, पाउडर–कपड़े, बालों में ब्रश, नैपी और हाँ, एक काजल का टीका भी और तब जूस की बोतल धीमे–धीमे, शायद आधा जूस पीते–पीते आँखें झपकनी शुरू हो जायें...जैसे कोई बच्चा पायी हुई सज़ा की आख़िरी मियाद की वक़्त–कटी कर रहा हो। पाँच, चार, तीन, दो, एक...

कि अचानक बेटी को कहते सुना–"अरे, यह तो सो ही नहीं रही।...पता नहीं क्या बात है?"

माँ का चेहरा फक् पड़ने लगा।...अब उसमें अभिनय कर पाने की भी शक्ति शेष नहीं बची थी। फिर भी उसने चिन्ता व्यक्त की–"जूस तो पूरा दिया था न?"

"हाँ, रोज़ तो आधा जूस पीते–पीते ही आँखें ढँपने लगती हैं इसकी।" बेटी चिन्तित लगी। बच्ची के न सो पाने से ज़्यादा, वह उसके सो न पाने की वजह जानने को उद्विग्न थी। आख़िर सब कुछ तो वह घण्टे–मिनट–सेकेंड के हिसाब से किये जा रही है। फिर भी परिणाम गड़बड़ा गया।

अपराह्न झुक रहा था। बर्तन धोने वाली महरी अब किसी भी समय पहुँच सकती थी। लेकिन पूरी रसोई अभी खुली पड़ी थी।, खाना–पीना सब अधूरा। सारा कुछ जस का तस।

बेटी ने भाँपा–"चलो, खाये लेते हैं, ऐसे ही, इसे लिए–लिए..."

"लेकिन इसका सोना–" माँ ने अपनी व्यग्रता छुपाते हुए कहा।

"अब यह न सोये तो शाम तक तुम्हारी रसोई खुली पड़ी रहेगी क्या? चलो, खाया जाये, नहीं सोयी, न सही।"

बेटी ने जैसे हथियार डाल दिये। हार मान ली।

माँ ने खाना गरम कर परोस दिया। दोनों साथ–साथ खाने लगीं। खाते–खाते भी बेटी अनमनी–सी लगी। फिर अनायास जैसे अपने आप में बुदबुदा गयी–"ये सो लेती न, तो मुझे चैन पड़ता।"

उसे आश्चर्य हुआ। बेटी खीझ बिल्कुल नहीं रही थी। न अपने थकने, न ट्रेन में जगने को लेकर। मलाल था तो सिर्फ़ यह कि बच्ची पूरी नींद सो लेती तो जगने पर ख़ुश, उत्फुल्ल रहती।

वह चिढ़–सी उठी। यह 'अपनी माँ' की उपस्थिति पूरी तरह भूल चुकी है क्या? कुढ़न की एक चिनगारी–सी। और इसी के साथ उस चिनगारी को बुझाता आत्मधिक्कार का धुआँ। लेकिन अब वह अवश थी। उसे साफ़–साफ़ बेटी और उसकी बच्ची से खिझलाहट होने लगी, जैसे वे दोनों कोई पृथक् सत्ता हों। उसकी उपस्थिति, उसके अस्तित्व से पूरी तरह असंपृक्त। वे दोनों पानी की सतह पर उतराती, झिलमिलाती, एक–दूसरी से जुड़ी–मिली तेल की बूँदों की तरह हैं...और 'वह' निरन्तर नीचे जमती जा रही तलछट।...

वह साफ़–साफ़ देख रही थी कि उसके इतने मन से, थकान से चूर होकर बनाये पकवान बेटी सिर्फ खा रही थी, स्वाद नहीं ले रही थी। उसका समूचा ध्यान सिर्फ़ बच्ची की पलकों पर...

एकाएक वह ख़ुद अपनी आवाज़ पर चौंक उठी। गनीमत थी कि हँसते–हँसते मीठे परिहास के साथ कह रही थी वह–"इतनी बलैया ले रही है तू इस नन्ही मुनिया की...जब से आयी है, इसी की खिदमतगारी, सुबह से अभी तक थकान से लथपथ हो ली। यह सब बड़ी होकर कभी समझ पायेगी ये छुटंकी!...तू क्या सोचती है, कभी यह भी तेरे लिए..."

"मेरे लिए न सही, अपनी बच्ची के लिए तो करेगी–जैसे तुम..."

कहते हुए बेटी ने गद्‌गद भाव से बच्ची की ओर देखा और जैसे उसे अपनी आँखों पर विश्वास न हुआ हो, वह ज़ोर से किलक उठी–"अरे, ये तो सो गयी। मैं कहती थी न!" विजयगर्व से आह्लादित वह उसे पालने में डालने के लिए उठ खड़ी हुई।

इस धरती के लिए

मुझे मालूम है, आप मेरी आवाज़ सुनकर चौंक जायेंगे।...

आप क्या, आज के इस सभ्य, सुसंस्कृत, तार्किक और वैज्ञानिक समाज का कोई भी व्यक्ति विश्वास नहीं कर पायेगा कि इन संगमरमरी, गगनचुम्बी, अतिशालीन, अतिसम्भ्रान्त अट्टालिकाओं के बीचोबीच, हरी मखमली घास के कोट–पतलून से लैस, यह लॉन अपने दुःख–सुख, अपने आत्म की कथा, कहना, बाँटना चाहता है। बहुत सारी असम्भव चीज़ों को सम्भव कर दिखाने वाली ये वैज्ञानिक तकनीकें भी कभी स्वीकार नहीं पायेंगी यह। कहेंगी–'क्या? लॉन का दुःख–सुख? लॉन का मन? लॉन की आत्मा? आप होश में तो हैं? गप्प, कोरी गप्प!' बात भी सही है। जिस सभ्यता के शिखर पर आसीन होने के बाद स्वयं मनुष्य को अपनी आत्मा, मन, व्यवहार और हँसने–रोने जैसी सहज क्रियाएँ तक सन्देहास्पद दृष्टि से देखी जाने लगी हैं, वहाँ एक लॉन की बात पर भला कौन विश्वास करेगा? विश्वास की बात छोड़िए। पहले तो इस विशालकाय रुपहले फाटक और रंगबिरंगे नुकीले काँचों वाली दीवार से घिरी इन अतिसभ्य इमारतों के बीच किसी तरह के शोर–शराबे और आवाज़ की गुंजाइश ही कहाँ है? पूरे समय, ख़ास तौर से एक से चार तक तो पूरा साइलेंट जोन। हर थोड़ी दूर पर तख्तियों पर छपी बड़ी शिष्टता से फटकारती हिदायतें–नो हॉर्न प्लीऽऽज!...नो आवाज़ाही, नो हँसना, नो रोना। और चीख़–पुकार तो बिल्कुल नहीं। किसी नये, अनजाने, साधारण कपड़ों वाले व्यक्ति का तो धुसना तो ही असम्भव कहीं कोई

भूला–भटका फाटक के आसपास दीखा भी तो तुरन्त धीमी सीटी वाला वाचमैन दौड़ता आयेगा और एक बेआवाज़ दुतकार के साथ निकाल बाहर करेगा उसे।

जानता हूँ। सारे क़ायदे–क़ानूनों से वाक़िफ़ हूँ। बल्कि एकदम सचमुच कहूँ तो इन्हीं क़ायदे–क़ानूनों में घुटते–घुटते आज तक, 'आदमी' की आवाज़ सुनने को तरस गया हूँ। सालों–साल हो गये, किसी को हँसते देखे। बरसों हो गये, कलेजा फाड़ देने वाले किसी क्रन्दन, किसी विलाप से अन्दर जमी बर्फ़ को पिघले। भूल गया हूँ, आदमी कैसे हँसता है, कैसे रोता है, कैसे ख़ुशी से पागल होकर चीख़ता है, कैसे हिचकियों के बाँध तोड़कर बहता है।...

पहले ऐसा नहीं था।

पहले मतलब, बहुत पहले। तब मैं ऐसा मोटा दबीज, नरम, गुदगुदा और बराबर से कटा, शोख, हरा लॉन नहीं हुआ करता था। समझ लीजिए, मैं एक बंजर मैदान–सा था शहर की बस्ती के एक छोर पर। कहीं खुरदुरा, कहीं सपाट, गीली–सूखी मिट्टी और जगह–जगह उग आयी, बेतरतीब, जंगली घासों वाला–ख़ाली पड़ा मैदान। एक–दो सायेदार नीम, जामुन के पेड़–जिनकी छाँह में, कभी थके बटोही सुस्ताते होते या चढ़ी दोपहरी में रिक्शे वाले पोटली से रोटी निकाल, खा, नुक्कड़ के नल की टोंटी से रिसते पानी से मुँह लगा, तृप्त हो, गर्दन एक ओर लटकाये ऊँघतें होते।

छुट्टियों के दिन या अक्सर गर्मियों की शाम, बस्ती के बड़े–छोटे लड़के गुल्ली–डंडा और कबड्डी खेलते। क्रिकेट की शुरुआत भी हो गयी थी। टूटा–टाटा–सा बैट और किसी पेड़ की टहनी को काट–कूटकर बनायी गयी गिल्ली। कभी ज़ोर–ज़ोर से किलकारी मारते छोटे बच्चों की छुप्पन–छुपाई।

कभी पूजा की छोटी–बड़ी थालियाँ लिए उसी हिसाब से बड़े–छोटे घूँघटों वाली, चोटी, बिन्दी, मेहँदी, महावर से लैस छुन्न–छुन्न करती, अधफूटे शिवाले की तरफ़ जाती औरतें। छुटंकी लड़कियों से लेकर अधबूढ़ियाँ तक।

और बारिश की पहली फुहार पड़ते ही तो जैसे पूरी बस्ती हँसी–ठिठोलियों से लहलहा उठती। बड़ी–छोटी लड़कियाँ नीम पर झूला डालने को पगला उठतीं। देखते–देखते नीम की शाखों पर ऊँची–ऊँची पेंगें मारती ओढ़नियाँ लहरा उठतीं। झिरझिरी बूँदों के बीच कजली के बोल लहराने लगते। पुरवाई के साथ लरजती आवाज़ों की छेड़खानी भी, होड़ाहोड़ी भी।

राह चलते राहगीर ठिठककर मगन हो लेते। युवा होते लड़के फहराती ओढ़नियों पर एक छुपी–छुपी–सी, भेद–भरी दृष्टि डाल, मुग्ध भाव से आगे बढ़ जाते। जबरन कुछ मनचले नीम–जामुन की दातुनें तोड़ने के बहाने से थोड़ा वक़्त और गुज़ार लेते।

मेरा शरीर, मन एक पुलक–भरी ताज़गी और आह्लाद से नहा उठता। कभी–कभी धुँधलाई शामों, नीम की आड़ में, किसी आतुर नौसिखिए प्रेमी का सिहरन–भरा स्पर्श मात्र मुझे एक अनकहे रोमांच से भर आता।

दिन–दिन–भर अपनी झल्ली फ्राकों में जामुन और पक्के–कच्चे फालसे बीनती छोटी लड़कियों और उनकी आपसी बतकहियों पर तो हँसी रोके न रुकती। पूरा दिन कैसे बीत जाता, पता ही न चलता। वे जिस तरह से दौड़–दौड़कर अपने अधफटे फ्राकों, घाघरों में जामुनें समेटतीं, रस लेकर खातीं, उससे साफ़ लगता–केवल स्वाद ही नहीं, उनकी क्षुधा भी शान्त हो रही है। जामुन और नीम के पेड़ भी तब कुछ पकी, अधपकी जामुनें और निमौलियाँ झाड़ दिया करते। ये लड़कियाँ जंगली जलेबियाँ भी बीनतीं चिलबिलें भी। फिर मिल–बाँटकर खुद भी खातीं, अपने चिल्ल–पों करते छोटे भाई–बहनों को भी खिलातीं, चुपातीं। ये वे बच्चे होते जिन्हें इन्हीं नीम, जामुनों और जंगल जलेबियों के संरक्षण में छोड़, उनके माँ–बाप, शहर में चूने–गारे और ढुलाई–चिनाई का काम करने निकल गये होते।

साँझ घिरते–घिरते फटी बोरियों, बाँसों की खपच्चियों और टीन के पतरों के सहारे टिकी इन झोंपड़ियों की क़तारें चहचहा उठतीं। लड़कियाँ छोटे भाई–बहनों को लादे दौड़ पड़तीं। ईंटें जोड़कर चूल्हे

जल उठते। चारों तरफ़ भुनते आलुओं के साथ सिन्कती रोटियों की गन्ध महमहा उठती।

टीले पार, छोटे–छोटे घरौंदों–से दीखते अधबनी मुँडेरों वाले घरों की भी एक क़तार थी। फ़र्क़ सिर्फ़ इतना था कि इन घरों में चूल्हों की जगह सिगड़ी या अँगीठियाँ जलतीं, पर रोटियों की महक बिल्कुल एक–सी।

छोटी–बड़ी दूर–पास बसी ये रोटियों की गन्ध वाली बस्तियाँ मुझे बहुत लुभातीं। रोंटी उनके लिए सूरज होती और वे सबके सब ताल में खिले कमल। औरत–मर्दों की मिली–जुली हिचकारियाँ, हँसी–ठट्ठे (ज़्यादातर बेसुरी आवाज़ों वाली) और चिल्ल–पों सुनकर जी में एक हौंस–सी उठती–कैसी होती है। ये बस्तियाँ? (मैं तो केवल आवाज़ें ही सुन पाता न!) ये और पास क्यों नहीं आतीं मेरे? आ जातीं तो मैं इनकी बतकहियों की मिठास को एकदम पास से महसूस पाता।

आख़िर चूल्हे जलाने के लिए सूखी टहनियाँ और नीम की नक्काशीदार पत्तियाँ तो ये मेरे ऊपर से ही बटोरकर ले जाते हैं न। फिर मेरे एकदम पास ही क्यों नहीं आ जाते? हमेशा–हमेशा के लिए दिन–दिन–भर रूठती–मनाती, खीझती–खिझाती, रोती–रुलाती और रुला–रुलाकर हँसाती ये जादुई बस्तियाँ।

तभी अचानक एक दिन मैंने सुना कि यहाँ, इस सपाट बंजर मैदान पर, यानी मुझ पर, मेरे चारों तरफ़ सचमुच एक नयी बस्ती बसने जा रही है। यानी? मेरा सपना सच होने जा रहा है? ढेर–ढेर सारे लोग, कुटुम्ब–परिवार, रोते–ठुनकते और किलकारी मारते बच्चे। हँसी–ठिठोली करती औरतें, ठहाके लगाते मर्द, युवा; मुण्डन, छेदन, तीज–त्योहार, ब्याह–शादी और जानता हूँ, मरनी–जीनी भी–अब जीवन है तो सब कुछ होगा।

मैं बेसब्री से इन्तज़ार करने लगा। लेकिन तभी अचानक कई ट्रकों में भरकर आयी रोड़ियों, गिट्टियों, पत्थर के स्लैबों और लोहे के गार्टरों ने वह पूरा मैदान छेंक लिया। आधुनिकतम यन्त्रों से मुझे पूरा का पूरा गहरे तक खरोंचकर खोद डाला गया। मन में यही

सोचते–सोचते कि कुछ पाने के लिए बहुत कुछ खोना भी पड़ता है, दर्द से कराहता मैं, धीरे–धीरे संज्ञा–शून्य होता चला गया।

मद्धिम–मद्धिम, ढँपती–मुँदती आँखों की आख़िरी समृति में इतना ही याद है कि उस समय हाथों में गिल्ली और टूटे बैट लिए हैरान आँखों वाले लड़के और झल्ली फ्राकों में जामुन समेटे छोटी बच्चियाँ कटती नीम और उजड़ते जामुन के पेड़ों को उदास आँखों से देखे जा रही थीं।

इन लड़कियों, इन नन्ही बच्चियों ने मुझ पर एक पूरा संसार, एक पूरी सभ्यता बसा रखी थी। वे मेरी मिट्टी खोदकर चूल्हे बनाती थीं–उस मिट्टी का आटा गूँध, रोटियाँ थोपती थीं। जामुन की पत्तियों को पान की गिलौरियों की शक्ल दे, एक–दुसरे को थमाकर अधबूढ़ियों की तरह चबाती थीं। शिवाले की घण्टियों की तरह खिलखिलाकर हँसती थीं और शाम के झुटपुटे में माँ–बाप को आते देख छुटके भाई–बहनों से लदी–फँदी दौड़ पड़ती थीं। उस बचपन की एक भरी–पूरी सभ्यता क्रमशः ध्वस्त होती जा रही थी।...

उसके बाद का कुछ याद नहीं। धीरे–धीरे आँखें ढँपती चली गयी जिसे आप 'एनीस्थीसिया' जैसा कुछ कहते हैं न, वैसा ही कुछ हुआ होगा।

बहरहाल आँखें खुलीं मेरी। जैसे बहुत–बहुत सालों बाद चेतना लौटी हो। कुछ–कुछ मैं कौन हूँ, कहाँ हूँ, जैसे अहसास के साथ।

फिर तो अपने चारों तरफ़ का नज़ारा देखकर चकित, चमत्कृत–सा रह गया मैं। न कहीं नीम, न जामुन (याद आया–वे तो काटे जा रहे थे..., न टूटे–टाटे बैट, न झिलंगी फ्राकों वाली किलकारियाँ, न रिक्शे वाले, न बटोही और न अधफुटे शिवाले की ओर छुन्न–छुन्न करती, नक़ली ज़री–गोटों वाली हुलसती मुस्कानें।

एक चकाचौंध–भरी आलीशान सभ्यता बस गयी थी मेरे चारों तरफ़ विस्मित, विस्फारित–मैं अपने चारों ओर आसमानों तक अकड़ी, सितारों

को ढाँपती इमारतों को देखता ही रह गया। ख़ुद मेरे इर्द–गिर्द शोख रंगों वाले फूलों की मदमाती क्यारियाँ थीं। एक तरफ़ टेनिस कोर्ट। बाक़ी के गोल घेरे में मुझे समेटकर, घास की एक मखमली दबीज तह से पूरी तरह ढाँक दिया गया था। मेरे साथ–साथ हमेशा लगी रहने वाली, सौंधी मिट्‌टी तक का कहीं पता नहीं था। उसे पूरी तरह ढाँक, चारों तरफ़ सुर्ख़ लाल ईंटों का एक गोलाकार ट्रैक बना दिया गया था।

लोग सुबह–शाम कमर में वाकमैन बाँधे आते, जॉगिंग–वॉकिंग करते और चले जाते। या फिर टेनिस कोर्ट में रैकेट्स झुलाते जाते और खेल के दौरान भी बड़ी सतर्कता से एकाध हिश–हुश के बाद, छोटी नैपकिनों से पसीना सुखाते लौट जाते। बहुत हुआ तो पास पड़ी बेंचों पर दो–चार मिनट सुस्ता लिए, क्यारियों पर एकाध प्रशंसा–भरी नज़रें फेंक दीं–लेकिन बोलना, बतियाना एकदम नहीं।

बच्चे? हाँ, बच्चे भी 'साइलेंट' ज़ोन की मियाद बीतने के बाद ही आते और नकचढ़ी आयाओं, गवर्नेसों की सख़्त नाकेबन्दी में थोड़ा–बहुत लुदक–फुदक वापस हो लेते। न हँसते, न खिलखिलाते। कोई आवाज़ ही नहीं निकल पाती उनके मुँह से। ठीक अपनी आयाओं, गवर्नेसों और संरक्षकों की तरह।–जीवन रहते हुए जीवन के हर स्पन्दन से दूर।

पहले तो मुझे हँसी, बाद में गुस्सा–सा आता। कमाल है! कैसे अहमक लोग हैं! कैसी मुर्दा बस्ती! इतना खाते–पीते हैं लेकिन मुँह से गर्मजोशी–भरी पुरज़ोर आवाज़ तक नहीं निकलती! यह कैसी लोक, यह कैसी रीति! यहाँ आदमी को आदमी से परिचित कराना पड़ता है। जैसे परिचय से पहले उन्हें पता ही न हो कि यह भी आदमी है। बिना परिचय कराये कोई बोलता नहीं। आदमी, न आदमी को पहचानता है, न अपने पैरों के नीचे वाली मिट्‌टी को।

मिट्‌टी की बात इसलिए कर रहा हूँ कि कभी–कभी इन बच्चों को, इन लोगों को उस मिट्‌टी की गन्ध और नमी के पास लाने के लिए बेताब हो उठता हूँ जिससे वे जन्मे हैं, जो उनके बहुत क़रीब है, ठीक पैरों के नीचे, लेकिन फिर भी वे उसे न छू पाते हैं, न महसूस कर पाते हैं। आख़िर क्यों?

सच कहता हूँ, इतना निस्पन्द, इतना बेरौनक बचपन मुझसे बर्दाश्त नहीं होता। घड़ी देखकर सख़्त पाबन्दी में लाये गये, घड़ी देखते वापस ले जाये जाते बच्चे।

कहीं ऐसा तो नहीं कि यही सारी बेरौनकी और मनहूसियत दूर करने के लिए, बड़े होते ही ये बच्चे, डिस्कोथिको में चीख़–पुकार मचाने पहुँच जाते है! बचपन में जो कुछ खोया, उसे झन्नाटेदार चीख़ों और बदहवास उत्तेजना के माध्यम से समेट, हबक और दबोच लेने के लिए पागल, बेचैन!

बेचैन मुझे भी घेरती है। एक नामालूम–सा आत्मधिक्कार भी। यह क्या मैं खाया–मुटाया सुविधापरस्त–सा बेवजह बीचोबीच पसरा पड़ा हूँ। एक आत्महन्ता बेचैनी! मैं बेसब्र–बेचैनी होकर पुकारने लगता हूँ... उन गुम हो गयी बस्तियों, ज़िन्दगियों को, उन किलकारी मारते, टि–ली–ली–ली करते बच्चों को, गुत्थमगुत्थी और धमाचौकड़ी मचाते लड़कों को, अनार–सी फूटती रोशनी की तरह जगमगाती लड़कियों को...और–और अकुला उठता हूँ, एक खुली–खुली, दिलकश हँसी हँसते आदमी को देखने, एक कलेजा चीरकर बैठ जाने वाले विलाप को महसूस करने के लिए...

दरअसल मैं जानना चाहता हूँ कि मेरे पास महसूस करने के लिए कुछ बचा भी है या नहीं? सच कहता हूँ, मुझे अब इन दिलफ़रेब, चकाचौंध–भरी फेयर एंड स्लिम इमारतों की विषबुझी (मुझे वे विषबुझी ही लगती हैं) मुस्कानों से डर लग़ने लगा है। लगता है, ये आसमान के सारे सितारे नोचकर ही मानेंगी। जैसे इनका सबसे बड़ा हासिल यही हो।

और नोच–नोचकर सितारों को हासिल करने की इस होड़ में वे 'आदमी' के नाम पर सिर्फ़ बदशक्ल यन्त्रों को पोस रही हैं। हँसने के नाम पर बमुश्किल होंठों का एक कोना बड़ी बदमजगी से खींच देना, बस, हो गया हँसना। और 'रोने' को तो निरा 'आदिम' ही करार कर देना। बहुत हुआ तो लाड़–दुलार के नाम पर किसी बाबागाड़ी को देखकर एकाध चुटकी बजा दी। बच्चा भी वैसा ही बोदा, अफ़ीम खाया–सा लेटा रहता है।

तब कभी–कभी गुस्से पर क़ाबू पाना मुश्किल हो जाता है। एकाध बार तो मैंने अपने सिर के बाल नोच डाले। अपना मखमली कोट उधेड़ डाला ख़ुद ही। जी में आया, चीख़कर कहूँ, अरे नादानो! एक मर्दमानुस तो ऐसा पैदा कर पाते तुम सब जो सचमुच की ठहाकेदार हँसी हँसता हो! सचमुच के आँसू ढारता हो, और किसी एक पर ही सही, जी–जान से प्यार और अपनापन लुटाता हो।

शायद उन लोगों को मेरे बग़ावती ख़यालातों की भनक लग गयी हो, या फिर ऐसे ही कुछ 'चेंज' वाली सनक के कायल, तीन–चार सूट–बूटधारी बुजुर्गवार मेरे इर्द–गिर्द कुझे जाँचते नज़र आये। दो–चार कांट्रेक्टर्स के साथ। जैसे मुझे कोई बीमारी लग गयी हो और इलाज अविलम्ब होना हो। मेरा ख़याल है, राजा दशरथ की तरह कुछ उजले बाल उन्हें मेरे कानों के पास दिखाई दे गये और यह उस आलीशान बस्ती के लिए तौहीनी की बात कि उसके लॉन के बाल सफ़ेद हों या बदन में खुजली हो।

बुदबुदाते लहजों में ही उन लोगों में 'एस्टीमेट' तय हुए। मैं समझ गया कि मुझे कुछ दर्दनाक ऑपरेशन क़िस्म के हादसों से गुज़रना होगा। या फिर कौन जाने आख़िरी वक़्त ही आ गया हो! ये लोग ऊबते भी तो बहुत जल्दी हैं। बड़ी जल्दी 'बोर' होने लगते हैं और तब कुछ और 'शेप', कुछ और 'बेहतर', कुछ और और इधर, कुछ और उधर–

जहाँ तक मेरा सवाल था, मैं ख़ुद भी इस ज़िन्दगी से बुरी तरह ऊब चुका था। एक तरह बोरियत और बेचैनी के उस मुकाम पर पहुँच चुका था जहाँ 'उससे बदतर' ज़िन्दगी की कल्पना ही नहीं की जा सकती थी। होने दो जो होता है। मुझे जिन्दा रहना है, या ज़िबह होना है–'स्वीमिंग पूल' में विलय होना है या हेल्थ क्लब में, कुछ पता नहीं था, न पता करने की मंशा ही।

सचमुच फिर से कुदाल, फावड़ों और बजरियों से लदी–फँदी ट्रकें आ पहुँचीं...और उन्हीं में से कूदे झपाझप मज़दूर–मज़दूरिनें। अरे–अरे–अरे...ये मैं क्या देख रहा हूँ–ये दोनों तो वही झल्ली फ्राकों

वाली बच्चियाँ हैं। कच्ची–पक्की जामुनें बटोरने वाली। इत्ती, इत्ती बड़ी हो गयीं? माथे के बीचोबीच लाल सिन्दूरी माँग के नीचे चमाचम टिकली, कसकर गुँथी चोटी में रंग–बिरंगे फुँदने। छाती पर कंचे, गुरियों की मालाएँ, कलाई–भरी चूड़ियाँ, जूड़े और छींटदार जंपर, घघरियों में ओढ़नी का फेंटा कसे, वे कुदाल–फावड़े सँभालने लगीं।

इतने शृंगार से झकाझक वे यहाँ कुदाल–फावड़े चलाने आयी हैं!...वे रोड़ियाँ छानेंगी, काली गिट्टियाँ तोड़ेंगी–तसलियाँ भर–भर के एक दूसरे से तीसरे तक ईंटें पहुँचाएँगी और ऐसा करती हुई वे मुस्की मारती, एक–दूसरे को कुहनी मारकर ठिठोली करती बात–बेबात हँसती रहेंगी। ख़ूब थकेंगी और फिर एक साथ अपने–अपने एल्यूमिनियम के पिचके डिब्बों से रोटी–अचार खाकर मेरी घासों–भरी गोद में सुस्ताने को ढरक जायेंगी। मैं उन्हें मन ही मन ख़ूब दुलारूँगा।...

सचमुच पोटली से रोटी, प्याज़, नमक, हरी मिर्च निकाल उसने आधे–आधे हिस्से लगाये और मर्द मज़दूरों की टोली के बीच एक को थमा आयी–लजाते–लजाते ओह! तो यह बात है! यह हनीमूनी जोड़ा है। ध्यान से देखा–दोनों के पैरों में आलक्तक की ललछौंही आभा, मन ही मन निहाल हो लिया मैं, जैसे नयी–नयी ब्याही बेटी पहली बार मायके लौटी हो। तब तो और भी जब अपनी सखी के साथ वह अशोक के तन से लगी मेरी मखमली घास पर ढरक ली... मेरी नर्म घासों को सहलाती रही... जैसे एक पूरे युग से तरसती आत्मा को पहचाने–स्पर्श का आभास, अहसास–

ओह...यह स्पर्श मुझे जिन्दगी के आख़िरी वक़्त में मोह की अटूट कड़ियों से जोड़ रहा है–मुझमें से खो गया, झर गया, रीत गया, सब कुछ वापस सौंप रहा है। कह रहा है–अभी हम हैं न, जिन्दगी और जिजीविषा से भरपूर बस्तियाँ बसती रहेंगी, लोग रहते रहेंगे इस धरती पर! कैसा सुखद अहसास है! आसन्न मृत्यु के क्षणों में भी जीवन के स्पन्दनों से भरपूर!...तृप्ति से अघाया मैं, आश्वस्त हूँ अब इस धरती के लिए।...

दादी और रिमोट

चूँकि इसके सिवा कोई चारा न था...

गाँव से दादी ले आयी गयीं।

हिलती–डुलती, ठेंगती–ठँगाती।

लाकर, ऊँची इमारतों वाले शहर के सातवें माले पर पिंजरे की बूढ़ी मैना–सी लटका दी गयीं।

नीचे झाँको तो झाँई आये और ऊपर देखो तो एक पे एक, डब्बा पे डब्बा–से धरे, आसमान पे लटके घर। इतने कि आसमान नज़र आता ही नहीं। पूरब वाली खिड़की से दिखता सिर्फ़ बालिश्त–भर आसमान का नुचा–सा टुकड़ा। उसी में रात–बिरात झाँक जाते, कुल जमा चार–छह तारे।

न सप्तर्षि, न सुकवा (शुक्र तारा)।

और सवेरा? जैसे जंग छिड़ी हो कहीं। भोर हुई नहीं कि भागम–भाग चालू। अड़ाक–फड़ाक खुलते, बन्द होते दरवाज़े। जूते–चप्पल, कंघी, इस्त्री, अफड़ा–तफड़ी। और अपने–अपने थैले, बकसियाँ लटकाये सऽऽब दरवाज़े से बाहर।

बाप दफ़्तर चलाने, माँ कॉलेज पढ़ाने और बेटे–बेटी इस्कूल

दरवाज़ा भेड़ती मालकिन, हर रोज़ बाहर निकलते हुए जंगबहादुर से वही एक हिदायत दुहराती... कि वह दादी के लिए रोटियाँ, दाल और सब्ज़ी मेज़ पर ढाँककर, दरवाज़ा पूरी चौकसी से बन्द करता जाये। दादी को भी यही समझाया जाता कि कोई कितनी भी घण्टी मारे, खोलना नहीं है। हममें से हर एक के पास चाबी तो है ही।

सो, आधे–पौने घण्टे बाद जंगबहादुर भी दादी से वही हिदायत दुहराता, बीड़ी का सुट्टा मारता दरवाज़े से बाहर हो जाता।

अब?...दो–चार माला फेरने के बाद दादी सारे गाँव के टोले–पड़ोस और नाते–पट्टीदारों को कोसना शुरू कर देतीं... जिन्होंने बिना लाग–लपेट के सीधम–सीध 'सहेर' के ठिकाने पर चिट्ठी तान दी थी कि...

'आगे समाचार यह है कि आपकी माँ को सहेर जाने के लिए हम लोगों ने राज़ी कर लिया है। अब आप फ़ौरन से पेस्तर आओ और 'डाइरीक्ट' लिवा ले जाओ। अपनी जमीवारी सँभालो। काहे से कि आप जान लो, उमिर और बुढ़ाया सरीर अब पूरी तरह पक के चू पड़ने को है लेकिन मानतीं फिर भी नहीं। टोल–पड़ोस का हेत–हवाल लेने, गिरती–भहराती हर कहीं पहुँच जाती हैं।...दो–तीन मर्तबा तो ऊँचे–खाले लुढ़क भी चुकी हैं। अब मलहम–पट्टी और डाक्टर–वैद का उतना सरंजाम हमारे बस का कहाँ?

'और सहेर में जानो कि आपका आलीसान मकान, नौकर–टहलुए, सान–सौकत के सारे बन्दोबस्त।...तो आप जाँगर–पौरुष से थकी अपनी बूढ़ी माता की सेवा करके इहलोक, परलोक सुधारो और हम भी आपकी थाती आपको सुपुर्द कर गंगा नहाएँ। इसलिए चिट्ठी को 'तार' जानो और आकर उन्हें अपने साथ ले जाओ। इस बार वे जरूर चली जायेंगी।'...

इंतज़ाम पहले से था। साफ़–सुथरा, चाँटा–पोंछा घर। एक कोने में उनकी कोठरी। पर्दे ढँकी खिड़की, तिपाई, जग। जग में पानी और तिपाई पर बिस्कुट का पाकिट भी। और तो और, उनकी खाट के ऐन सामने एक छोटा टी.वी. भी।

इन सबके बीच पूरी निगरानी के साथ दादी को स्थापित कर दिया गया। नल की टोंटियाँ खोल–बन्द करके बताई गयीं। खिडकी के हुक और दरवाज़ों के हैंडल। कमोड में पानी चलाने की तरकीबें।

इस स्थापना–पर्व के बीच ही बेटे के बेटने पुट्ट से रिमोट की बटन दबा दी।

दादी हकबकाई, भौचक...जैसे यक्ष–किन्नर, नाग–गन्धर्व, तीनों लोक, चौहदों भुवन से लेकर सम्पूर्ण ब्रह्मण्ड डाँवाडोल हो, इस चौखूँटी 'पेटी' (बक्से) में। हरिणाकुश से लेकर गौरा–पार्वती तक। जय जगदम्बे! दादी निहाल हो लीं। बच्चों की तरह रिमोट हाथ में लेकर किलक उठीं।

जैसे अलादीन का चिराग हाथ लग ग़या हो। फिर लजाईं।... बच्चों के बाप ने मसखरी की...

''अब इन्हें दो–तीन वीडिओ गेम्स और लाकर दे दो तुम लोग। इनका वक़्त आसानी से कट जाया करेगा।''

सो, वक़्त कटने लगा। सुबह–शाम और रात, एक पर एक उतरने लगे...रसोई में जंगबहादुर द्वारा उतारे जाने वाले आलू–तोरई के छिलकों की तरह। गैस पर सब्ज़ी छौंकने की आवाज़ के साथ शाम घिरती और रात मेज़ से प्लेटें उठा लेने के बाद दिनचर्या समेट ली जाती। सुबह फिर वही भूचाल।

घर के लोग अपने–अपने समय पर आतें–जाते। आपस में थोड़ी बातचीत करते, फिर अपने–अपने काम में मशगूल हो जाते। दादी उनके आसपास कहीं न कहीं बैठने–उठने, चलने–फिरने की कोशिश करती रहतीं। फिर थककर अपनी कोठरी में आकर रिमोट का बटन दबा देतीं।

दो–चार–दस हफ़्ते बीतते न बीतते दादी उदास हो लीं। 'पेटी' का रंगारंग जादू बेअसर साबित होने लगा। दादी खेत–खलिहान, गड़ही–पोखर ढूँढ़ती तो उधर बड़े–बड़े रंगीन फूलों वाली आदमक़द फुलवारियाँ दीखतीं। गाँव–सिवान तलाशतीं तो घुटनों तक घाघरी चढ़ाये, सीना उघारे, होस से बेहोस फूहड़पने पर उतरीं छोकरियाँ। ...बाक़ी पूरे समय धाँय–धाँय छूटते गोले–बारूद, ताड़–ताड़ दगती बन्दूकें...कहीं उघड़ी खाल, कहीं लिथड़ते शरीर, रिसता खून...

पहली बार देखा तो दिमाग़ चकराया और वहीं की वहीं घुमटा खा के लुढ़क गयी थीं। पाँच–दस मिनट में पानी के छीटें मार, गुलाब का शरबत पिला के दुरुस्त किया गया। होश–हवास लौटे तो खिसियाईं। सबके सामने सफ़ाई दी–"गोली–बारूद वाली बटन निकाल दो। जान थोड़ेई देनी है। मैंने तो राधेकृष्ण के लिए बटन दबाई थी।...भगवान लोग अब क्यों नहीं आते?"

बच्चों ने ठहाका लगाया–"आप जो आ गयीं, सारे भगवान भाग खड़े हुए।"...फिर समझाया गया–"सब कुछ रोज़–रोज़ नहीं आता। हम लोग सारे दिन तो रहते नहीं। बटन दबा–दबाकर देख लिया कीजिए। ओ.के.?" और रिमोट दादी के हाथों में थमाकर चलते बने।

लेकिन शाम को बच्चों के पिता ने सुना तो एक झोंके में सब पर दहाड़े–"निकाल बाहर करो टी. वी. उनकी कोठरी से वरना हमारी गैरहाजिरी में कुछ हो–हवा गया तो कौन ज़िम्मेवार होगा? ऐं? नहाना–धोना, खाना–पीना, पूजा–पाठ, इतना क़ाफ़ी नहीं क्या? बाक़ी समय चुपचाप माला जपें, बस।"

माला के नाम से दादी का दिल बैठ गया। जैसे पढ़ाई के नाम से बच्चों का। लेकिन अधेड़ हुए बेटे के सामने कहें तो कैसे?... चुपचाप साँस रोके अपने लिए किये गये फैसले का इन्तजार करती रहीं।...पूरे समय दिल धड़कता रहा। बस, अब कोई आया 'पेटी' उठाके ले जानें। कहीं कुंडा खड़कता, जान मुँह को आ जाती। अच्छा हो या बुरा, समय काटने का साथी तो है न! चला जायेगा तो क्या करेंगी दिन–भर? ले–दे के वही एक खिड़की... जिसके बग़ल वाली बिल्डिंग पर कफ्फन–सी सपाट दीवाल के सिवा कुछ दिखता ही नहीं। लगता है, जैसे ऊँची उठती दीवाल के बीच चिन दी गयी हों।

ख़ैर, देर रात तक कोई नहीं आया तो उन्हें ढाढस बँधा। गयी नहीं 'पेटी'। बच गयी। पर बटन दबाने की भी हिम्मत न पड़े। हतबुद्धि–सी रिमोट लिए बैठी रहीं। बैठे–बैठे उकता गयी। न रिमोट छोड़ते बने, न माला उठाते बने। हारकर रिमोट पकड़े–पकड़े ही अचानक बटन दब गयी।

...अरे! सामने पेटी पर तो सावन के झूले–हिंडोले और रंग–बिरंगी ओढ़नियाँ फहराती लड़कियाँ तीज कजली गा–गा के झूला झूल रही थीं। सब की सब बिछुए, टीके, मेहँदी, महावर, कंगन–चूड़ियों से लैस। जितने श्रृंगार और सज्जा की दादी कल्पना कर सकती थीं, उससे कई–कई गुना ज़्यादा। इतना सिंगार!...(दादी ने तो 'सोलह' ही सुने थे) जुटता किसे है! दादी का जी लहक उठा। बड़ा खुसहाल गाँव है। जगदम्बे माता सबके सुख–सुहाग की रच्छा करें।

मगन मन दादी लड़कियों के सुर में सुर मिलाकर गाने की कोशिश करने लगीं–

सावन रितु आऽऽई, धीरे–धीरे...सावन रितु...
खोलो मोरे सजना, चन्दन केवड़िया....
(क्योंकि)
चुनर मोरी, भीऽऽजे, धीरे–धीरे...
सावन रितु आऽऽई धीरे–धीरे...

सुनते–सुनते दादी पूरी तरह तन्मय हो गयीं।

गीत के 'बोलों' के हिसाब से शरमाने, लजाने और मुस्कराने लगीं। मुग्ध दृष्टि से टकटकी लगाये, फूलों के गजरे लिपटे, पेंगें बढ़ाते झूलों को देखती रहीं। देह–दसा की सुध–बुध बिसर गयी। आँखों के आगे बस सावन की झिरी, भीगी चूनर और चन्दन केवड़िया...

–कि पट्ट से प्रोग्राम ख़त्म हो गया। पर्दे पर कलाकारों के नामों की सूची बदलने लगी। दादी का सपना टूटा। पर मन की हरियाई नीम पर वही झूले, वही गाने पेंगें मारते रहे। अगले पूरे दिन भी वे अपनी खुरखुरी आवाज़ और थरथराते गले से सोलह श्रृंगार और चन्दन केवड़िया का गीत निकालने की कोशिश करती रहीं।

सारा दिन बहुत अच्छा बीता! उससे अगला भी। पर आख़िर कितने दिनों तक वही एक गीत गाते रहा जा सकता था? दादी हर दिन बटन घुमाती रहतीं कि लड़कियाँ फिर आये फिर झूला झूलें, कजली गायें, लेकिन वह गीत दुबारा नहीं आया।

अलबत्ता बटन दबा–दबाकर उसे ढूँढ़ने रहने के दरम्यान कभी किसी ग़रीब बेसहारा की झोंपड़ी में आग लगाते लोग, कभी चीखती–तड़पती लुगाई को नोचते–खसोटते दरिन्दे। गोली तो लोग यों मार देते हैं जैसे कंचे खेल रहे हों।...धाँय–धाँय गोलियाँ चलतीं और पटापट हँसते–खेलते इन्सान ख़ून से तरबतर धरती पर लोट जाते। कभी बाप की गोद में बेटा, कभी औरत की गोद में उसके आदमी का सिर बेजान लुढ़क जाता।

दादी रोक न पातीं। हिलक के रो पड़तीं। 'बैन' कह–कहके–देखो–देखो! अरे, राच्छसों ने खड़े–खड़े गोली दाग दी रे दैया... बेचारे निहत्थे बेकसूर पे... मैंने ख़ुद अपनी आँखों से देखा...मार के पुलिया पार से छलाँग लगा दी कसाइयों ने...अरे, राम–रहीम का पहरा उठ गया क्या रे दुनिया से...कहीं आग में जिन्दा झोंक रहे हैं, कहीं पानी में घोंट–घोंट के...कहीं बिजली का करेंट लगा के...कहाँ हो दीनबन्धु! दीनानाथ...!

उत्तेजना में साँस चलने लगती। ओंठ लटपटाने लगते। हर छोटे–बड़े को बुलाकर फूलती साँसों के बीच आँखों देखे 'अन्याय' की दुहाई देने लगतीं। बच्चे हँस पड़ते, लेकिन माँ झुँझलाकर रिमोट छीन लेती–'जब समझतीं नहीं तो देखना काहे का। सब कुछ को सच मान लेती हैं।' जान छुड़ाने की गरज से किया उपाय, जान की जहमत बन गया। शुरू–शुरू में मजा लेने वाले बाक़ी लोग भी क्रमशः दादी द्वारा वक़्त–बेवक़्त उचारे जाते 'बैनों से आज़िज आने लगे।

एक बार घर की मालकिन ने किसी पड़ोसन के सामने परेशानी बयान की। उसने सुझाया, सुबह नौ–दस के बीच चैनल सात पर किसी महात्मा का प्रवचन आता है। वैसे महात्मा लगता तो पूरा गुरु घंटाल है, पर दादी का हिसाब बैठ जायेगा। वक़्त–कटी हो जायेगी।

और अगली सुबह टाइम देखकर दादी के सामने बटन दबा दी गयी। दादी गद्‌गद। ऐन सामने, घर के घर में, लम्बी दाढ़ी, तिलक–त्रिपुंड और गेंदे–गुलाब की मालाओं से सुसज्जित महात्मा

जी प्रकट हो गये। चारों तरफ़ रंग–बिरंगी झालरें, झंडियों से सज़ा पण्डाल, खचाखच भरे आलम (लोग)...बैक ग्राउंड में कैसियो टोन पर बजती बाँसुरी की धुन। बीचोबीच रेशमी चादर से ढँकी चौकी पर विराजमान महात्मा जी...

"जय बाँके बिहारी, गोबरधन गिरधारी, वंशी के बजैया, रास के रचैया, माखनचोर। बोलो यशोदानन्दन, कंसनिकन्दन, कन्हैयालाल की..."

"जैऽऽ..." रसमग्न, झूमते–गाते श्रोताओं का समवेत स्वर गूँज उठा। दादी हर्ष–विह्वल, आँखों से आँचल लगा आनन्दातिरेक से आँसू पोंछने लगीं।

बस, अब तो रोज़ यही सिलसिला चल निकला। अपने सारे काम जैसे–तैसे समेट, गिरती, लटपटाती दादी साढ़े आठ से ही टी.वी. के सामने आ बैठतीं। बैठने के साथ ही बेताबी बढ़ती जाती। कहीं देर न हो जाये। महात्मा जी पहुँच न गये हों पण्डाल में।... समझाने, बताने से ज़्यादा फ़ायदा नहीं।

बटन दबते ही कैसियो टोन की धुन के बीच मन्द–मन्द मुस्कराते, दाढ़ी सँवारते महात्मा जी प्रकट हो जाते। दादी का पोपल मुँह नवोढ़ा–सा लिख उठता। टकटकी बँध जाती। महात्मा जी बी़च–बीच में चुटकुले भी छोड़ देते। 'पेटी' के अन्दर का पण्डाल हँस पड़ता, दादी भी। थोड़ा–बहुत जानने–समझाने पर भी कभी–कभी रहा नहीं जाता। थोड़ी सकुचाती, लजाती बच्चों से पूछती–"महात्मा जी हम सबको देख रहे होंगे क्या?"

"हाँ, कल आपको उनकी चिट्ठी भी मिलेगी।"

दादी बच्चों की उद्दंडता और मसखरी का बुरा नहीं मानतीं। उनका ध्यान तो भाव–विभोर करने वाली धुन और प्रवचन में रमा रहता। अक्सर पण्डाल में बैठे भक्त श्रोताओं की तरह वे भी झूमने की कोशिश करतीं। और कभी–कभी तो उन्हें अपने आपको तत्त्व–ज्ञान प्राप्त होता भी महसूस होने लगता।

लेकिन एक दिन बड़ा पंगा हो गया। पूरी फ़जीहत ही। दादी मगर मन और दिनों की तरह महात्मा जी का प्रवचन सुन रही

थीं... कैसियो टोन का वंशी–वादन गूँज रहा था। बीच से उभरता महात्मा जी का स्वर भी–'वह रास का रचैया, गोप बालों का खिलैया, मोर मुकुटधारी, वृन्दावन बिहा...'

–कि महात्मा जी का मुँह खुला का खुला रह गया और कार्यक्रम पलट गया। शायद वह महात्मा जी के प्रवचनों वाला आख़िरी कैसेट था और टाइमिंग में थोड़ी गड़बड़ी होने से एक–डेढ़ मिनट पहले ही बन्द कर दिया गया था।

उसके बाद उस चैनल पर किसी और कार्यक्रम की घोषणा हो गयी।

इधर दादी का हाल बेहाल, सुन्न, सकत्त कि बैठे–बिठाये, हँसते–बोलते, प्रवचन करते महात्मा जी देखते–देखते अन्तर्धान हो गये। मुँह तक खुला का खुला। हाऽऽय, कैसी तो छवि और कैसा तेज! अब कहाँ देखने को मिलेगा मुखमण्डल और कहाँ से सुनने को मिलेगी ब्रज की बाँसुरी!

उन्हें सही बात समझाने की क़ाफी कोशिश की गयी। थोड़ी–बहुत समझीं भी, पर मन टूटा सो टूटा। उस पूरे दिन अन्न–जल नहीं ग्रहण कर पायी। दूसरे दिन भी उदास, तीसरे दिन भी लस्त। अकेली कोठरी, पहाड़–सा दिन!

आख़िर सोग से उबरने के लिए पुनः रिमोट की शरण में जाना पड़ा। यह भी डर था कि कहीं बेटे के कानों में बात न जाने पाये कि फिर से 'पेटी' की करामात के कारण दादी हलकान। 'बेटा कम हट्ठी नहीं। इस बार कहीं सचमुच हड़ककर 'पेटी' हटवा दी तो।...'

अतः धीरे–धीरे दादी ने वापस सब कुछ देखना शुरू कर दिया। जो कुछ भी, जब भी आता, देखने–समझने की कोशिश करतीं। पहले लगातार देखते हुए कुछ न कुछ टीका–टिप्पणी भी चलती रहीं। कभी लानतें भेजतीं, कभी कोसतीं, लेकिन फिर लोगों के झुँझलाने–झल्लाने पर वह सब भी कम हो गया। जब कभी मन घबड़ाता, अकेलापन, उदासी काटती, बटन दबा देतीं। धीरे–धीरे मारधाड़ से डरना, रोना, कल्पना भी बन्द हो गया। घरवालों को राहत मिली। अब अपने–अपने

काम से घर लौटने के बाद शाम को दादी उन्हें बेवजह घेरने–घारने के बदले अपनी कोठरी में टी.वी. देखती मिलतीं या टी.वी. देखने के बाद थकी आँखों को आराम पहुँचातीं। अब वे ज़बरदस्ती के 'सिली' सवालों से किसी को परेशान भी न करतीं। उलटे कभी–कभार बात चलने पर, किस प्रोग्राम को कितने हज़ार चिट्ठियाँ मिलीं या क्या–क्या क़ीमती चीज़ें इनाम में थीं, या साबुन–तेल वाली छोकरियाँ कैसी घाघरी, कैसा जंपर पहने थीं, यह भी बतातीं। बड़ों और बच्चों दोनों के लिए दादी से मिलीं ये ज्ञानवर्द्धक सूचनाएँ अतिरिक्त मनोरंजन का माध्यम हो गयीं और उन्होंने अब दादी को 'टेलीविज़न इन्फॉरमेशन ब्यूरो' के नाम से पुकारना शुरू कर दिया।

किचन में जेट–स्पीड से दाल बघारता या रोटियों को फटाफट तवे से गैस पर फेंकता जंगबहादुर भी अब दादी की विस्तृत पूछा–पेखियों से मुक्त हो गया था। उसकी माँ की दवा, बाप की दारू और बहन की शादियों से सम्बन्धित चिन्ताएँ और सुझावों के साथ–साथ दादी की किचन में पहुँचकर की जाने वाली टोका–टाकी और दख़लअन्दाज़ी भी बन्द हो गयी। अधेड़ बेटा घी–दूध खाये तो ठीक, न खाये तो ठीक। उसके दफ़्तर जाने से पहले 'जान है तो जहान है' की नसीहत भी अब नहीं देतीं दादी।

स्थितियों के साथ दादी के इस समझौते और समझदारी पर पूरा घर मन ही मन सन्तुष्ट और चमत्कृत था। देर आयद दुरुस्त आयद। सबकी जिन्दगी अमन–चैन से कटने लगी।...दिन, हफ़्ते और महीने पे महीने बीतते गये।...

अचानक इतवार की एक दोपहर, नीचे आवाज़ाहियों से भरी सड़क पर कहीं गोलियाँ चलने जैसी आवाज़ आयी और मिनटों में पूरी कालोनी लोमहर्षक उत्तेजना से सनसना गयी। एक ख़ौफ़नाक, दहशत भरा सियापा सारी आवाज़ाहियों को निगल गया।

पता चला, ठीक तीन इमारतों पहले के कोने पर दो नकाबपोश अजनबी एक अट्ठारह साल के लड़के पर गोलियाँ दागते निकल गये। लड़के का मृत, छलनी हुआ शरीर हाथों में थामे बाप अवसन्न, पथराया–सा बैठा है... कोई पास तक जाने की हिम्मत नहीं कर पा रहा... दमघोंट सन्नाटे में पुलिस की गाड़ियों की दनदनाहट दर्ज हो गयी।

इतवार की दोपहर। माँ–बाप तथा बच्चे सभी घर पर थे। चेहरे आतंक से सहमे।

शायद छोटे वाले लड़के को ख़याल आया। भागा आया।...एक स्वाभाविक उत्तेजनावश उसने सोती हुई दादी को झकझोरकर जगा दिया और जल्दी–जल्दी एक साँस में पूरा क़िस्सा बयान कर गया।

दादी पहले तो जैसे कुछ सुन–समझ ही नहीं पायी। फिर बच्चे से समझाकर बताने को कहा। उसने दुबारा बताया। इस बार बताते हुए डरा भी कि कहीं दादी ने रोना–बिलखना शुरू कर दिया तो माँ से अलग फटकार मिलेगी।

लेकिन आश्चर्य! दादी ने कोई हड़बड़ी या उत्तेजना नहीं दिखायी। आराम से टेक लगाती उठीं। आँखों पर पानी के छींटे मारे, ऐनक लगायी और पोते को 'आधिकारिक सूत्रों' की जानकारी–सी देती, शान्त स्वर में बोलीं–"मुझे मालूम है–कल सेई मालूम है–कल ही देखा था मैंने।"

"क्या?..." लड़का झल्लाया, "आप होश में तो हो?–अभी आधे घण्टे पहले की बात है ये। यहाँ, ठीक अपनी सड़क के नीचे गोली दगी...और आप कहती हों, 'कल सेई मालूम है," उसने दादी के लहजे की नक़ल की।

"एकई बात है"–दादी ने शान्ति से बच्चे को पुचकारा–"अब ये तो आये दिन के टंटे हैं। कल 'पेटी' पे भी एकदम येई दिखाया था–रात–दिन येई चल रहा है। आठों प्रहर"–फिर पोपले होंठों पर ज़बान लटपटाती इत्मीनान से पूछ बैठीं–"चाय की हुड़क लग रही है। ज़्यादा सो ली क्या?... जंगबहादुर ने चाय चढ़ाई कि नहीं, देख तो ज़रा बेटा।"...

क्रॉसिंग

आज भी वही हुआ।

यानी चौथे क्रॉसिंग पर पहुँचने के साथ ही सिग्नल की बत्ती झट से लाल हो गयी और मेरा पैर झुँझलाते हुए ब्रेक पर...

ये कुछ सेकेंड बहुत भारी पड़ते हैं।

रोज़ाना ऑफ़िस से घर लौटते हुए यहीं से मुझे लेफ्ट टर्न लेना होता है।

लेकिन मजाल है जो कभी इस सिग्नल की बत्ती हरी मिल जाये।

यूँ भी, यह मेरी आदतों में शुमार है। एक बार गाड़ी स्टार्ट होने के बाद रोकना बहुत अखरता है। वह भी ख़ासकर दफ़्तर से थके–थकाये घर लौटते हुए। और आज तो पूरे दिन उदास रहा था। रोहिणी के हफ़्ते–भर के बेड–रेस्ट के बाद आज आठवाँ दिन था।

माइल्ड–सा 'स्ट्रोक' पड़ा था रोहिणी को। डॉक्टरों ने अपने चालू लहजे में समझाया था, 'नथिंग टु वरी...बस, सिर्फ़ थोड़े–से एहतियात बरतिए। थोड़ा टहलना, योगा, कम नमक, ज़्यादा आराम, धीमे से हँसना और धीमे ही धीमे उठना–बैठना और चलना।...किसी भी बात पर इमोशनल न होना...'

'यानी मेरे वजूद का पिचासी प्रतिशत ग़ायब न, डॉक्टर?'

डॉक्टर हँसा था।...रोहिणी रोयी थी।

हम दोनों लगातार उदास होते चले गये थे।

सात दिन के बेड–रेस्ट के बाद आज उसे पहली बार घर

छोड़कर ऑफ़िस आया था। ज़ाहिर है, बेसब्र हो रहा था। लाल बत्ती भारी पड़ रही थी। उकताहट हटाने के लिए यूँ ही गर्दन घुमाई तो बस–स्टॉप पर अचानक 'तुम' खड़ी दिखाई दीं।

तुम? यानी?

जिसे मैं बिल्कुल नहीं जानता। आज के पहले कभी देखा तक नहीं। लेकिन अब इस क्षण, लाल बत्ती के हरी होने की उकताहट के बीच, मैं वक़्तकटी के लिहाज से तुम्हारी सुआपंखी साड़ी और बाँधनी प्रिंट के ब्लाउज़ को देखता रहा था–कुछ ऐसा लगा कि जैसे इस ट्रैफ़िक–लाइट का फ़ायदा उठाकर तुम अचानक मेरी नज़रों में दाख़िल हो गयी हो। बड़े ध्यान से कलाइयों की दो पतली चूड़ियाँ और काले पट्टे की घड़ी तक आया ही कि झट से बत्ती हरी हो गयी और मैं स्टीयरिंग मोड़ते हुए सर्र से निकल गया। यह सोचना हुआ कि ये आधे से ज़्यादा उजलाए बालों और सुनहरे फ्रेम के चश्मे के बीचोबीच से यह 'सुआपंखी' शब्द अचानक कहाँ से लहलहा उठा?

याद आ गया। बहुत पहले, सिर्फ़ एक बार, माँ के मुँह से सुना था यह शब्द। घर में कोई समारोह था। महिलाओं और लड़कियों की जुटी भीड़ में एक कोई माँ को बहुत भा गयी थी। शायद मेरे लिए ही।... और वे लोगों के कानों में फुसफुसाती फिर रही थीं, 'देखी नहीं, वह सुआपंखी हरी चुन्नी वाली लड़की? रंग भले पक्का हो, पर चेहरे से लुनाई बिखरी पड़ती है।' जब तक बात मेरे कानों से टकराती और मैं देखने की कोशिश करता, वह चुन्नी सरसराती हुई दरवाज़े की चौखट से बाहर चली गयी थी। सिर्फ़ चुन्नी का एक छोर भर दिखा, लेकिन ज़ेहन में एक सकुची, सलोनी–सी सूरत चुपचाप से आकर मेरे पास बैठ गयी थी।

लेकिन वह सब तो जाने कब की बात थी!

और अब तो माँ को गुज़रे भी दसेक साल होने को आये।

...अच्छा, कहीं न कहीं तो होगी की वह सुआपंखी 'चुन्नी'...शायद अब तक 'साड़ी' में तब्दील होकर किसी घर, किसी शहर या किसी 'बस–स्टॉप' पर ही...

'हाँ और क्या?'

मैंने ख़ुद को यूँ चिढ़ाया, जैसे कोई उम्रदराज बुजुर्ग, नौजवान बेटे को चिढ़ा रहा हो।

लेकिन नौजवान भी कम नहीं था। वापस शरारत से आँख मार दी थी। और अब ये दोनों बारी–बारी से एक–दूसरे को चिढ़ा और झेंप रहे थे।

अरे, आज तो घर बड़ी जल्दी आ गया!...

हलके उत्फुल्ल क़दमों से घर में घुसा और बेसब्र उतावली से रोहिणी के सामने जाकर खड़ा हो गया। लगाव से मुस्कराया। रोहिणी को मेरा मुस्कराना अच्छा लगा था।

जब से उसे स्ट्रोक पड़ा था, हम लगातार उदास रहे थे। दोनों एक साथ बूढ़ा महसूस करने लगे थे। हँसने के बहाने तलाशते और बिना हँसे रह जाते। एक–दूसरे को हिम्मत बँधाने की कोशिश में अपनी हिम्मत छूटती महसूस करते।...

पास आकर मैंने उसके बालों के बारीक रुपहले रेशे बड़े अपनापे से सहलाये। रोहिणी को वे काले महसूस हुए होंगे। उसने ख़ुश होकर बताया कि बग़ल वाली नीला मल्होत्रा पिज्जा रख गयी हैं। तुम्हें सिर्फ़ गरम करना होगा।

यानी वह पहले से ही थोड़ी ख़ुश थी कि ऑफ़िस से लौटने पर मुझे मेरी पसन्द का नाश्ता मिल पायेगा।

मैंने पिज्जा गरम किया। प्लेट में रखकर उसे थमाया। फिर उसे तकिये के सहारे बिठाकर रिमोट उसके हाथ में थमा दिया, जिससे वह मेरी पसंद के फुटबॉल, कुश्ती, क्रिकेट और कुश्तम–कुश्ती छोड़कर अपनी पसन्द के प्रोग्राम तलाश सके।

हम दोनों ने एक–दूसरे को बेहतर पाया।...

शायद इसीलिए दूसरे दिन रोहिणी को छोड़कर ऑफ़िस जाना उतना बुरा नहीं लगा।

समय का पाबन्द मैं।

लोग मेरी कार स्टार्ट होने के साथ घड़ी मिलाते थे। ऑफ़िस वालों से लेकर अगल–बगल के पड़ोसी तक।

मेरा मानना था कि ऑफ़िस का काम ऑफ़िस के ही नियत किये गये घण्टों में किया जाना चाहिए इसलिए ऑफ़िस से लौटने का समय भी हमेशा निश्चित...

बेशक, चाहे चौथे सिग्नल की बत्ती रोज़ लाल ही क्यों न मिले।

सो मिली। आज भी।

आदतन गर्दन बेसब्री से दायें–बायें घूमती ही है। सो घूमी। आश्चर्य! आज भी तुम खड़ी थीं। महीन फूलों से भरी साड़ी। सामने की ओर लटकते दोनों हाथों के बीच झूलता बैग और घड़ी का काला पट्टा।

कानों में जैसे हवा ही फुसफुसाई–तो यह रोज़ खड़ी रहती है शायद, इसी समय।

दृष्टि सर्र से ऊपर उठती चली गयी। पतली–सी चेन वाली घुमावदार गर्दन पर टिका, मेरी दृष्टि से पूरी तरह बेख़बर चेहरा। (यह बेख़बरी मुझे और ज़्यादा इत्मीनान से भर गयी) भौंहों के बीच करीने से लगी मखमली बिन्दी। और समेटे हुए बालों वाले जूड़े के किनारे खुँसा मोगरे का एक फूल दिखा ही था कि...

सिग्नल की बत्ती हरी हो गयी।

मैंने पाया, एक्सीलरेटर पर पैर दबाते हुए मैं गुनगुना रहा था। अपनी अध–बेसुरी आवाज़ में। आज बहुत दिनों बाद यह अध–बेसुरी आवाज़ मुझे क़ाफी सुरीली लरजती हुई लग रही थी। ड्राइव करते–करते ही दाहिना पैर थोड़ा उचकाकर पैंट की जेब से एक पुर्जा तलाशा। रोहिणी ने ख़त्म हुई दवाओं की लिस्ट पकड़ाई थी। पकड़ाते हुए चेताया था कि चौक वाले केमिस्ट से ही ला सकूँ तो अच्छा।

इसलिए रोहिणी वाली दुकान पर ही गया।

दवा लेते–लेते ही अचानक बग़ल में डलिया रखे बैठी मालिन से एक वेणी भी ख़रीद ली। रोहिणी पर इसकी क्या प्रतिक्रिया होगी,

सोचा ही था कि अचानक तुम बस–स्टॉप पर खड़ी–खड़ी, अपने जूड़े में लगे मोगरे के फूल की तरफ़ इशारा कर धीमे से हँस दीं।

तुम? हँसीं कैसे?... फिर से मेरे अन्दर के 'बूढ़े' ने हँसकर 'नौजवान' से कहा, 'तुमने काम ही ऐसा किया!'

मेरे झेंपे चेहरे वाले वजूद में हर तरफ़ तुम्हारी साड़ी पर बिखरे महीन फूलों की प्रिंट और जूड़े में खुँसा मोगरा महक रहा था।

'शैतान कहीं के...'

बूढ़ा, नौजवान की तरफ़ देखकर मुस्करा रहा था।

नौजवान तुम्हारी तरफ़।

तुम मेरी तरफ़।

अरे, आज भी घर जल्दी पहुँच गया क्या?

(जबकि रास्ते में दवाइयाँ और रोहिणी के लिए वेणी भी ली थी।)

न भीड़ की उकताहट, न घड़ी–घड़ी सिग्नलों की बत्तियाँ लाल होने की बेसब्री।

मैं सदाबहार अन्दाज में तेज़–तेज़ सीढ़ियाँ चढ़ा। खट्ट से चाबी लगाकर दरवाज़ा खोला और फटाक् से बन्द भी किया।

सामने रोहिणी थी।

पिछले पूरे हफ़्ते के अनुपात में ख़ुश, उत्फुल्ल। वेणी देखते ही बच्चों–सी आह्लादित हो उठी। यह हँसी पिछले दिनों की तरह उदास और निस्तेज नहीं थी। जीने की उमंग से भरपूर थी। मैंने महसूस किया, रोहिणी भी कुछ गुनगुना रही थी। मेरी तरह बेसुरी नहीं, सचमुच सुरीली आवाज़ में।

वरना पिछले दिनों, जब से उसके 'स्ट्रोक' वाली बात की पुष्टि हुई थी, रोहिणी एक शॉक की–सी सहमी हताश मनःस्थिति में थी।

असल में रिपोर्ट आने से पहले वह थोड़ी आशान्वित थी कि शायद डॉक्टरों का अनुमान ग़लत निकले। स्ट्रोक की जगह कुछ गैस्ट्रिक वग़ैरह निकल जाये। लेकिन रिपोर्ट कनफर्म होने के बाद से आज तक न वह खुलकर हँसी थी, न बिलखकर रोयी थी। बस, सहमी हुई–सी हमेशा गुमसुम।

इसलिए शायद मेरा ऑफ़िस से उत्फुल्ल क़दमों से लौटना उसे दुहरे सुकून से भर गया था।

और अब यह रोज़ का क्रम हो गया।

यही कि–अचानक लाल बत्ती पर ब्रेक मारना। बायीं तरफ़ के बस–स्टॉप पर हर रोज़ तुम्हें एक ही मुद्रा में खड़ी देख लेना और सिर्फ़ कुछ ही सेकैंड बाद, बत्ती के हरी होते ही सर्र से निकल जाना। यह सोचते हुए कि आज तुम्हारी साड़ी का रंग हरे और पीले के पेस्टल शेड के बीच पिस्तई होकर रह गया था। यह ज़्यादा फब रही थी तुम पर या कल वाली फाल्साई?

अचानक सोचा–अच्छा, आज सुबह रोहिणी ने कौन–सी साड़ी पहनी थी?

बिल्कुल नहीं याद आयी...

न कल शाम वाली साड़ी ही। मुझे घबराहट–सी होने लगी।

मैंने तत्क्षण चारों तरफ़ देखा, किसी ने मेरी झेंप और घबराहट भाँपी तो नहीं?

पहले मेरा जो कुछ भी था, अकेले का, या फिर मेरा और रोहिणी के साझे का। अब जहाँ रोहिणी नहीं होती, वहाँ भी मैं अकेला नहीं रह पाता। तुम जाने कहाँ से दाख़िल हो जाती हो? तुमने कोई सुरंग खोद ली है क्या? लेकिन वह सुरंग सिर्फ़ बस–स्टॉप तक ही आती है। उसके बाद तुरन्त ओझल भी हो`

क्योंकि तुम्हारी जगह तो सुनिश्चित है। तुम्हें तो सिर्फ़ चौथे क्रॉसिंग वाले स्टॉप पर ही जाकर खड़े होना है, मेरे आने पर लाल बत्ती होने तक।

ऑफ़िस से निकलते हुए, मैं चाहे जिस उकताई, चिड़चिड़ाई मनःस्थिति में रहूँ, सिग्नल तक पहुँचते–पहुँचते मेरा सारा वजूद तुम्हें तलाशने लगता है। तुमने आज कौन–सी साड़ी पहनी होगी, इस अनुमान के साथ खिलवाड़ करते हुए। अब तक तो मैं तुम्हारी अदल–बदलकर पहनी जाने वाली सभी साड़ियाँ ही नहीं, दोनों जोड़ी चप्पलों और सैंडिलों के बारे में भी जान गया हूँ। घड़ी तुम्हारे पास एक ही हैं। काले पट्‌टे वाली।

लेकिन बच्चे? कितने और कितने बड़े?

ज़ाहिर है, विवाहिता तो होगी ही। और हाँ, पति भी तो...कैसा होगा तुम्हारा पति–किस तरह के जॉब में? तमाम सारी ऊल–जलूल। खलबलाहटें। जिज्ञासाएँ, बच्चों की तरह।

कि अचानक वह जिज्ञासु किशोर बड़ा होकर नौजवान के–से अन्दाज में ख़ुद को ही हड़क देता है, 'हटाओ यार! यह क्या ऊल–जलूल भीड़ लगा रखी है प्रश्नों और प्रतिप्रश्नों की!'

'तुम्हें इस सबसे मतलब?'

'किसी को अपनी दिनचर्या के एक टुकड़े में दाख़िल कर लेना तो फिर भी चलता है, लेकिन उसकी अजानी जिन्दगी में बेमानी दख़लन्दाज़ी क्यों? अच्छा हो, अपने होशोहवास दुरुस्त रखो।'

'लो भई, रख लिए।'

हालाँकि न वह कोई दख़लन्दाज़ी थी, न कुचेष्टा ही। होशोइवास भी सौ फ़ीसदी दुरुस्त ही थे। समझाना क्या था मन को भला!

अगले दिन ऑफ़िस से निकलते हुए पैकिंग डिपार्टमेंट का दामले मिल गया। हाथ हिलाया तो मैंने गाड़ी रोककर बिठा लिया। उसकी बस मिस हो गयी थी।

अपनी बातूनी आदत के मुताबिक़, सभी विभागों और यूनियन के तमाम सारे रहस्योद्‌घाटन करता चल रहा था दामले। तभी चौथा क्रॉसिंग आ गया और बत्ती लाल हो गयी।

मैंने रोमांचित होकर गर्दन मोड़ी। दामले से थोड़ा बचाते हुए। मन में कुछ यह भी कि इस अनूठे–से गोपनीय व्यापार की भनक बेबात भला दूसरों को क्यों दी जाये। कोई तुक ही नहीं बैठता था।

लेकिन आश्चर्य! दामले तो बाकायदे हाथ हिला रहा था और अगर मैं होश में था तो तुम्हें ही?...प्रमाण? तुम्हारा हाथ भी तो दामले के हाथ के जवाब में शालीनता से हिलकर नीचे आ गया था।

पहली बार तुम्हें किसी की पहचान के हवाले से मुस्कराते देखा।...

आज तुम सचमुच मुस्करा रही थीं। मैं भौचक था। तुम्हारी तुस्कराहट से बहुत दूर, एक विचित्र–से रहस्य में उलझता–पुलझता। दामले कैसे जानता है इसको? कौन हो सकती है? इसकी मित्र? रिश्तेदार? पहले के किसी ऑफ़िस की सहकर्मी? इशारा–भर भी क़ाफ़ी होगा, पूछते ही दामले ख़ुद–ब–ख़ुद तुम्हारी पूरी कुन्डली बखान जायेगा।

बस इसीलिए, कुछ नहीं पूछना है।...इतने–इतने दिनों से जिन इन्द्रधनुषी रहस्यावरणों के बीच झूल रहा हूँ, उनसे बाहर आने का जैसे मन भी नहीं कर रहा...

जितनी बलवती जिज्ञासा, कुतूहल, उतना ही हठीला निषेध–'नहीं पूछना है कुछ भी।'

सब कुछ ऐसा ही रहेगा। एकदम जस का तस। सारे के सारे रहस्यावरणों से ढँका–तुपा। अपनी जगह। अभी तक जैसा था।

और फिर अगर उत्कण्ठा न मानी तो दामले तो है ही। रहने दो तब तक यह इन्द्रजाल। ऐसा का ऐसा ही...

गाड़ी सड़क पर चल रही थी।

मैं हवा में उड़ रहा था।

अगले दिन क्रॉसिंग पर मुड़ते हुए लगा, ऐसा भी तो हो सकता है, आज तुम आदतन तुझे ही दामले समझकर हाथ हिला दो, तो?

कैसी होती है सपनों, कल्पनाओं और अनुमानों से भरी दुनिया! बावलेपन में यह भी भूल गया कि हाथ तो तुम तब हिलाओगी न, जब कार में से दामले हिलायेगा।

अगर मैं हिलाऊँगा तब तो...धत्त तेरे की, मैं हिला ही कैसे सकता हूँ?

मेरे अन्दर का बच्चा ताली पीटकर हँसा और बूढ़ा झेंप गया।

उस दिन शायद शुक्रवार था।

अरे वाह, आज तो लाल बत्ती पर रुकते ही प्लेजेंट सरप्राइज। बाल करीने से जूड़े की शक्ल में लपेटे गये थे और ज़रीदार किनारे वाली उत्सवी साड़ी के साथ कानों और गले में भी कुछ नयापन। ज़रूर आज ऑफ़िस में किसी की अगवानी या कोई समारोह होगा। इतने सालों से ऑफ़िस में काम करने का मेरा अनुभव यही बताता है कि महिला सहकर्मी ऐसे ही अवसरों पर ऑफ़िस आने के लिए ज़रीदार बॉर्डर वाली साड़ियाँ निकालती हैं।

जो भी हो, ज़रा–सी ही बदली सज्जा में तुम क़ाफ़ी अलग और ख़ूबसूरत भी लग रही थीं।... मन में आया, आज रोहिणी से कहूँगा, ज़रा जूड़ा बाँधो तो।

तत्क्षण उस शरारती बच्चे ने 'मैं हँसूँ?' कहकर मुझे चिढ़ाया ही था कि बत्ती हरी हो गयी थी।...

दिन बीत रहे थे।...

रोहिणी 'स्ट्रोक' के दहशत–भरे दुःस्वप्न से उबर रही थी।

उसकी हँसी की खनक धीरे–धीरे वापस लौट रही थी, मुझे अपने साथ शामिल करते हुए। रोहिणी ने समझ लिया था कि जीने का जो विकल्प उसके पास है, उसे ही और बेहतर बनाया जाना चाहिए। अन्दर–अन्दर घुलते जाने से कुछ नहीं होने वाला।

मैं ख़ुश और उल्लसित भाव से उसे पूरा सहयोग दे रहा था। एक तरह से रोहिणी को स्ट्रोक पड़ने से पहले भी, जो एकरसता हमारे जीवन में पैठनी शुरू हो गयी थी, वह इस उलटफेर के बाद, वापस नयी–नयी–सी हो रही थी। जैसे पुराने पड़े बर्तन–भाँड़ों को घिसकर चमका दिया जाये। अब ये बर्तन टकराते भी कम थे। खनखनाते ज़रूर थे, अथवा करीने से सजे रहते।

रोहिणी ने वापस रंग–बिरंगी बिन्दियों वाला अपना शौक़ सहेज लिया था और मैंने अरसे बाद फिर से ऑफ़िस जाने से पहले टाइयाँ छाँटनी शुरू कर दी थीं।

आज यह पोलका–डॉट्स, तुम्हारी बिन्दी–सी। हलके नीले सूट पर। अमेरिकी डेलीगेशन के साथ लंच भी है, 'सफायर' में।

मीटिंग अच्छी रही। बाद का खाना भी। लगातार बोलते–सुनते रहने के कारण थकान ज़रूर ज़्यादा हो रही थी।

फिर भी ऑफ़िस से निकलते–निकलते वही रोज़ वाला टाइम।

कार तेज़ बढ़ाकर धीमी कर दी। स्टीयरिंग पकड़े टाई की नॉट ठीक की। कॉलर के बीचोबीच जान तसल्ली पायी। बैक मिरर में धीमे से चेहरे का नज़ारा लिया। सब ठीक।

जैसे किसी पुराने जिगरी दोस्त से मिलने जा रहा होऊँ।...

एक, दो, तीन–चौथा सिग्नल आ गया। बत्ती भी लाल। गर्दन घुमाई। क्यों न आज खुद को भी दिखाने की कोशिश कर ली जाये!

उँह–अहँ के असमंजस के बीच गर्दन घुमाई तो अवाक्–विश्वास नहीं हुआ। वहाँ तो तुम थीं ही नहीं। अरे, ऐसे कैसे! थोड़ा और ध्यान से देखने की कोशिश की...आगे–पीछे, लेकिन बेकार। तुम होओ तब तो दिखों!

बत्ती हरी हो गयी थी।

लौट लिया। घर आ गया।

रोहिणी चिन्तित लगी मुझे उदास देखकर–''थक गये!...ज़्यादा ही स्ट्रेन लेते हो।''

उसने मेरी जुराबें, जूते रैक पर रखे। चप्पलें लाकर दीं। और मिनटों में झाग–भरे कॉफ़ी के प्याले। मेरी उदासी, थकान मिटाने की हरचंद कोशिश।

लेकिन उधेड़बुन जारी थी। खुद पर ग्लानि, झुँझलाहट और रोहिणी पर करुणा हो आयी।

उसके कन्धे थपथपाकर कहा, ''बूढ़ा हुआ न! थोड़ा–बहुत फ़र्क़ तो कभी न कभी पड़ता ही है।''

वह निरीह, उदास दिखी जैसे अभी–अभी हम युवा थे और एकदम तरुणाई से बूढ़ों में तब्दील हो गये हों।

रोहिणी लगातार मेरे आगे–पीछे बनी रही। मेरी उदासी का सबब जानने के लिए कम, उसे दूर करने के लिए ज़्यादा।

मैंने टोका तो बोली, "मेरी बीमारी के दौरान तुमने मुझे कितना सँभाला, कितना आत्मबल सौंपा! उसी के बलबूते पर तो मैं नॉर्मल हो पायी। तुम उदास, हताश हो जाते, तो मैं शायद कभी अपने डिप्रेशन से नहीं उबर पाती। सारा श्रेय तुम्हीं को जाता है।"

अनायास मैं बहुत धीमी, उदास मुस्कराहट के साथ बुदबुदाया था, "नहीं, तुम्हें।"

अगले दिन, उससे अगले और उससे अगले दिन भी, तुम नहीं थीं, बस स्टॉप पर।...

तुम्हारा नाम–निशान ही नहीं।

जैसे तुम कभी थीं ही नहीं।

मुझे अब अपने आप पर शक होने लगा था।

मेरी दूसरी उलझन थी रोहिणी से आँख चुराने की, जो मुझे निरन्तर अपराध–बोध से ग्रस्त करती जा रही थी। ऑफ़िस से लौटने पर रोहिणी रोज़ मुझे उम्मीद–भरी आँखों से देखती–जैसे सारे दिन मेरे लिए प्रार्थना करती रही हो।

पाँचवें दिन, मैं अनजाने या शायद जानबूझकर, ऑफ़िस के आख़िरी घण्टों में दामले के साथ हो लिया। कहा, बारिश पड़ गयी है, रास्ते में नर्सरी से थोड़े पौधे लेने थे, ज़रा मदद कर दे...वह तो पौधों का स्पेशलिस्ट ठहरा...

वह ख़ुश–ख़ुश साथ हो लिया। पूरे रास्ते इनडोर और आउटडोर पौधों की जातियाँ–प्रजातियाँ बखानता रहा। उसकी धाराप्रवाह बातें सुनते हुए भी मेरा ध्यान कहीं और था।

सिग्नल पर गाड़ी रुकते ही मैंने जैसे अनायास ही पूछा, "आज तुमने हाथ नहीं हिलाया?"

"कहाँ? किसको? ओऽ...वो...मेरी कुलीग थी। 'जैक–एंडरसन' में।... पिछले हफ़्ते ब्रांच ऑफ़िस से ट्रांसफर होकर हेड ऑफ़िस चली गयी। इसी शुक्रवार को तो उसकी फेयरवेल थी। मुझे बताया था उसके।"

नाटक समाप्त। जैसे यवनिका गिरी और फिर उठ गयी हो, सधी संगति से। नाटक के सारे पात्र स्टेज पर आकर दर्शकों को नमस्कार करके चले गये हों।...

एक–एक कर इतने सारे रहस्यावरणों का रागरंग–भरा खेल ख़त्म हो चुका था...

स्टेज ख़ाली था अब...दर्शक सन्तुष्ट।

कहीं कोई रहस्य–रोमांच, कुतूहल–उद्वेलन नहीं। आशा–निराशा या हताशा भी नहीं।

कुछ ही लम्हों में ऐसा अहसास–

जैसे नाटक देखे कई दिन हो गये हों और अब उसकी क्षीण स्मृति ही शेष हो।

सब कुछ थिरा गया, सपाट सा।

लेकिन समापन इतना निरुद्वेग नहीं होने दूँगा मैं, इस समूचे सन्दर्भ का!

आश्चर्य! मुझे कुछ करने की ज़रूरत भी कहाँ पड़ी?

सिर्फ़ हाथों में नर्सरी से ख़रीदें, छोटे–बड़े लता–गुल्मों के गुच्छे समेटे, सीढ़ियाँ चढ़ा और बेल दबा दी।...

क्या बेल पर पड़ी मेरी उँगलियों की दस्तक और दिनों से अलग थी?

उन पिछले, छूट गये उमग–भरे दिनों जैसी? शायद हाँ।...

तभी तो रोहणी ने कुछ खोया हुआ–सा वापस लिख पा लेने की उतावली में दरवाजा खोला और मेरा चेहरा देखते ही खिल उठी।

जैसे भीड़ में अलग–अलग छिटक जाने के बाद हम वापस मिले हों, इस तरह एक–दूसरे के हाथ थामे खड़े थे हम।

और उस पूरी शाम, उमगते बच्चों–से, एक के बाद, छोटे–बड़े पॉटों में नर्म, भुरभुरी मिट्टी के बीच नयी–नयी कोंपलें रोपते रहे थे हम!...

पूर्णाहुति

माँ बताया करती कि उधर आज़ादी का सूरज उगा और इधर 'वह' पैदा हुआ था। शायद इसीलिए एक अलमस्त दीवानगी उसके वजूद पर तारी रहती क्या?

हमेशा कहा करता—जीवन एक उत्सव है। इसे पूरे मन से मनाया जाना चाहिए। एक सौगात है, सर—आँखों से लगाया जाना चाहिए।

अब सौगात तो सौगात। जैसी भी मिले हमें। ढेर सारी शान—शौक़त और हीरे—जवाहरातों से जगमगाती या फिर अनुराग—दुलार से भरी, छोटी—छोटी बीर—बहूटियों—सी ख़ुशियों वाली। ख़ुशियाँ बड़ी और छोटी नहीं हुआ करतीं। जब, जो अपनी अंजलि में समा जाये। उसी का उत्सव।

सचमुच जीवन भी वह ऐसा ही जीता गया।

कहता, हम उतने ग़रीब हैं नहीं, जितने अपने आपको समझते हैं। प्यार और अपनेपन की अकूत दौलत सौंपी है विधाता ने हमें। ख़ुशियों का अक्षय भण्डार। हम जितनी चाहें समेटें, जितनी चाहें लुटायें।

लोग उसकी बातों पर हँसते। फिरफिरा कहते। लेकिन न चाहते हुए भी उसे प्यार करते।

एकाध ने तो चुपचाप, बिना किसी को बताये, उसकी तरह जीने की थोड़ी—बहुत कोशिश भी की।

उसकी तरह जीना...यानी? सिर्फ़ थोड़ी—सी अच्छी किताबें, संगीत की धुनें और (सैर—सपाटे न सही) लम्बी—लम्बी सैरें। अपने ही शहर

की, ओर–छोर मिलाती सड़कें, फुटपाथ और मन्दिर की सीढ़ियाँ उसे लुभातीं या फिर अगल–बगल की बस्तियों को मिलाती गलियों की घुमक्कड़ी। कुछ भी नहीं मिला तो पार्क की बेंचों से ही टकटकी बँध जाती...इतने सारे फूल–पत्तियाँ और रंगों की बिखरी रंगोली...विस्तृत आकाश के इतने रूपाकार...सूर्योदय से सूर्यास्त तक, शंख–शुभ्र नीलाभ–से सिन्दूरी जोगिया तक, रंगों का बेतरतीब खिलवाड़। और इन्हीं सबके बीच, उड़ती पतंगों की ओर दौड़ते, चमकती आँखों और झिलंगी पोशाकों वाले बच्चे, रिबन बँधे बालों वाली स्कूल जाती बच्चियाँ, कौतुक–भरी आँखें, शर्मीली मुस्कानें...

बेटिकट बिखरा इतना सौन्दर्य! किसने रोका है हमें समेटने से!

यार–दोस्त कहते, 'रोटी ने।'...जब पेट में रोटी नहीं होती न, तो इन फूलों, पंखुरियों, तितलियों के सारे रंग, बेहद बदरंग और बदमज़ा हो जाते हैं।

'नहीं', वह प्यार से समझाता–'वजह शायद रोटी नहीं, बहुत सारी रोटियों की हवस है। हम बहुत सारी रोटियों पर बहुत सारा घी चुपड़कर, सबके हिस्से की रोटियाँ ख़ुद हजम कर जाना चाहते हैं। पूरी जिन्दगी सिर्फ़ रोटियाँ जमा करने की, बदहवास अफरातफरी में खो जाती है। तब जिन्दगी का जश्न मने कैसे? नहीं तो सोचो, जिन्दगी की ज़रूरतें हैं ही कितनी?

दोस्त झल्लाते–'हवाई बातें मत करो। भूख की बेकली, तड़फड़ाहट तुमने महसूस ही नहीं की है, झेली ही नहीं है–तो समझोगे कैसे ?'...

'बेशक, रोटी कितनों के लिए एक कभी न पूरा होने वाला सपना है, लेकिन सिर्फ़ अपनी और मेरी कहो, हम दोनों के पास तो इतना है कि दोनों जून...'

सुनने वाला खिसियाकर उलझ पड़ता। वह हँस देता। लेकिन अपनी मनमानी नहीं छोड़ता। कहता, 'हम अपने अन्दर चलते फ़रेबों को स्वीकार लें तो जिन्दगी उतनी दुश्वार न रह जाये। लगाम क़ाबू में रहे।...'

सचमुच उसने अपनी जिन्दगी की लगाम बेक़ाबू नहीं होने दी। बेईमानी वाली दो नम्बर की नौकरियों में नहीं गया। शिक्षक की नौकरी स्वीकारी। जिससे कम से कम हर साल इस पीढ़ी के दो–चार सौ लड़कों तक तो अपनी बात पहुँचा ही सकेगा। इन सैकड़ों में दो–चार भी उसकी बात सुनेंगे तो भी वह अपना श्रम अकारथ नहीं मानेगा। सचमुच उसका विश्वास जीता। जल्दी ही वह पूरे विद्यालय का चहेता 'मास्टर जी' बन गया था।

ऐसा नहीं कि उसे जीवन में अपमानित न होना पड़ता हो। या छला न जाता हो। या औंधे मुँह गिरने की नौबत न आती हो। अस्थिर भी होता, कमज़ोर क्षण भी आते। लेकिन तब वह समझाता अपने आपको, जीवन एक समर भी तो है। जूझना तो पड़ेगा ही। और झटपट गाँधी जी की आत्मकथा के वे अंश पढ़ने लगता जब डरबन में उन्हें फर्स्ट क्लास के डिब्बे से नीचे धकेल दिया गया था।

छले जाने पर तो वह अक्सर अपनी दोनों बच्चियों को बुलाकर अलमस्त, फक्कड़ अन्दाज़ में सस्वर गा उठता–

कबिरा आप ठगाइए और न ठगिये कोय
आप ठगे सुख होत है, और ठगे दुःख होय।

बच्चियाँ बड़े चाव से सुनतीं, मतलब पूछतीं और समझने की मुद्रा में नन्ही–नन्ही बिटर–बिटर आँखें झपकातीं। पत्नी हँसती हुई दुलार से उसके बालों में अपनी उँगलियाँ फँसा देती।

वह पत्नी की उँगलियों को झाड़ू कहता। उसके सिर से उदासी और उलझनों का कचरा बुहारने वाली झाड़ू।

इतने वर्षों के साथ में पत्नी सिर्फ़ एक बार उदास हुई थी, जब विवाह के चार वर्ष बाद ही उसने दूसरी बेटी पैदा कर दी थी।

उसने भाँपा। उसका कर्तव्यबोध जागा और तत्क्षण पत्नी के कान में बड़े नेहपगे भाव से फुस्फुसाया था–"ओह! मैंने जाने कब से अपने मन में दो बेटियों की सलोनी जोड़ी का सपना पाल रखा था।...तुमसे सिर्फ़ इस डर से न कहता था कि सपना पूरा हो, न हो, तो तुम बेबात उदास हो जाओगी।"

पत्नी को सचमुच विश्वास न आया। बुझे स्वर में बोली थी–"चुपो भी–जाओ, अपनी रोकड़ बही सुधारनी शुरू कर दो, आज से, दो–दो भवानियों के दान–दहेज..."

"दान–दहेज?...छिः–छिः...तुम्हारे पिता ने जुटाई थी रोकड़?"

पत्नी का सिर अभिभूत आभार में झुका था–"सब तुम्हारे जैसे तो नहीं दुनिया में!..."

"क्यों? हमसे बहुत अच्छे हैं।...कहीं ज़्यादा अच्छे। तुम क्या सोचती हो, हमारी बेटियाँ रोकड़ों के बूते पर ब्याही जायेंगी? तुम देखना, किसी भी सुसंस्कृत परिवार में वे सतत काम्य और अभिनन्दित होंगी। गुणों की खान और शुभ संकल्पों की पिटारियों–सी मेरी बच्चियाँ बड़े आदर–मान से ले जाई जायेंगी।...और फिर जब तक ये बड़ी होंगी, देख लेना, सभ्य समाज में 'दहेज' शब्द ही वर्जित बल्कि निषिद्ध हो जायेगा।...इतने उद्‌बोधन, जागरण और ज्ञान–विज्ञान के आलोक में ओछी प्रवृत्तियाँ ख़ुद–ब–ख़ुद भस्मीभूत हो जायेंगी।..."

बेटियाँ सचमुच मेधावी निकलीं। चेहरे पर सौम्यता और मनीषा का तेज़! शुरू से ही अच्छे अंकों से परीक्षाएँ उत्तीर्ण करती गयीं। विशेष योग्यता के साथ सर्वोपरि अंकों वाली छात्रवृत्तियाँ तक। उनके कपड़े थोड़े सामान्य अवश्य होते। जूते–चप्पलें भी मामूली। लेकिन जब वे मुख्य अतिथि के हाथों कई–कई पुरस्कार लेकर मंच से उतरतीं तो उनके चेहरे की दीप्ति के सामने शोख लिबासों की तड़क भड़क फीकी पड़ जाती।...

लेकिन, शायद इन्हीं दिनों के आसपास, जीवन में पहली बार उसके अन्दर कुछ बेनाम मायूसियों और उदासी ने पसरना शुरू कर दिया। ख़ुद को लाख सँभालने के बावजूद वह साफ़–साफ़ महसूस करता कि जागृति और चेतना की मशाल बेशक चकाचौंध से लपलपा रही है, लेकिन अँधेरे अपनी जगह कायम हैं, बल्कि और ज़्यादा गहराये हुए। जो कुछ हाथो में समेंट–सहेजकर रखना चाहा था, वह सब कुम्हलाया, छुटा जा रहा है। चिन्तन के अन्दाज तो बेशक कलफ़ लगाये कपड़ों से तहाये, सिलसिलेवार सजे हैं, लेकिन आचरण और प्रवृति मैल खाये कपड़ों की लुगदी की तरह ढाँपे–तोपे पड़े हैं।

नाते–रिश्ते और सहकर्मियों में विवाह–योग्य लड़कियों के पिता जब हताश शब्दों में अपने अनुभव बताते तो वह सहसा विश्वास न कर पाता। मन आशंकित हो सहम जाता।

जीवन में पहली बार उसने महसूस किया कि वह अपनी आशंका, अपनी टूटन, भय और बिखराव, न अपनी पत्नी से बाँट पा रहा है, न अपनी बच्चियों से। पहले वह, जिन अभावों और अवहेलना–भरे प्रसंगों को, अपने बालों में फिरने वाली पत्नी की उँगलियों से झाड़–बुहारकर बच्चियों की दूधिया हँसी से धो डाला करते, गाँधी के सत्य के प्रयोग जिन हताशाओं को आपस में बराबर बाँट लिया करते, अब उनके बीच चुपचाप घुटता। वह कहीं नितान्त अकेला, निहत्था और पस्त–सा था।

उसने यह भी जाना कि जीवन की कुछ ख़ुशियाँ पूरी तरह पराये खूँटों से बँधी होती हैं। उनकी कृपा की मोहताज।

सचमुच सिर्फ़ कुछ वर्षों बाद ही मित्रों, हितैषियों के बताये जिन–जिन सम्भ्रान्त, सुसंस्कृत कहे जाने वाले परिवारों में वह अपनी बेटी के विवाह का प्रस्ताव लेकर गया, वहाँ के लोग बेटी की शिक्षा–दीक्षा, गुण और सौन्दर्य से पहले सीधे उसकी हैसियत के बारे में पूछते। उसकी ज़मीन–ज़्यदाद और और चल–अचल सम्पत्ति का पूरा ब्योरा चाहते। 'हैसियत' शब्द बहुत जल्दी उसकी औकात में तब्दील हो उसे निरुपाय कर जाता और वह वापस हो लेता। सारे रास्ते मनगढ़न्त क़िस्से गढ़ता हुआ लौटता और पत्नी, बेटियों के समक्ष खोखली हँसी के साथ बताता कि लड़का उसे बिल्कुल जँचा ही नहीं। भला अपनी सोने–रूप–सी बेटियों को वह कोयले की खदान में कैसे डाल दे?...

बेटियाँ उसकी मनगढ़न्त 'ना' पर उल्लसित भाव से हँसतीं; पत्नी धीमे से हामी भरती और बाद में अपनी दुबली उँगलियों वाली झाड़ू उसके बालों में फिराने की एक उदास कोशिश करने लगती।

लेकिन अक़सर सुबह के अख़बार में दहेज के अभाव में आत्महत्या करने वाली लड़कियों से सम्बद्ध ख़बरें पढ़कर वह सिहर उठता और एक कमअक्ल आदमी की तरह पत्नी से पूछता–'बच्चियों ने आज का अख़बार देखा तो नहीं?

...अन्ततः संयोग सचमुच घटित हुआ। एक मध्यस्थ मित्र के प्रयत्नों से उसकी बड़ी बेटी का विवाह तय हो गया। मित्र ने समझाया था–"देखो, सिद्धान्त नहीं, व्यवहार की बात समझो। तुम दुनिया में सबको अपने समान होने और सोचने के लिए बाध्य नहीं कर सकते। न अकेले दम पर समाज को बदलने का दावा कर सकते हो और न ही समाज के बदलने की राह देखते, इस उम्मीद पर अपनी बेटियों को बिन ब्याही रखने की मूर्खता ही कर सकते हो...ख़ैर, तुम अब सारा कुछ मेरे ऊपर छोड़ दो। मैं तुम्हारे और तुम्हारी बच्चियों के विषय में सब कुछ बताकर, निश्चित करके, तभी तुमसे उन लोगों के पास जाने के लिए कहूँगा। यह रिश्ता मनवाकर ही रहूँगा।"

सचमुच वही हुआ। जब वह औपचारिक विवाह का प्रस्ताव लेकर पहुँचा तो उन लोगों ने आतिथ्य और आवभगत का पूरा शिष्टाचार निभाते हुए उसे बताया कि आपके मित्र द्वारा हमें सारी जानकारियाँ मिल चुकी हैं; हम सन्तुष्ट एवं आश्वस्त हैं। आप विवाह की तिथि–मुहूर्त निकलवाकर हमें सूचित कीजिए। हमें स्वीकार होगी।

उसे अपने कानों पर विश्वास न हुआ। हुआ तो उसने बहुत दिनों बाद दुबारा ख़ुद से कहा–'मैं ठीक सोचता था न! समय बदल रहा है, थोड़ा ही सही। आगे भी, शायद ज़्यादा तेज़ी से बदले।'

कृतज्ञ और उत्फुल्ल मन से विवाह की तैयारियाँ शुरू हो गयीं। बन्धु–बान्धव, इष्ट–मित्र और बेटियों के संगी–साथी आ जुटे। तोरण, कलश और बन्दनवार सजने लगे। मण्डपाच्छादन के साथ मंगलाचार होने लगे।

बड़े आदर–उछाह के साथ बारात की अगवानी हुई। द्वारचार, वरमाला। मन्त्रोच्चारों के बीच सिंदूरदान और सप्तपदी के फेरे पड़े। बीच–बीच में छेड़छाड़ और हँसी–ठिठोली भी। नये–नये जुड़े सम्बन्धों की ऊष्मा महसूस करने–कराने की उतावली–भरी ख़ुशी। अधियायी रात तक विवाह सम्पन्न हुआ। अब सुबह विदा थी।

लोग जहाँ–तहाँ सुस्ताने–अलसाने लगे। डेरे–तम्बू वाले अपने खूँटे उखाड़ने में लग गये।

लेकिन तभी, रात के अन्तिम प्रहरों में एक आशंकित क़िस्म की सुगबुगाहट माहौल में उतरने लगी। जनवासे से आने वालों के चेहरे कुछ उड़े–उड़े–से, उद्विग्न–से। एक–दूसरे से छुपती, चुराती–सी आँखें, कुछ कतराते–से शब्द। उत्साह से चलता सब कुछ थमा, ठहरा–सा लगने लगा। एक अशोभन–सा ठहराव। जैसे लोग उससे न कुछ कह पा रहे थे, न छुपा पा रहे थे।

वह पहले हैरान फिर व्यग्र हो उठा। आख़िर बात क्या है? कुछ पूछने, जानने की उत्कण्ठा अब दुश्चिन्ता में बदल गयी।

और सुबह होते–होते जब दुश्चिन्ता विश्वास में बदली तो वह सन्न रह गया। हाथ–पैरों में एक सनसनाहट–सी काँपी और पूरा शरीर बेदम–सा महसूस होने लगा–नहीं, ऐसा कैसे हो सकता है? मित्र धोखा नहीं दे सकता। उसने पूरी तरह आश्वस्त किया था...और ख़ुद वर के पिता ने भी तो।

साफ़–साफ़ न जताई जाने पर भी वर के पिता की मंशा स्पष्ट हो चली थी। वे रुतबे और उपेक्षा–भरे शब्दों से यह जतलाने की कोशिश कर रहे थे कि उनकी सदाशयता का ग़लत मतलब लगाया गया। समूचा आयोजन उनकी अपेक्षाओं से बहुत नीचे स्तर का था। उन्होंने शालीनता निभाई, कुछ नहीं माँगा, तो इसका अर्थ यह तो नहीं कि–

मध्यस्थ मित्र विवाह में आ नहीं पाये थे और वर के पिता अब 'विदा' के बारे में पूछने पर बड़े चलताऊ अन्दाज में कह रहे थे–"विदा की बात तो हमने की ही नहीं थी।...शादी के बाद हमारे यहाँ तुरन्त विदा नहीं होती...बाद में देखा जायेगा।..."

लाख छुपाने पर भी उसके होंठों से आह–सी निकली–"ऐसा कैसे कर सकते हैं वे..."

यह...यह कैसे सम्भव है...उसके शब्द जैसे एक सूनी घाटी में विलीन हो गये...लेकिन घर आये मेहमान, रिश्तेदार अब बिना लाग–लपेट धिक्कार रहे थे–"ये तो खुलेआम लूटने वालों से भी बदतर और मक्कार निकले।"...

"किसी ने कान भरे होंगे उनके..."

इस पर नौजवान उखड़ गये–"कोई कान भर देगा तो किसी शरीफ़ की इज़्ज़त उतार लेंगे? उनके पास अपना जमीर और दिमाग है या नहीं? फेरे पड़ने से पहले इस बात का ज़रा भी अन्देशा होता तो हमने ख़ुद इन्हें मुहल्ले से बाहर न खदेड़ दिया होता।"

दूसरा तैश खाकर बोला–"आप लोगो देखते रहिए। मैं अभी जाकर नुक्कड़ वाले जद्दन दादा से बात करता हूँ। चार लठैतों की तेल–पिलाई लाठियाँ देखेंगे तो अक्ल ठिकाने और होश–हवास दुरुस्त हो जायेंगे।"

"नहींऽऽऽ" वह कानों पर हाथ रखकर कराह उठा, "ऐसा मत करना तुम लोग कभी भी..."

उसकी तकलीफ़ दूसरी थी। वह जानता था, मुहल्ले का ही नहीं, बल्कि शहर का छुटभैया दादा होने के बावजूद जद्दन उसकी बहुत इज़्ज़त करता है। आते–जाते सामना होते ही आदर से सिर झुकाता है। उसने आज तक जद्दन को कोई सीख नहीं दी, सिर्फ़ मिलने पर 'कैसे हो जनार्दन' कहकर कुशलक्षेम ही पूछी। शायद उसे 'मास्टर जी' द्वारा उसका बचपन का नाम 'जनार्दन' बुलाया जाना ही अच्छे लगता रहा हो।

एक बार फ़सादियों की आपसी मुठभेड़ में जद्दन का बहुत अज़ीज दोस्त मारा गया था। उसकी मौत पर सम्वेदना जताने के लिए जब वह जनार्दन के पास गया था तो वह उसकी हथेलियों से मुँह छुपा फफककर रो पड़ा था।

कहा सिर्फ़ इतना था, 'मास्टर जी! आप मुझे पहले क्यों नहीं मिले...मैं ज़िन्दगी में जीतने और हारने का मतलब तो समझ पाता।'

और आज वह उसी से कहे कि 'जनार्दन! मैं हारा भाई–' मेरा एतबार मुझे आधे रास्ते बेपर्द कर गया। अब थोड़ी देर के लिए अपने उसूलों की पगडंडियाँ तुम्हारे रास्ते पर गिरवी रखता हूँ; क्योकि इस समय मैं सिर्फ़ एक पिता हूँ और अपनी बेटी की ख़ुशहाली की ख़ातिर सब कुछ दाँव पर लगा सकता हूँ...

लेकिन जद्दन से पहले तो अपनी बेटी का चेहरा ही... कैसे करेगा सामना? क्या कहेगा? कि मेरी बच्ची! अब तक, इतने सालों,

साथ–साथ बैठकर तुम्हें बाँहों में उछालकर, चूमकर, जो–जो कहा, बताया, जिसके बल पर तुम्हारी तोतली जिज्ञासाओं से तरुणाई तक का विश्वास जीता था, वह सब झूठ था। पराजित हुआ मैं...

कोई बात नहीं। सिद्धान्त और व्यवहार के बीच यह सब चलता है। उसे अपनी हार का ज़रा भी दुःख नहीं होगा। वह बस बेटी की ख़ुशहाल ज़िन्दगी चाहता है, वरना यह विध्वंस बेटी की बाक़ी बची जिन्दगी को ध्वस्त–पस्त करके रख देगा।

उसके सिद्धान्त बचे रह जायेंगे। टेव भी। लेकिन बेटी का जीवन रेशे–रेशे छितरा लायेगा।

फिर क्या बचेगा उसके पितृत्व का?

एक हठीला, अवसादी, अधूरा आलाप!...

उधर आक्रोशों का उबाल अपने चरम पर था...

ढोंगी, पाखण्डी! ऊपर से सम्भ्रान्त दिखते हैं लेकिन लोभ का घड़ा हमेशा ख़ाली ही रहता है।

"अरे, हज़ार बार कह गया हूँ, जद्दन को चार लठैतों के साथ भेजने दो, सारी शेखी और हैसियत का गुरूर हवा हो जायेगा।..."

"लेकिन वह लड़का कैसा मिट्टी का माधो है जी!"

"ख़ुद आगे क्यों नहीं आता?"

"अरे भई, समझो–शादी पिता की अपनी मर्ज़ी से हो रही थी और अब पुत्र की बीच में आने की हिमाकत भला कैसे वे बरदाश्त करेंगे?"

"ये सब बहाने हैं–पितृ–भक्ति के...सबसे ज़्यादा आदर्श और अनुशासन इन नौजवानों को ऐसे ही वक़्त सूझता है, धिक्कार है..."

सुबह की उजास फैलने के साथ ही सब कुछ उदास, निस्तेज हो चुका था।

तोरण की पत्तियाँ श्रीहीन हो झूल गयी थीं।

बिजली के लट्टुओं की क़तारें निरीह और रोशनी फीकी पड़ चुकी थी।

मंगलकलश के सामने मण्डप के बीचोबीच, धुँधलाती वेदी अब पूरी तरह राख से ढँप गयी थी।... सिर्फ़ यहाँ से वहाँ तक बाँधी पतंगी कागजों की झंडियाँ बदहवास–सी सरसराये जा रही थीं।

बाक़ी सब ख़ामोश।

पीली पड़ी सुबह की रोशनी में सीढ़ियों के एक तरफ़ बैठा वह ख़ुद पर हँसा–क्या उसे अब भी किसी चमत्कार की उम्मीद है?

क्या जीवन को एक जश्न की तरह मनाने का उसका विश्वास और हठ अब भी कायम है?

उसका छला गया विश्वास तल्खी से हँस रहा था–तुम्हारी सूर्यमुखी आस्थाओं के अवशेषों का समापन हो गया या–

तो...जाने दे ख़बर जद्दन तक?...हाँ, जाने दो...मेरी बेटी की सम्मान–रक्षा के लिए।

अचानक सामने से तेज़–तेज़ आती एक धुँधली आकृति क्रमशः स्पष्ट होती गयी।

पास आये तो बग़ल वाले शुक्ला जी।

उत्तेजना से हाँफती साँसों पर क़ाबू पाते, वे मद्धिम आवाज़ में आधे–अधूरे जुमले बोल रहे थे–"वे, वे लोग आ रहे हैं...विदा की तैयारी कराइए, जल्दी।"

"आ रहे हैं?...लेकिन कैसे? वे तो..."हकबकाहट में पूरी आवाज़ तक नहीं निकली।

"कहा न, कुछ नहीं; भूल जाइए सब कुछ। उनसे कुछ पूछने–कहने की ज़रूरत ही नहीं। बस, आप लोग विदा की तैयारी... समझ लीजिए, कुछ हुआ ही नहीं..."

अब उससे न रहा गया–'कुछ हुआ ही नहीं?'

"शुक्ला जी! हुआ तो बहुत कुछ..."

"चलो माना..." शुक्ला जी ने प्यार से उसके कन्धे थपथपाये–"पर अब, जब वे ख़ुद विदा कराने को तैयार हैं तो..."

वह फिर हँसा–"आप बाजीगरी का तमाशा दिखाने निकले हैं शुक्ला जी? खिलवाड़ है क्या?..."

"हाँ, ईश्वर की बाजीगरी ही समझो...सुनो, एकदम सुबह–सुबह, वर महोदय के बड़े मामा जी अचानक पधारे। ट्रेन उनकी पन्द्रह घण्टे लेट थी। झुँझलाते हुए सीधे मेरे यहाँ, क्योंकि मेरे बचपन के सहपाठी ठहरे। शादी में शामिल न हो पाने के रंज के बीच यह विदा वाला मामला उनके कानों में पड़ा। सुनते ही आगबबूला हो गये। मेरे बैठकखाने की चाय की प्याली वहीं छोड़ तेज़–तेज़ सीधे जनवासे की ओर यह कहते हुए बढ़ गये कि विदा आज ही होगी और इसी वक़्त।...इन बड़े साले साहब को अपने बड़े भाई समान मानते हैं, वर महोदय के पिता। उनका कहा पत्थर की लकीर।...अब चलो, जाओ अन्दर। कहो, जल्दी करें–मैं ज़िम्मा लेता हूँ न!..."

आसपास खड़े लोग सिमट आये। चेहरों की खोयी चमक लौटने लगी। जैसे लुट गये माल के वापस मिलने की ख़बर। हर किसी के मुँह बस एक ही बात–'वे लोग मान गये...वे लोग मान गये।...मामला सलट गया।' यन्त्रचालित–सा वह अन्दर पहुँचा।

ठक! सामने बेटी ही खड़ी मिल गयी। ठगा–सा खड़ा रहा कुछ पल। कहने से पहले अटपटाया–"यही कहने आया था कि...वे लोग आ रहे हैं बेटे!...विदाई...के...लिए..."

वधू–वेश में सजी बेटी ने पिता की उदास, उद्विग्न आँखों में अपनी पूरी दृष्टि उड़ेल दी। फिर जैसे पूछा हो–'विदाऽऽ...कैसे?'

"उनके बहुत विश्वस्त सम्बन्धी आये हैं। अभी–अभी। बहुत सम्मान करते हैं उनका। इसलिए उनकी बातें टालने का सवाल ही नहीं। ख़ुद ही कहलाया है–शुक्ला चाचा जी कह रहे थे–"

बेटी ने बड़े ध्यान से सुना। फिर उसी विश्वास से अपनी संजीदी आँखें पिता पर टिका दीं।

"और...आप? आप क्या कहते हैं?"

इसकी उम्मीद नहीं थी।...अकबका आया पिता–"मैं? हँऽऽआँ...मैं भी बेटू–बस यही कहने आया था।..."

वाक्य समाप्त करते–करते उसका सिर झुक गया था...बेटी ने लक्ष्य किया और बड़े शान्त, मृदु स्वरों में बोली–अविचलित भाव से–"ऐसे नहीं, मुझे, मेरे उन्नत शिर, सीधी आँखों वाले पिता का

आदेश चाहिए।...मुझे डर है, कहीं मैं कुछ प्राप्तियों के एवज़ में अपना पिता ही न खो दूँ...विश्वास दिलाइए, नहीं खो रही न!...देखिए, एक बात मैं आपसे साफ़–साफ़ कहे देती हूँ, मैं सारे नुक़सान बरदाश्त कर सकती हूँ लेकिन इतने वर्ष साथ रहा अपना वह पिता नहीं खोना चाहती, किसी क़ीमत, किसी शर्त पर...उलटे अपना सब कुछ दाँव पर लगाकर भी यह बेटी अपना पिता अपने पास सुरक्षित रखना चाहती है...समझे आप!...''

''तू जो सोच रही है, वैसा कुछ भी नहीं बेटू...तू पूरे सम्मान से...''

बेटी का स्वर पूर्ववत् स्निग्ध था–''सम्मान–अपमान की बात नहीं–आप क्या सोचते हैं, हमें अपमान सहने की आदत नहीं?...मुझे तो सिर्फ़ एक बात बताइए...आप ख़ूब ख़ुश, उत्फुल्ल हैं?''

''हाँ, हूँ न... वरना यह भी क्या कि यज्ञ आयोजन मेरा...और पूर्णाहुति तुझे देनी पड़े...अब तुझे सुखी देखकर, तेरी ख़ुशी तुझे सौंपकर...''

बेटी ने हौले से उन्हें टोका, ''आप भूल गये–आप ही ने तो समझाया है हमें कितनी बार...कि सुख और दुःख तो मन की स्थितियाँ हैं।...हम कोई बिजली का स्विच दबाते ही झट से ख़ुश या दुखी नहीं हो सकते। नहीं न!...तो समझ लीजिए, मैं भी इतनी जल्दी अपने आपको सम्मानित की श्रेणी में नहीं खड़ा कर पाऊँगी। सिर्फ़ बटन दबाकर 'दूसरे' मुझे नहीं ख़ुश कर पायेंगे ख़ुद मेरे अन्दर भी यह अहसास होना ज़रूरी है ना...मुझे भी तो यह ख़ुशी महसूस होनी चाहिए...कि नहीं?''

''तब, तब फिर?'' विमूढ़–से पिता को बेटी का कहा–सुना कुछ समझ ही नहीं पड़ रहा था...

अचानक बेटी माँ–सी ममतालु हो आयी–''बताऊँ? शुक्ला चाचा जी से कहिए, उन लोगों से जाकर कह दें...हमारी भूल या गलतियों के लिए क्षमा...उन्हें ज़रा भी जल्दबाज़ी की जरूरत नहीं–वे लोग अपने आपको मुक्त समझें। बेशक हम प्रतीक्षा करेंगे उनकी, जब तक वे चाहें...और यह भी कि हमारे मन में कोई रंज नहीं।...''

जश्न

सिलिक का नया कुर्ता, पाजामा, (बहू तो धोती चाहती थी, पर सँभलती जो नहीं अब उनसे...) दुशाला, पटुका।

मिरतुंजये अभी–अभी पहना–ओढ़ा के गया। हाथ–पाँव डालते–डालते ही लस्त–पस्त दिखे तो सँभाल के बिस्तर पे तकिये के सहारे उठंगा दिया।...

फिर जाते–जाते दरवाज़े से पलटा और थपोड़ी पीट के हँसा–"वाह वा, बड़े दद्दा जी! क्या बाँकी धजा बनी है आपकी! राम कसम! बड़े सजीले जवान रहे होंगे अपने ज़माने में...अच्छा, तो मैं चला, आज पूरे दिन की खटनी है। आप बेसबर न होना। ऐसेई चुपचाप पड़े रहना। बखत आयेगा तो मैं ख़ुद लिवा ले जाऊँगा। समझे!"

उन्हें सुन–समझ तो कुछ ख़ास न पड़ा, लेकिन मिरतुंजय का मसखरी वाला स्वाँग ज़रूर भाया। होंठों के कोनों में धीमे से हँस दिये। पर लगा, उसमें भी ज़ोर लगाना पड़ा।

लेकिन 'वे' ख़ुशी से बेहाल हैं। धोकर निचोड़े गये कपड़ों–सी काया! झुर्रियों की थैली–सा चेहरा। भर माँग सिन्दूर और झलर–मलर साड़ी में दुलहन जैसी शरमाये जा रही है। उमंग और उछाह समेटे नहीं सिमट रहा; मनुआँ हुलास से बेक़ाबू; बस, यह देह ही बेवफ़ाई पर उतर आती है न!

सिकुड़ी–सी कलाइयों में काँच की कामदानी चूड़ियाँ जाने कब ख़ुद ही पहन लीं। कहा गया, सिरफ सोने की डाल लें तो अधेड़ हुई

बहू के कान में बड़े सयानेपन से समझाया–'अहिवाती (सुहागन) के हाथों में काँच की चूड़ी तो होनी ही होनी। असगुन (अपशकुन) होता है, बिन काँच की चूड़ी के। आगे–पीछे भले सोने की डाल लूँ।'...मन के मन एक मीठी झिड़की भी दे डाली बहू को–सरीर उतरानी पे आया लेकिन देख लो, सगुन–असगुन की जानकारी भी नहीं।

जाने कब चुपचाप टटोलकर पलँग के नीचे से बक्सी खींची और पैरों में चाँदी की इकलरिया भी डाल ली। जसोदा से महावर की शीशी ढूँढ़वाने लगीं तब ज़रूर घर के लोगों को ज़रा सख़्ती से समझाना पड़ा कि पिछली बार वाले महावर के निशान ही अभी तक कारपेट पर विद्यमान हैं। फ़र्श पर भी मिरतुंजय कितनी बार पोंछा मारेगा...

मान गयी। बात मानती हैं। मन में मलाल ज़रूर रहा, पाँवों में महावर न रच पाने का, लेकिन अब बहू भी तो पचास–पचपन के ऊपर गयी। उसके ख़ुद के बेटा–बहू, बेटी–दामाद, बच्चे। और अब तो पहलौठी का पोता भी...कुटुम्ब में इस पीढ़ी का पहला चिराग।... शहर की शहर में ब्याही बेटियाँ भी बच्चों सहित आती–जाती रहती हैं।

लुदकती–फुदकती चौथी पीढ़ी गुलज़ार किये रहती है सारा घर

भर हाथों गोदी में लेके दुलारना चाहो तो फिसलकर भागते हैं नटखुट्टे!...तो क्या, आँखें तो जुड़ाती हैं न, देख–देख के। मन नहीं मानता तो निहाल होकर गिरती–पड़ती 'उन्हें' बुलाने दौड़ पड़ती हैं... कहाँ गये राजा दसरथ जी! सारे समय औंघ आयी रहती हैं। आकर सोभा तो निहारें बालगोपालों की...और मगन मन गाने लगती हैं–

ठुमकि चलत रामचंद, बाजत पैंजनियाँ

लेकिन आवाज़ ऐसी धँसी–फँसी–सी कि गले से बाहर तक मुश्किल से निकल पाती है। तो भी वे हाथों से ताली देकर गीत की 'कड़ी' पूरी करती हैं–

तुलसीदास अति अनंद, देख के मुखार बिन्द
धाय मातु गोद लेत, दसरथ की कनियाँ

सुनहरी ऐनक और रुपहले–स्याह बालों वाला अधेड़ बेटा, झेंपता–सा बैठक पार कर जाता है। मन ही मन बलैया ले लेती है बेटे की सुघड़ क़द–काठी की। उन्हीं का तो जाया है। यह सारी बारी–फुलवारी ही उनकी। अतल के गर्भ से जैसे छलछलाते पानी का सोता–सा फुटता है। अंजुरी भर–भर पियो, उलीचो, मन अघाता ही नहीं कभी।...

लेकिन अब जैसे इस सोते का भनभलाता बहाव भी सँभाले नहीं सँभलता। तन और मन की ठनी रहती है। मन कभी मरता नहीं लेकिन तन, बीच रस्ते हाथ झाड़ लेता है, तब असहाय–सी वे जशोदा को टहकोरती हैं।

वह दूर से जवाब देती है–'आती हूँ...ज़रा छोटे बाबा के कपड़े फैला लूँ।... कमरे में वापस ले चलना है न!...आपसे कित्ती बेर कहा, दद्दा जी की तरह कमरे में ही बनी रहा कीजिए। बेबात बाहर–भीतर करके थकती रहती हैं...लेकिन आपका जी ही नहीं मानता न।'

हाँ, मानता ही नहीं। करना–धरना कुछ नहीं। कर–धर कहाँ पाती हैं? लेकिन कुछ न कुछ टोकना, बताना, समझाना जारी रहता है, जैसे उनके बिना सारे काम अधूरे रह जायेंगे। दुनिया–जहान की चलती चक्की रुक जायेगी। इसलिए उनका हर कहीं शामिल होना, रहना जरूरी है।...'आ गयी जसोदा! ज़रा उठा भर दे, सहारा देके, पहुँचा दे कोठरी तक–'

कोठरी में सिलिक का कुर्ता, पटुका डाले, पोपले मुँह, राजा दसरथ आरामकुर्सी पर झुकी गर्दन, ऊँघ रहे हैं।

उन्हें देखकर लटपटी आवाज़ में पूछते हैं–'क्या, चलना है अभी?'

'अरे, अभी कहाँ महाराज! दिन–भर ऊँघने से तुम्हें टैम का पता कहाँ चलता है।...अभी तो दुपहर ढली है। सुबह के थके–माँदे सब कमर सीधी कर रहे हैं। चाय–पानी लेंगे, तब न फिर काम में जुटेंगे।'

'क्या काम हो रहा है?...'

'राजा दसरथ' कभी–कभी अस्फुट सीटी–सी आवाज़ में पूछते हैं।

'बड़ी महज्जर जुटी है। सब तरफ़ गहमा–गहमी। बाहर निकलो तब न समझ में आये.... लेकिन नहीं, जाने दो... कल जब से पारक (पार्क) से लौटे हो, तुम्हें सुस्ती कुछ ज़्यादा लग रही है, मुझे भी।...'

'ठहरो, जसोदा से कटोरी में तेल गरम करवा के हाथ–पैरों में मल देती हूँ। देह में दम पड़ेगा। फुर्ती आयेगी।'

'उँह, अब थकन का क्या है। जवानों–जहानों को नहीं आती क्या?'

'आज जलसे में बैठना है न, इसी से थोड़ी फिकर है; नहीं तो दो–एक दिन में वैसे भी हम दोनों सही हो जाते।'

शालिनी बहू जा रही थी कार निकालने, सो मुझे ही लालच आ गयी कि बस बहू ज़रा जाते समय उतार दे हमें पारक में और आते समय उठा ले। बच्चे भी मौज–मस्ती कर लेंगे।... हमें तो जसोदा जरा ठिंगा के बेंच पर बिठा दे और लौटती कि बेर, कार तक सहारा देकर चला दे बस्स–बाकी कुच्छा नहीं करना किसी को।

'अच्छा लगा न पारक (पार्क) में?...खुली, निच्छदम हरियाली। नरम घास। फूलों–भरी क्यारियाँ। घुमरी, चर्खी, झूले!...रंग–बिरंगे कपड़ों में उछलते–कूदते, मज़े–मज़े की हरकतें करते बच्चे।... हवाखोरी के लिए निकले अलमस्त जोड़े।...'

'हमारे समय में यह सब कहाँ था! सिर्फ़ दीवारें थीं, ख़ूब–ख़ूब ऊँची चिनी हुई और बन्द किवाड़ों वाली कोठरियाँ, धुँधुआते रसोड़ों के बीच कहीं एकाध अधखुली खिड़की या झरोखा।...कोई बात नहीं, तब नहीं तो अब सही। हमारी न सही, हमारे बाल–बच्चों की सही; वो कोई हमसे अलग हैं?...इनके बिना कैसा सुख–चैन...'

...'मोटर का हॉरन बजा है। प्रिया आयी लगती है। प्राची तो दसेक बजे ही आ गयी थी बच्चों के साथ। बैठकखाने में जाने का जी करता है। चलोगे? हिम्मत पड़े तो बुलाऊँ मिरतुंजय को?...नहीं,

रहने दो। तुम्हारी हँफनी बढ़ जायेगी तो बच्चे हलकान होंगे। जलसे का घर ठहरा।'

'लगता है, प्रिया आ गयी। बच्चे झाँक के भागे हैं दरवज्जे से। बड़ा वाला बाप पे गया है। रंग गोरा, भभुक्क पर नाक गोली–मटोली गूलर–सी। छोटके की आँख, नाक पूरी मुखारी ही सुघड़, सँवारी। ठोड़ी और सुतवाँ नाक तो एकदम तुम पर गयी लगती है। अब हमारे बच्चे, हम पर नहीं जायेंगे तो किस पर जायेंगे?' राजा दसरथ ने पोपले मुँह हामी भरी।

''मिरतुंजय आता है तुम्हारे लिए दूध लेकर, तो पूछती हूँ, क्या कर रहे हैं सब बैठकखाने में?''

कह रहा है, नये वाले बाजे पर ख़ूब धूम–धड़ाका हो रहा है और क्या? सब अपने–अपने मन का नाच–मटक रहे हैं। बड़ी धमाल मची है।...सो तो मुझे भी सुन पड़ी थी गुसलखाने से। बाप रे, कैसी तो झन्नाटेदार आवाज़। जैसे भइया (बड़े बेटे) के जनम पे नगाड़े की चोट पड़ी हो। लगता है, जैसे अभी कल की बात हो न...और लो कि वो ख़ुद अब दादा बना बैठा है।...बाल भले आधे सफ़ेद हो गये लेकिन आँखें वैसी ही जगर–मगर, गोंठदार, मिठास–भरी गुझिए–सी।

जसोदा पूछने को आयी, 'वहाँ कुल्फी–फलूदा बँट रहा है सबको। शालिनी बहू जी ने पूछवाया है, आप लोगों को ले जाऊँ?'

जी निहाल हो आया। बहू की बहू भी सुघड़ है। बराबर ख़याल रखती है। हमेशा आते–जाते, 'कैसे हैं दादा जी, दादी जी' पूछना नहीं भूलती।

''क्या हो रहा है वहाँ?'' जसोदा से पूछती हैं।

''अरे पूछो मती...बड़े–छोटे सऽबकी हुड़दंग मची है।''

अचानक का अन्दर छलछलाता बहाव बेक़ाबू हो आया, ''न, हमें कुल्फी, फलूदा कुछ न चाहिए। हमें तो तू वहीं ले चल उन सबके पास। सुनते हो, मैं मिरतुंजय को बुलवाती हूँ। सहारे–सहारे चले चलो। बच्चों के बीच बैठेंगे। उन्हें हँसते–बोलते देखेंगे।...अरे, बुलवाएँगे क्या? हम कोई मेहमान हैं?...सोचते होंगे, हम लोग थक

जायेंगे और क्या?...यह नहीं जानते कि अब हम लोगों का चारों धाम तो इन्हीं के चारों तरफ़ बसता है।...जसोदा! मिरतुंजय को बोल–''

नाच थम गया था तब तक। बच्चे एक तरफ़ गोल बनाकर अपने खेलों में मस्त थे। बड़े ताश की गड्डियाँ फेंट रहे थे। प्रिया, प्राची, एक–एक कुशन दबाये मायके में थकन उतार रही थीं। आँखें मूँदे अलमस्त।

'दोनों' के लिए जल्दी–जल्दी जगह कर दी गयी। वे भरपूर उछाह से टकटोरते हुए एक ओर बैठ गये। सुख का पारावार उमड़ा पड़ा रहा था।

नदी जो अब तक सूख जानी चाहिए थी, छलाछल पानी के साथ उस पारावार में समाने को आतुर थी।

''दादी, आप लोगों को थकान हो जायेगी, शाम को बाहर बैठना पड़ेगा न।''

''तो क्या?'' नदी छलछलाई...''थकन होएगी तो होएगी। उसके डर से अपने बच्चों को हँसी–ख़ुशी के बीच न शामिल होकर कोने, अंतरे पड़े रहें?'' उन्होंने प्रिया के माथे पे दुलार से हाथ फेरा। प्राची के पेट पर लोटते बच्चे को असीसा।

कारपेट पर गोलाई में बैठे लोगों के बीच ताश के पत्ते बँटते रहे। बीच–बीच में 'चीटिंग', 'नॉट फेयर' की फ़िकरेबाज़ियाँ भी। आते–जातों की बीच में रुककर दख़लअन्दाज़ी और क़हक़हे भी। डिस्क पर बसन्त–बहार का द्रुतगामी जोड़–आलाप मद्धम–मद्धम थिरक रहा था।

वे लोग एक तरफ़ बैठे टुक–टुक देखते, शक्ति–भर मुस्कराते रहे, फिर बैठे रहना मुश्किल लगने लगा। आहिस्ते से किसी को उनकी थकान का आभास न हो, इस तरह चुपके–चुपके एक–दूसरे को सहारा दिये–दिये उठ लिए।

और कमरे में पहुँचते ही आँखें मूँद बिस्तर पर निढाल हो गये।

साँस आयी तो एक ने दूसरे से पूछा–''कौन–सा खेल खेल रहे थे? कोट–पीस?''

''क्या जानूँ–तुमने कभी ताश खेलाया क्या ज़िन्दगी में? रोटियाँ ही थापती रह गयी। अपने लोग भले खेलते थे।''

अचानक जैसे एक रेला आया हो और उन्हें रेती से खींचकर, भरे समन्दर में बहा ले गया हो–जीवन–भर का गहगहाता समन्दर। वे मगन हो गये–

''हाँ, बशेशर भइया, उनके दोस्त और छोटे चाचाओं के बीच ख़ूब जमती थी ताश की बाज़ी। हर सनीचर को इकट्ठे होकर वे लोग गोल्डन–नाइट मनाते थे।...मुझे तो तभी खिलाते, जब छुट्टन चाचा के इम्तहान होते। मैं सबसे छोटा जो था। (हँसी)...बशेशर भइया बहुत बेईमानी करते थे। हमेशा दो–तीन इक्के अपने पत्तों में खिसका लिया करते थे...एक बार छुट्टन चाचा ने पकड़ लिया तो उनकी वो कठहुज्जती हुई, वो कठहुज्जती हुई कि हँसते–हँसते...''

''हँफनी चढ़ी न, जाने दो, मत बोला करो। दो घूँट पानी डाल लो।''

दम ठहरा तो अचानक पूछ बैठे–

''बशेशर भइया भी अपने बच्चों के साथ ही रहते हैं न! उन्नाव कि बाराबंकी?''

''उन्नाव। पर देह–काठी एकदम दुरुस्त। रोज़ आधे घण्टे की सैर और लौटते बखत फल–सब्ज़ी की ख़रीदारी भी करते आते हैं। शालिनी बहू के मायके की रिश्तेदारी में पड़ते हैं न...''

''मुझसे सात साल बड़े हैं उमर में...''

''वही तोऽऽ'' आवाज़ में एक तृप्तिप्रद आश्वस्ति–''तुम्हारी सिर्फ़ हँफनी रुक जाये बस–इस डाक्टर की दवा से तो बहुत फरक दिख रहा है–बाक़ी कानों के बहनेपन का क्या है, जवान–जहान लोगों के कान भी जवाब दे जाते हैं।''

अचानक खिड़की के बाहर रंगीन रोशनी–सी चौंधियाई।

''बाहर बिजली के लट्टुओं की झालर लग रही है।''

''मिरतुंजय बता रहा था, बड़े वाले बाजे की पेटी भी गयी।''

''गद्देदार कुर्सियाँ मँगवाई हैं किराये पे...''

"जाने इन्हें क्या सूझी कि आप लोगों के पड़दादा बनने का जश्न अलग से मनायेंगे ज़रूर।"

"बच्चों का शौक़, हौसला...."

"मिरतुंजय बोल गया है, दोनों जन गुसलखाने हो लो, बाहर से कभी भी बुलाहट आ सकती है। ज़रा देर में आता हूँ।"

"मुझे तो लाज आयी जाती है, क्या करूँ..."

उन्होंने लसड़–फसड़ साड़ी वापस सँभाली।

"हाँ, देख रहा हूँ सुबह से ही सिलिक की साड़ी पहने, टीका–टिकुली किये, बहुरिया–सी हुलसी पड़ रही है।"

"अब हँफनी नहीं चढ़ रही–ऐं? देखने में ऊँघे रहते हो, लेकिन जाँचते–परखते सब रहते हो।

"फिर?"

'अच्छा चुपो। दिल्लगी बाद में कर लेना।...बोलने से कहीं साँस उखड़ी तो बच्चों के किये–कराये पे पानी फिर जायेगा।..."

"मिरतुंजय से कहती हूँ, बाहर भी तुम्हें तकिये के सहारे ही..."

सचमुच मिरतुंजय ने वैसा ही किया। वे तकिये के सहारे सबके बीचोबीच बिठाये गये। बग़ल में, सलीके से माथा ढाँपती 'वे'।

चारों ओर लकदक सज़ावट! झन्नाटेदार बाजा–गाजा। ठंडा–गरम। झकाझक लोगों के रेले आते गये, बोलते–बतियाते कुर्सियों पे बैठते गये।

सब बैठ गये तो भइया (बड़े बेटे) ने अंग्रेज़ी, हिन्दी मिला के जाने क्या–क्या बोला। सबने तालियाँ बजाईं। एक–एक कर कितने आये। बड़े, छोटे गुलदस्ते थमाते चले गये। वे थामें और लजाये और असीसें सबको। दद्दा जी तो वहाँ भी बस दायें–बायें मुंडी ही हिलाते रहे।

अन्त को बेटे ने इशारा किया। बड़ा पोता अपने नये जन्मे बच्चे के साथ आगे बढ़ा। पीछे–पीछे शालिनी बहू। हाथ में लाल मखमली डिब्बी।

खोलकर सबको दिखाया गया। ख़ुशी–ख़ुशी पड़पोते की तरफ़ से पड़दादा–पड़दादी को दी गयी सौगात!

चमचमाती हुई छोटी–सी सोने की सीढ़ी।

अंग्रज़ी में पोते ने और बाद में बेटे ने मेहमानों को 'सीढ़ी' का 'मकसद' समझाया। जब वंशबेल सकुशल इतनी लम्बी फैल जाये कि बूढ़े–बूढ़ी की जोड़ी अपनी आँखों से पड़पोते का आगमन भी देख ले तो उन्हें नये जन्मे जातक की ओर से यह सौगात कि आप लोग अब सोने की सीढ़ी लगाकर स्वर्गारोहण करेंगे। आपके स्वर्ग जाने के लिए मामूली नहीं, सोने की सीढ़ी, समूचे कुटुम्ब की ओर से...

तालियाँ बज गयीं। लोग दुबारा बधाई दे–देकर उठने लगे। तीनों पीढ़ियाँ अपने–अपने मेहमानों को विदा कराने, हाथ हिलाने में व्यस्त हो गयीं। जाते हुए लोग प्रौढ़ा बहू को जलसे की सफलता की बधाइयों से लादे दे रहे थे। जवाब में बहू, हर किसी से वे ही दो–चार दूरन्देशी जुमले दुहराये जा रही थी–''हमने सोचा, जो कुछ करना हो, इन लोगों के जीते–जी क्यों न करें। मरने के बाद वे कोई देखने आ रहे हैं कि हम उनके नाम पर कितने ब्राह्मणों को जिमा रहे हैं या कितने थाली–लोटे, शाल–दुशाले बँट रहे हैं...''

''वेरी गुड!''

जल्दी वाले चले गये। घर के–से इत्मीनान वाले तसल्ली से रह गये। उन लोगों के बीच खाना–पीना, हँसी–ठहाके बदस्तूर चलते रहे।

मिरतुंजय और जशोदा इशारा पाकर उन्हें ठिंगाते हुए अन्दर की ओर ले चले।

बिस्तर पर उन्हें लिटाकर मिरतुंजय फिर बाहर की गहमागहमी समेटने भागा। जाते–जाते फिर उन्हें चिढ़ा और चेता गया–''बड़ी जबरी चीज़ पायी है दद्दा जी!...आप दोनों तो धन्ना सेठ हो गये। सँभाल के रखना चोर–चकरों से–समझे...''

लेकिन उन्होंने कुछ नहीं सुना। सुन पाये ही नहीं। भरी मजलिस में हुई घोषणा के बाद का कोलाहल भी उन्हें सुन नहीं पड़ा। जैसे सारा जलसा पलक झपकते एक बड़े ब्लैक होल में समा गया हो।

सँभल–सँभल के डगमगाते पैरों से वे दोनों मिरतुंजय और जशोदा के साथ–साथ चल रहे थे।...हथेलियों में दबी मखमली

डिब्बी...भयातुरता की एक लहर–सी व्याप रही थी अंग–अंग में। एक डर उनके वजूदों को थरथराये दे रहा था।

बिस्तर पर पस्त पड़े वे लोग, स्तब्ध, विस्फारित आँखों से अपने चारों तरफ़ टकटोर रहे थे–बेशुमार रंग–रूपों वाली दुनिया सजी थी उनके सामने–अपनी देह से रचा–बसा एक पूरा संसार। अपने जाये बच्चों और बच्चों के बच्चों की खिलखिलाहटों और किलकारियों से भरपूर...

हम तो इस सबके बीच ही बने रहना चाहते हैं। लुदकते–फुदकते तोतले बोलों को अपनी आँखों के सामने रखे रहना चाहते हैं।... अहसास गिड़गिड़ा उठे...

इतने साजो–समान से लैस, दुनिया खुली पड़ी है हमारे सामने–
और ये कहते हैं, हमारे असबाब बाँधने का समय आ गया।
आसान है क्या असबाब बाँधकर चल देना?...
लेकिन इनकी तरफ़ से कोई रोक–टोक ही नहीं!...
अचानक ये क्या सूझी इन्हें?

सज़ायाफ़्ता

आगे–आगे हरलाल था, अटैची और बिस्तरबन्द लिए, पीछे–पीछे दादा। माँजी के पैर छुए तो बड़े प्यार से मिलीं–"कब आये?...ट्रेन ज़्यादा लेट तो नहीं थी? हाँ, आजकल ट्रेनों का कोई भरोसा नहीं... अच्छा! घर में सब कैसे हैं?...बहू कैसी है? बच्चे?...अब तो स्कूल जाते होंगे न! बड़ा तो सुना, चौथे में गया। बूढ़ी हो रही हूँ न भाई... याददाशत कमज़ोर होती जा रही है..."

माँजी में सबसे मज़ेदार बात यही है–ख़ुद ही प्रश्न भी करेंगी, ख़ुद ही उनके उत्तर भी देती जायेंगी।...दादा बड़ी मुश्किल से उनकी स्वतः प्रश्नोत्तरी के बीच 'जी', 'और क्या', 'जी हाँ' कह पाये थे खड़े–खड़े ही...कि ख़ुदीराम ज़रूरत से ज़्यादा मातहती अन्दाज में सलाम ठोंककर बोला, "वो माता जी, क्या नाम से मुंसिफ साहेब आया चाहते हैं"...और आदत के मुताबिक़ अपनी अर्दली वाली लाल बैल्ट और कलंगी पर हाथ फिराने लगा।

"कौन? संदीप?" माँ जी एकदम हड़बड़ा जाती हैं–"तो बुला जाओ न...वो तो घर के हैं..." और उसी तेजी से दादा की ओर मुड़कर जल्दी से कहती हैं–"अच्छा तो तुम हाथ–मुँह वगैरह धो ओ... कपड़े बदलो...सफ़र के थके होगे...मैं ज़रा..."

फिर मुझे हिदायत देती हैं, "शालिनी, ले जाओ अपने दादा को... उनके कमरे में...थके होंगे, वहीं चाय वग़ैरह..."

कमरे में आकर दादा ने पूछा है–"कैसी है शालू"

"अच्छी, दादा...भाभी कैसी हैं?"

''ठीक–ठाक...और उसका क्या? जब तक दर्द नहीं उभड़ता तब तक ठीक...''

''मिंटू और पिंटू?''

''खिलवाड़ी ज़्यादा हो गये हैं और क्या...कितना भी कहो, पढ़ाई–लिखाई में दोनों का मन ही नहीं लगता।''

दादा के माथे की रेखाएँ गहरा आयीं।

''टिक्कू मुझे याद करता है?''

''उसे तो उतनी याद नहीं...दूसरों के मुँह से तेरा ज़िक्र सुन–सुनकर ज़रूर रटता है...कुल तीन का ही तो था...जब पिछली बार तू आयी थी...और ढाई साल होने को आये...'' फिर थोड़ा रुककर कहते हैं–''मिंटू का बहुत आने का मन था...''

''अरे...तो साथ लाना था...क्यों नहीं लाये...''

''यूँ ही...पढ़ाई–वढ़ाई...'' दादा रुक–रुककर एकाध कारण और जोड़ते हैं। वे ज़्यादा विश्वस्त लगे।

बाहर माँजी संदीप से बातें कर रही हैं–''और सुनाओ संदीप... मम्मी आ गयी रानीखेत से? ख़ुदीराम कह रहा था परसों शाम आ गयीं...पैर का दर्द कैसा है उनका?...सुना इस होमियोपैथ डॉक्टर ने तो सचमुच कमाल कर दिया...अखिल कहता था, तुमने बताया बहुत फ़ायदा है–मौसम कैसा था रानीखेत में? आजकल तो ख़ूब ठण्ड रही होगी...हाँ, गर्मियों में किधर जाने की सोची है इस बार?...सुना, तुम माउंट आबू का प्रोग्राम बना रहे हो...कौन शालिनी? घर ही है। अरे हरलाल! शालिनी बहू जी को बुलाना ज़रा...शालिनी! ये देखो, संदीप सेबों की पूरी पेटी ही उठा लाया है...अब ज़रा इसे गर्म कॉफ़ी पिलवाओ...''

हरलाल कमरे में चाय की ट्रे रख गया है। दूध, शक्कर सब अलग–अलग पॉट्स में।

''दादा? शक्कर कितनी डालूँ आप में...''

''अँ...'' दादा चौंकते हैं–''डाल दे थोड़ी–सी, बहुत ज़्यादा नहीं।''

''पूछने के बाद मैं भी चौकती हूँ। मुझे ख़ुद भी कहाँ मालूम,

दादा कितनी शक्कर पीते होंगे। इस तरह चाय पीते ही कहाँ थे हम लोग? चाय, चीनी, अदरक, दूध और पानी खौलाया। इकट्ठे भगोने में छाना और मग्गे से लेकर चिल्ल–पों मचाते बच्चों में बाँट दिया।

''दादा! ये–ये लेंगे...''

''क्या चीज़ है...'' दादा सहज भाव से पूछते हैं।

''पेस्ट्री, दादा।'' मैं झिझकते हुए कहती हूँ। फिर जल्दी से देखती हूँ, हरलाल तो नहीं खड़ा है...

''न, रहने दे...अंडा पड़ा होगा...'' दादा सहज, निरासक्त भाव से कहते हैं।

फिर थोड़ी देर को जैसे सब कुछ थमा–सा रह जाता है। कहीं कोई कौतूहल, जिज्ञासा या प्रश्न नहीं। सब कुछ जैसे समय की अटपटी–सी ख़ामोशी चुपचाप निगल गयी। कहाँ गये वे सारे के सारे सवालों के गुच्छे जो किसी अपने को इतने दिनों बाद देखते ही भरभराकर टूटने, बिखरने लगते हैं बेतरतीब, यहाँ–वहाँ एक–दूसरे से होड़–से करते–से...और कहाँ यह एकदम जमी हुई जड़ता...

–टूटती है–

''दादा!...नहाएँगे?''

''अभी ही?'' दादा चौंकते हैं। फिर जैसे एक निर्णय लेते हैं समझदारी से भरा।

''अभी नहीं...अभी तो माँजी के पास बैठा ही नहीं...पहले उनके पास घण्टे–आध घण्टे ज़रा बैठ लूँ...जल्दी क्या है नहाने की...''

''नहीं–नहीं दादा...'' मैं घबड़ाकर चौंकती हूँ–''आप पहले नहा ही लीजिए न!...माँजी ऐसी नहीं...वे कुछ नहीं सोचेंगी, उलटे बिना नहाये आप जायें तो शायद समझें कि मैंने आपके नहाने वग़ैरह का ठीक से इंतज़ाम नहीं किया...''

''अच्छा–अच्छा...'' दादा हँसते हैं–''जैसा तू कहे...'' और झुककर अटैची खोलकर तौलिया–साबुन निकालते हैं कि मैं लगभग रोक देती हूँ।

''तौलिया क्यों निकालते हैं दादा...है न बाथरूम में...साबुन, कंघी, तेल सब कुछ। थोड़े दिन को तो हैं आप...शेव के लिए भी इनका रेजर है न...मत निकालिए अपना डिब्बा...'' मैं जैसे घिघियाता हुआ एक आदेश–सा देती हूँ।

दादा हतप्रभ आज्ञाकारी बच्चे की तरह मेरा कहा मान लेते हैं। मैं उनका हजामत वाला टॉफी का पुराना हलका जंगखाया–सा डिब्बा नहीं निकालने देती, ''और क्या, वैसे भी छूट–वूट जाने का बेकार में डर।''

''अरे...तो तेरे घर छूट ही जायेगा तो क्या?'' दादा हँसते हैं– ''आ जायेगा...''

मेरी नज़र जल्दी से उस डिब्बे के अन्दर से फिसलती हुई अपने वजूद में लौट आती है। एक छोटी–सी लेबल उखड़े तेल की शीशी, घिसा हुआ साबुन, कंघी, शेव करने का मैला–सा ब्रुश...हाँ, जाते तो रहते हैं यहाँ से मुंसिफ साहब, बतरा साहब...कनोड़िया साहब...उन लोगों के हाथों यह डिब्बा...मैं घबराकर आँखें मूँद लेती हूँ...नहीं, यह डिब्बा यहाँ नहीं छूटना चाहिए।...

''दादा...नहा लिए?...अरे, कपड़े क्यों धोए आपने? वह है न माई।''

''अरे नहीं...वह बूढ़ी बेचारी...और वैसे भी आजकल तो जब तेरी भाभी का दर्द उभड़ता है तो मिंटू, टिक्कू के कपड़े भी मैं ही धोता हूँ...'' मैं फिर से देखती हूँ, कहीं हरलाल तो नहीं है। दादा ने बातें करते–करते कपड़े पहन लिए हैं। मैं चौंककर देखती हूँ दादा के कुर्ते पर पड़ी तमाम शिकनें। अब उतारने को भी कैसे कहूँ...कहने की हिम्मत जुटाने की कोशिश करती हूँ लेकिन नहीं कह पाती।

''अखिल बाबू दफ़्तर में ही होंगे न?''

''अरे, क्या कहते हैं दादा!...कहने को बँगले के बाहर ही ऑफ़िस है। पर लोगों की भीड़ ऐसी रहती है कि एक बजे तक भी वह कमरा पार कर घर में खाना खाने को आ पायें तो गनीमत।''

''तो जाऊँ...ज़रा वहीं उनके पास हो जाऊँ...'' दादा सोत्साह उठते हैं।

''जाने भी दीजिए...'' मैं जल्दी से टोकती हूँ ''कहाँ वहाँ भीड़–भाड़ में जायेंगे। बोर होंगे आप...आप कह रहे थे न तो बल्कि माँजी के पास बैठ लीजिए...'' अपने सम्वाद की असहायता मुझे निरन्तर त्रस्त करती चली जाती है।

लेकिन दादा हर तरह से सहज हैं, ख़ुश हैं–''ठीक है, ठीक है। चल, उन्हीं के पास बैठता हूँ...''

माँजी अनदेखा करते हुए भी स्रसरी निगाह डाल देती हैं दादा के कुर्ते–पायजामे पर। बड़ी तरतीबी से हर शब्द में अपनापन घोल, मीठा उलाहना देती हैं...

''शालिनी, यही ख़ातिर की है तुमने बड़े भइया की?...उनके कपड़ों में ज़रा आयरन तो कर सकती थीं?...सूटकेस में रखे–रखे मुड़–तुड़ गये होंगे...''

मेरा सिर शालीनता से नहीं अपराध–बोध से झुक जाता है। अपराध–बोध भी आयरन न कर पाने का नहीं बल्कि इस स्थिति के पैदा हो जाने का...कैसी त्रासद होती है ऐसी स्थिति, जब हर शब्द अपना अर्थ बदल देता हो...सवाल भी, जवाब भी...सिर झुकाकर दिया गया–

''कहा था...करने ही नहीं दिया...कि क्यों बेकार परेशान होती हो...''

''अरे, तो अखिल का कुर्ता–पाजामा दे देना था...यह कोई ग़ैर का घर थोड़ी है...उनका अपना ही घर है...'' माँजी ने सतर्कता से हर शब्द पर रंग–रोगन चढ़ाते हुए अपना मन्तव्य जता दिया था।

और दादा? इस सारे सन्दर्भ से अनभिज्ञ, अबूझ, नादान आँखों से कभी मुझे, कभी माँजी को हतप्रभ, हैरान–से देखे जा रहे थे।

अखिल दफ़्तर से उठकर लंच पर आ गये–''हलो दादा...'' दादा ने अपने घुटनों की ओर बढ़ते उनके हाथ को वहीं समेटकर अपने हाथों से रोक दिया और निहाल हो लिए।

''सब ठीक–ठाक दादा?''

दादा ने दोनों हाथ के इशारे से सुखी, गद्‌गद भाव जताया है।

''अच्छा दादा, मिनट–भर में शॉवर लेकर आता हूँ...हरलाल, खाना लगाओ फटाफट।...''

अखिल सचमुच कुछ मिनटों में ही कोलोन से महकते सफ़ेद झक कुर्ते–पाजामे में, टेबल पर आ गये हैं। आते ही उन्होंने दो–चार डोंगे उठाकर पहले दादा से पूछा है...फिर अपनी प्लेटें भरनी शुरू कर दी हैं। दूसरे हाथ में घी चुपड़ी रोटी रोल कर उठा ली है! कर्ण और कनु ने भी वैसे ही रोटियाँ थाम रखी हैं।

मुझे याद आता है, बचपन में दूसरा हाथ लगाते ही दादा हड़ककर टोक देते थे–'दोनों हाथ लगाती है? छिः, गँवारन कहीं की...एक हाथ से खाना खाते हैं। दायें हाथ से खाना, बायें से पानी।'

''मैकरोनी अच्छी बनी है।'' अखिल अपनी प्लेट में फिर से डालते हुए रुकते हैं–''अरे, दादा को दो...''

''आप...लेंगे...दादा...?'' मैं हिचकिचाती हूँ।

''क्या है...'' दादा भी अचकचाते हैं।

''अले आप मैकलोनी नहीं जानते मामाजी?'' कनु अपनी पतली तीखी आवाज़ में तुतलाता है। अखिल पसोपेश में पड़े–से लगते हैं, मेरी नज़र के बीच एक बेहद बोझिल ख़ालीपन अपने पूरे बोझ के साथ जमा रहता है। लेकिन दादा! बच्चे की तोतली बात पर ख़ुशी से निहाल हँस रहे हैं–''हाँ कनु बाबू, हमने तो भई ये मैकरोनी वग़ैरह कभी खायी नहीं...''

सचमुच दादा किसी भी पूर्वग्रह से मुक्त सरल–निश्छल हँसी हँस रहे हैं। दयनीयता मैं अपने आप घोल रही हूँ उस हँसी में, अपनी कल्पना से।

ज़िन्दगी की इस सिचुएशन में न कोई खलनायक है, न खलनायिका, न कहीं घृणा, न ईर्ष्या, न द्वेष ही...शोषण, प्रतारणा और उपेक्षा की तो गुंजाइश ही नहीं...

उलटे इस स्थिति की तो शुरुआत ही मेरे भाग्य की पराकाष्ठा के रूप में हुई थी। ख़ासी नाटकीय भी। जिस रईस के घर अखिल की बारात उतरी थी, पता चला, लड़की साफ़ बोल ही नहीं पाती,

सिर्फ़ 'हाँ'–'ना' कर पाती है। जिस समय लड़की दिखाई गयी उस समय 'हाँ' या 'जी' को शर्मीली लड़की की 'मॉडेस्टी' समझ लिया गया था। लेकिन अब अपने–अपने खानदानों को लेकर बात तेवरों में बदल गयी थी...यह भी कि बारात खाली लौटकर नहीं जायेगी...तभी किसी शुभचिन्तक ने सुझाया था कि सिर्फ़ पैसे और बड़े नाम पर न जाइए तो इसी मुहल्ले के एक अति सामान्य घर की बड़ी शालीन बहू मिल सकती है। बस, दादा को फौरन बुलवाया गया। घर–भर में किसी को विश्वास नहीं। हर किसी की आँखों में हैरत और ललक दोनों ही। दादा ने अपने स्वाभिमान की टेव रखी थी...थोड़ी तो समय चाहिए ही...पर अखिल ने बड़ी शालीनता से इन्कार कर दिया था कि सिर्फ़ लड़की ही पाकर वे लोग उपकृत हो जायेगे। बस, बारात सोत्साह 'शालिनी बहू' को लेकर बाइज़्ज़त लौट आयी थी।

तब से आज तक शालिनी बहू की भावनाओं की बराबर क़द्र की जाती है, पूरा ध्यान और सतर्कता बरती जाती है...यह घर उपकृत है मेरा। क्योंकि बरसों पहले मैंने इस घर की गिरती साख को आड़े वक़्त यथास्थान सुशोभित कर दिया था। यानी कि ज़िन्दगी के हर कॉलम में सही का निशान?...सब कुछ झाड़ा–पोंछा साफ़–सुथरा... लेकिन जाने क्यों हर झाड़–पोंछ के बाद कुछ टूटकर गिर–सा जाता है। ठीक–ठीक क्या इसकी सही जानकारी नहीं।

जैसे कि अपनी जिन्दगी ही एक से कई हिस्सों में विभक्त हो गयी हो और अब न टूटकर अलग रह पा रहे हैं वे हिस्से, न जुड़े हुए ही रह पा रहे है। बस यूँ ही बेआवाज़, छुपे–छपे किसी कोने में पड़े रहना और सारी सतर्कता के बावजूद जब–तब हलके से चिटक–सा जाना।

दादा परम सन्तुष्ट हैं...सुख–सुविधा से भरी–पूरी मेरी ख़ुशहाल ज़िन्दगी देखकर। अखिल का दफ़्तर और माँजी का पूलाघर देखकर। कर्ण और कनु की कॉनवेंटी अंग्रेज़ी तथा नौकरों–चाकरों की मुस्तैदी

देखकर। बच्चे अपनी–अपनी किताबें लेकर बारी–बारी उन्हें सोत्साह दिखा रहे थे। दादा ने पहले कर्ण की इंगलिश की किताब लेकर 'बियर' (भालू) का मतलब पूछा। बियर क्या होता है? कर्ण चौंका। फिर बुक में देखकर दादा के उच्चारण पर ज़ोर–ज़ोर से पेट पकड़कर हँसता हुआ बोला, ''बियर नहीं, 'बेर' मामाजी...'बियर' तो पीने वाली होती है...आप भूल (बेर) को पी सकते हैं क्या?''

इसी तरह दादा के हर एक दो शब्दों के बाद वह उन शब्दों के कॉनवेंटी एक्सेंट के उच्चारण बताता रहा। फिर यकायक घड़ी की ओर देखकर बोला, ''अब हमारा सोने का टाइम है...हम सोने जायेंगे...ओ.के.? चलो कनु!''

ढाई साल पहले किसी तरह 'घर' जाना हो पाया था क्योंकि बच्चों की तबीयत ठीक थी, अखिल को दस–बारह दिनों को बाहर जाना पड़ गया और उस बीच कोई महत्त्वपूर्ण नाते–रिश्ते का नहीं आने वाला था। मेरे कहने पर मुझे स्टेशन पर बिठा दिया गया था। वहाँ दादा और मिंटू स्टेशन आ गये थे।

घर पहुँचते ही बच्चे मेरी लायी चीज़ों पर टूट पड़े। लड़ाई–झगड़े, मारपीट तक की नौबत आ गयी थी। छोटे वाले टिक्कू ने बुशर्ट जो नापी तो उतारने के नाम पर रोते हुए चीख़–चीख़कर ज़मीन पर लोटना शुरू। आख़िर भाभी ने कान उमेठकर दो–तीन चाँटे लगाए। लेकिन तब दादा भाभी पर बिगड़े। कर्ण, कनु दोनों हाथ पीछे बाँधे हकबके–से सब कुछ देखते रहे।

दोपहर आइसक्रीम वाला बोला। मिंटू–टिक्कू ने शोर मचाना शुरू किया। दादा ख़ुश होकर जेब से पैसे निकालने लगे। उन्हें ज़्यादा उत्साह कर्ण और कनु को आइसक्रीम खिलाने का था। लेकिन कर्ण बड़े सर्द–से लहजे में बोला था, ''हम बाज़ार की खुली आइसक्रीम नहीं खाते।''

मैंने फ़ौरन डाँटा था, "अरे, ये वो वाली नहीं है, अच्छी वाली है...काग़ज़ में लिपटी।"

दोनों बच्चों ने आश्चर्य से मेरी ओर देखा था।

हमेशा आइसक्रीम, चाट, चनाचूर वाले की आवाज़ के साथ ही घर में मचते शोर–शराबे, चिल्ल–पों को सुनकर एक दिन कनु भाभी से पूछ रहा था, 'आप घर में आइसक्रीम नहीं जमातीं?'

अस्त–व्यस्त आँचल से माथे का पसीना पोंछती, अँगीठी के सामने रोटियाँ सेंकती भाभी ने उलटे ख़ुश होकर कनु की बलैया ले ली थी–'लो, हम भला आइसक्रीम क़िस्में जमाएँगे? तुम्हारे घर तो बड़ा–सा फ्रिज़ है, उसमें जमाते हैं न!'

कनु ने फट से टोका था, 'तो आप फ्रिज़ ख़रीद क्यों नहीं लेतीं?' लेकिन फिर तुरन्त ही भाभी के उत्तर की प्रतीक्षा किये बिना बड़ी बुजुर्गियत से अपनी ग़लती सुधारी थी, 'लेकिन आपके पास उतने पैसे नहीं होंगे न।'

भाभी हँसी थीं, कनु और भाभी की बातचीत सुनकर दादा भी कमरे में से उठ आये थे और फिर वे लोग सबसे कहते फिरे थे...बच्चे की तोतली बातें...कि कितना जहीन है कनु...कि इतना छोटा होने पर भी कितना समझता है। चारों ओर कनु की अक्लमन्दी के चर्चे।

और मिंटू तो पड़ोसी के सारे घरों में कर्ण को घुमाता फिरा। जहाँ जो लड़का मिलता, कहता, 'मेरी बुआ का लड़का है। क्लास फोर्थ में ही है, लेकिन ऐसी इंगलिश बोलता है कि तुम भी नहीं बोल सकते। तुम्हारी आठवीं की किताबें पूरी फर्राटे से पढ़ जायेगा।...'

हिन्दी तो इन्हें आती ही नहीं। बस इंगलिश। एक दिन मुझसे 'छप्पर' और 'बालक' के मतलब पूछ रहा था। क्या जानते हो, हिन्दी शब्दों के मतलब ये लोग अंग्रेज़ी में लिखते हैं।'

लड़के कर्ण और कनु के थोड़े पास आते, उन्हें अजूबी निगाहों से तौलते, परखते और चले जाते।

''शालू ले, यह तेरी भाभी ने भेजी है...''

दादा लाल–हरी नाइलेक्स की चुंदरी मेरे हाथों में थमा देते हैं। कर्ण, कुन को भी बुलाकर बड़े प्यार–दुलार से एक–एक रंगीन बुशर्ट, ख़रीदे हुए। दोनों एक सपाट थैंक्स के साथ पैकेट मुझे थमाकर बाहर दौड़ जाते हैं।

मैं यूँ ही जाने क्या सोचती पैकेट लिए खड़ी रह जाती हूँ तो दादा अचरज और थोड़ी निराशा से पूछते हैं–''पसन्द नहीं आयी क्या? तेरी भाभी कह रही थी, शालू पर अच्छी लगेगी। उसने घण्टे–भर तक कितनी दुकानें छानकर तब यह पसन्द की...''

घोर आत्माधिकृति से भर मैं जल्दी से बोली, ''अरे नहीं...अच्छी है दादा...बहुत अच्छी...मैं तो यूँ ही भाभी को याद करने लगी थी। लेकिन भाभी क्यों इतनी परेशान हुई?''

दादा परम सन्तुष्ट, गद्‌गद भाव से बोले–''अरे वाह, क्यों नहीं होती? माँजी को दिखा देना पहले, अच्छा?''

माँ जी, देखते ही हमेशा की तरह अति सतर्क नरमाई से बोलती हैं–''तुमसे कितनी बार कहा, उन्हें मना कर दो...इस सारी फॉरमेलिटी की ज़रा भी ज़रूरत नहीं...बेकार इतना परेशान होते हैं। उनसे कहो, मेरी तरफ़ से ये ले जाकर तुम्हारी भाभी और छोटे बच्चों को दे दें।'' फिर उन्हें ख़ुद ही लगता है, अति सतर्कता में भी कहीं गफलत हो गयी–''नहीं, जाने दो। लौटाने पर उन्हें बुरा लगेगा न! ले आओ, रख दो...''

और तुरन्त ही एक दूसरा भूल–सुधार–''लेकिन हाँ, तुम्हें पसन्द हो तो पहनो न...''

मैं उसी असहज सहजता से कहती हूँ, ''नहीं, रख देती हूँ, इतनी साड़ियाँ तो वैसे ही पड़ी हैं, अभी नयी की नयी ही...''

''तो फिर रख दो...'' माँजी की आँखों में राहत लौट आती है। मेरे अन्दर भी एक राहत...जैसे नाटक के किसी खण्ड का पार्ट किसी तरह रट–रटाकर दुहरा पायी। हम दोनों ही अपनी–अपनी भूमिका सफलतापूर्वक निभा ले गये...एक बार फिर...

मैं दोनों पैकेट उस बॉक्स में ले जाकर डाल देती हूँ, जिसमें और भी ऐसे बहुत–से मिले–जुले सामान हैं, जो हमारे उपयोग के लायक नहीं। यों ही दिये–लिए की रस्मों में काम आते रहेंगे।...

मुझे माँजी के ऊपर दया भी आती है। लगातार यही अभिनय, औपचारिकता करते–करते थकती नहीं माँजी? लेकिन सिर्फ़ ही क्यों? मैं ख़ुद भी तो उसी नाटक की एक अहम भूमिका निभा रही हूँ...और यह नाटक कोई एक–दो दिन या दो–चार खण्डों का नहीं... जीवन–भर चलने वाला नाटक है, जिसमें समय–समय पर अपना चालू सम्वाद सही–सही बोल पाने की कितनी बड़ी राहत महसूस होती है!

एस.पी. साहब की बीवी पूछ रही हैं–"कोई आया है क्या शालिनी जी के मायके से?...कर्ण, कनु बता रहे थे उनके मामाजी..."

"हाँ–हाँ...." माँजी फ़ौरन बात सँभाल लेती हैं–"जल्दी में किसी काम से आना हुआ, एकाएक ही, बेचारे मिठाई वग़ैरह भी ज़्यादा नहीं ला पाये...मुझे पाँच सौ एक रुपये दिये कि पहले मिठाई–फल मँगवा लीजिए...मैंने कहा–अब भई तुम लोग बार–बार यह फॉरमैलिटी मत किया करो..."

करवाचौथ पर भी माँजी ने ख़ुद की मँगवाई आठ सौ की साड़ी दिखा दी थी सभी को, फल–मिठाई के लिए पाँच सौ एक रुपये...

हर बार मैं कहने और सुनने वाले के सामने या आसपास ही होती हूँ...ख़ुद से भी कतराकर निकल जाने की कोशिश में...लेकिन कतराते–कतराते भी कुछ छू जाता है, चिटक जाता है...जिसकी नियति सिर्फ़ चिटकना है, जुड़ पाना नहीं।

"शालू, काम तो हो गया यहाँ का, अब जाना चाहिए न मुझे..." दादा ने बड़े दुलराये–से स्वर में कहा है कि उनके जाने की बात सुनते ही कहीं मेरा चेहरा एकदम उदास हो उतर न जाये। जैसे वे मेरा मन दुखाने का अपराध कर रहें हों और मन ही मन मेरे उदास दुखते

मन को समझाने–बुझाने के लिए शब्दों का जुगाड़ बैठाये इन्तजार कर रहें।

लेकिन मैं? आँखें मूँदकर एक अवसाद–भरी राहत महसूसती हुई वापस सिद्धहस्त अभिनेत्री–सी सम्वाद बोल जाती हूँ–"अच्छा! ऐं! अरे! इतनी जल्दी?..."

दादा प्यार से समझाते हैं–"तू उदास क्यों होती है...देख, जाना भी तो जरूरी है न...साहब लोग तो समझ ही लेंगे कि काम फलाँ तारीख़ तक हो गया और फिर तेरी भाभी की तबीयत, पिंटू, मिंटू..."

"हाँ..."

"लौटते समय मिश्रा के यहाँ गया था थ्री–टायर की एक बर्थ फट से दिला देगा...पर वह बीवी–बच्चों सहित हरद्वार गया हुआ है। और अब सेहत ऐसी रही नहीं कि चालू डिब्बे में कैसे भी घुसकर चला जाऊँ..."

"नहीं–नहीं..." मैं फ़ौरन प्रतिवाद करती हूँ–"चालू डिब्बे में कैसे जायेंगे आप!...बहुत परेशान होगी..."

"सो तो है...पर और रास्ता भी क्या है..." दादा कुछ कहते–कहते हिचककर रुक जाते हैं। मैं जानती हूँ, वे क्या कहना चाह रहे थे! वही कहती हूँ मैं। एक तरह से मुझे वह कहना ही था, "आप परेशान मत हों, देखती हूँ, न होगा तो अखिल से कहती हूँ..."

'हाँ–हाँ, दादा यही कहना चाह रहे थे...मुझे भी लगता है, अखिल बाबू चाहें तो किसी से कहकर एक स्लीपर का टिकट, लेकिन उन्हें परेशानी तो नहीं होगी न..."

फिर उन्हें शायद मन में लगता है कि महज़ एक स्लीपर के टिकट की बात के साथ उनके बहनोई की परेशानी की बात सोचना उनके रोब–दाब और ऊँचे ओहदे का मखौल उड़ाना है। इतनी जान–पहचान, मातहत, चेले–चपाड़े जो दिलोजान से यही चाहते हैं कि साहब कुछ हुक्म तो करें....सेवा का मौक़ा तो दें...

अखिल कुछ कम पसोपेश में नहीं–"देखो, कहता हूँ किसी से... असल में स्लीपर के टिकट के लिए कहना, ख़ुद तो कह ही नहीं

सकता। किसी असिस्टेंट की मार्फत कहलाना पड़ेगा। फिर भी बात छुपती कहाँ है। कहाँ का टिकट? किसके लिए? आदि तमाम बातें तो बनानी ही होंगी...''

मैं अपने आपसे इधर–उधर कतराती खड़ी रह जाती हूँ...सिर यूँ ही बेमतलब झुका–सा रह जाता है।

वह तो यों भी...दादा की बाँह पर हल्का रफू है...कहीं दाई ने कपड़े धोते हुए देखा तो नहीं होगा? दादा की चप्पल में सिलाई के छुपे टाँके हैं...हरलाल के झाड़ू लेकर आते ही मैं चप्पल पलँग के नीचे डाल देती हूँ...दादा की बनियान में एकाध छोटे छेद हैं...ख़ुदीराम उसे ही देखकर तो नहीं मुस्करा रहा था?

जानती हूँ, इसमें बहुत सारा मेरा निर्मल डर और आशंका है, पर क़ाफी कुछ सच भी होगा...कैसे नहीं होगा? आख़िर क्यों हमेशा किसी और के आते ही हरलाल सूचना देकर दबे पाँव खिसक जाता है, लेकिन जब कभी मिश्रा जी आते हैं, हरलाल आराम से दो–चार बात करता, दोस्ताना तरीक़े से हँसता हुआ अन्दर जाता है। किसी और के आने पर वह मेरे या माँजी के आदेश की प्रतीक्षा करता है, कॉफी? एक्वैश? रूहअफ्जा? लेकिन मिश्रा जी के आने के बाद कुछ कहने के साथ ही बोल पड़ता है, 'जी साहब लाय रहे हैं'...और पाँच मिनट के अन्दर चाय के प्याले के साथ अलमारी में रखे नमकीन और बिस्कुट हाज़िर कर देता है। जितनी दूरी उसके और घर में आने वाले अन्य मेहमानों के बीच फैली रहती है, वह मिश्रा जी के आने के साथ ही गायब हो जाती है। क्या समझता है वह उन्हें? अपने क़ाफ़ी निकट? मिश्रा जी वही टेरीलीन की बुशर्ट पहनकर हमेशा आते हैं। वह दूर से ही देखकर कहता है माँ जी से–'सरकार! वो मिश्रा जी आय रहे हैं...बहू जी के मायके वाले।'

दादा जा रहे हैं...उन्होंने फिर वही बादामी वाली बुशर्ट और कत्थई पैंट पहन ली है। हरलाल ने उनका बिस्तरबन्द उठा लिया है और

माँजी ने फिर बड़े अपनापे से कहा है–''अब यहाँ आते हो तो तुम्हें होल्डाल वग़ैरह ढोने की ज़रूरत क्या है...यह भी तो तुम्हारा ही घर है। अब से बिस्तर वग़ैरह लाने की ज़रूरत नहीं।...''

दादा ने पैर छुए हैं उनके...

''ख़ुश रहो...बड़ा अच्छा किया, आ गये...ऐसे ही आ जाया करो कभी–कभी...''

''जी!'' दादा प्रसन्न होकर कह रहे हैं–''अब तो इधर कुछ दिनों हर महीने–डेढ़ महीने पर आना पड़ेगा...''

''अच्छा?'' माँजी एकदम चौंककर तुरन्त अपने को सँभाल ले जाती हैं–''अच्छा तो है...'' फिर झटपट मन ही मन एक निश्चय ले मुझे इशारा कर देती हैं, मैं जल्दी जाकर नये कुर्ते–पाजामे का अखिल का नया पैकेट लाकर माँजी को थमा देती हूँ।

माँजी देने लगती हैं तो दादा अचकचाकर पीछे हट जाते हैं–''अरे–अरे, माँ जी...मैं तो शालू का बड़ा दादा हूँ न...यह आप क्या करती हैं...अरे...''

''हाँ–हाँ, सब पता है...शालिनी से बड़े हो, मुझसे तो नहीं... अगली बार आना तो पहनकर आना समझे...''

पता नहीं दादा कितना समझे, कितना नहीं।

स्टेशन पर हर थोड़ी देर पर दो–चार लोगों का हुजूम मिल ही जाता...अखिल को देखते ही, ''अरे आप? यहाँ?...किसी को सी.ऑफ. करने?...अच्छा–अच्छा।...भाभी जी के ब्रदर...''

ट्रेन धड़धड़ाती हुई आकर रुकी तो दादा जानी–पहचानी हड़बड़ी से बिस्तरबन्द–अटैची सहेजने लगे। अखिल ने सिगरेट थमी उँगलियों से उन्हें इशारा किया–जिसका मतलब था, हड़बड़ी न कीजिए...आपका सामान रख दिया जायेगा...आराम से

तभी दादा कुली को फर्स्ट क्लास में सामान रखते देखकर चौंक जाते हैं। हड़बड़कर कुली को पुकारने, रोकने की कोशिश करते हैं तो अखिल आँख के इशारे से रोक देते हैं। दादा फिर भी भौचक और परेशान ही नहीं, दयनीय होकर कह उठते हैं–''अँरे?...नहीं अखिल

बाबू...मैं तो आराम से स्लीपर या या...'' अखिल फिर सख्ती से उन्हें कुछ आगे कहने को रोक देते हैं। इस बार वे मुझे इशारा करते हैं...मैं जल्दी से दादा के पास जा फुसफुसाती हूँ–

''दादा! यहाँ कुछ मत कहिए, अलग–बगल खड़े लोग सुन रहे हैं...जाने भी दीजिए...सभी लोग इन्हें जानते हैं...''

सचमुच अखिल के चेहरे पर तनाव की हलकी–सी लकीरें खिंची हुई है...'

लेकिन दादा का आत्माभिमान चोट खाया–सा कह रहा है–''लेकिन...लेकिन यह कैसे हो सकता है शालू...मैं तेरे, अखिल के पैसों से...अच्छा ठहरो...मैं तुम लोगों को किराये के पैसे...''

अखिल का चेहरा फिर खिंचता देख मैं दादा का जेब में पड़ा हाथ पकड़ लेती हूँ...वैसे मैं जानती हूँ, दादा का उनकी जेब में पड़ा हाथ भी लाचार है...फर्स्ट क्लास के किराये के पूरे रुपये निकालने में।

ट्रेन धड़–धड़ करती हुई प्लेटफॉर्म छोड़ रही है...मेरी आँखों में आँसू नहीं...मैं दादा को भींचकर हलके से सिसक नहीं पाती...

और दादा? फर्स्ट क्लास के डिब्बे में निरपराध, सज़ा पाये कैदी की तरह लाचार खड़े हैं। किसी तरह उनका दायाँ हाथ उठकर एक–दो बार हिलता है, फिर नीचे झूल–सा जाता है।

याद करने की कोशिश करती हूँ। दादा को इतना दयनीय, इतना लाचार मैंने पहले शायद ही कभी देखा हो!

क्या मालूम

सोचा था, हवेली भी अधबूढ़ी ही मिलेगी। उखड़ी–पखड़ी, झँवाई, निस्तेज।

पर वह तो जैसे बरसों–बरस की बतकहियों वाली पिटारी लिए, आकुल–व्याकुल बैठी थी मेरी प्रतीक्षा में, खोलकर बिखेर देने को बेचैन।

धुँधलाया था तो बस मेरी शादी में, कोहबर की दीवार पर लिखा 'श्री गणेशाय नमः' और मेहराबों से बँधी पतंगी काग़ज़ों वाली झंडियों की कतरनें। हवा की हलकी सिहरन के साथ फुसफुसाती हुई...देखा! हम हैं, अभी भी...समयातीत की यादों को नन्ही–नन्ही कतरनों में सहेजती।

पोते–पोतियों की एक पूरी छापामार फ़ौज साथ है। हवेली का कोना–कोना छानती हुई।

कुतूहलों और जिज्ञासाओं का कोई अन्त नहीं।

"आप यहीं रहती थीं?...इसी हवेली में अम्मू दादी?...जब हमारे जित्ती थीं?..."

"ओ...आपके डैडी की है ये हवेली।"

('थी' नहीं, 'है' अभी तक तो...)

"बहुत–बहुत सारे साल हो गये न तब से?"

"मैं बताऊँ? हंड्रेड...न अम्मू दादी।"

सबसे छोटे चिल्लू सबसे ऊँची गिनती का रोब मारना चाहते हैं।

"दुत्त, हंड्रेड...की तो अम्मू दादी भी नहीं हैं।"

सारे बच्चे हो–हो करके हँस पड़े। हँसी से बेहाल, एक–दूसरे पर गिरते–पड़ते।

''आप फिफ्टी एट की हैं न अम्मू?''–कक्षा तीन में पढ़ने वाली 'सीनियर मोस्ट' मौली दीदी ने अपने ज्ञान से छुटकैयों को चमत्कृत कर दिया। फिर अपनी विजयिनी बाँहें गलें में डाल झूल लीं।

''तब कितने इयर हुए अम्मू दादी?''

मुश्किल सवाल!...मुश्किल हिसाब...

(इसीलिए फ़ौज शोर मचाती हुई वापस छापामारी पर निकल जाती है।)

सालों–साल का हिसाब...

इतने कि एक पूरी सदी गुज़र जाये। एक पूरी उम्र बीत और रीत जाये।...

'चल झूठी' हवेली ठमककर मेरे गालों पर ठुनकी देती है–'ना कुछ बीता, कुछ रीता–सब कुछ तो कंदील–सा जगर–मगर...'

'तेरे अन्दर?' मैं हवेली से पूछती हूँ।

'नहीं तेरे भी–यह पूरा शहर, यह पूरी गली, यह पूरी हवेली...'

अतीत और वर्तमान को एक–दूसरे में से डुबो–डुबोकर निकलती हुई हमजोलियों–सी ठिठोली वाली हवेली।

आँगन के उस कच्चे वाले कोने में एक हरसिंगार हुआ करता था।

बाक़ी पूरा आँगन पक्का।

गलियारे के ऊँपर बीचोबीच एक शमादान जला करता था। जब कभी नहीं जलता तो हमें भूत–प्रेतों का डर लगता।

–''होते थे क्या?''

चिल्लू गोल–गोल आँखें झपकाकर पूछते हैं। 'अरे पगलू' छोटी–सी मौली दीदी अपनी ही हथेलियों में उसका सिर पकड़कर किश्शू करती है।

अहाते में एक नीम थी।

है तो अभी भी।

वो क्या रही। गच्च पर ढेर सारी निमकौड़ियाँ टपकाती।

असल में पूरा का पूरा अहाता आढ़तियों के शेडों से इतना ढक गया है न कि लगता ही नहीं कि यह वही अपने अहाते वाली नीम है।

नुक्कड़ वाले मन्दिर का चबूतरा भी आगे तक बढ़ाकर पीला–लाल पेंट करा दिया गया है।

बस हनुमान जी जस के तस।

हर मंगल की शाम आरती होती थी।

अब होती है कि नहीं, क्या मालूम।...

तब के पुजारी जी घंटी की टुनन–टुन के साथ हनुमान जी के चारों तरफ़ आरती घुमाते जाते, घुमाते जाते।...प्रकाश के बनते वलय, जगमगाती जोत। उस जोत में झलमलाते ढेर–ढेर सारे चेहरे। आरती पूरी होने के बाद पुजारी जी हर किसी की तरफ़ आरती की थाली बढ़ाते हुए लगातार उचारते जाते–

सकल गुण निधानम् वानराणाम् धीशम्
रघुपति वर दूतम् वात् जातम् नमामि...

शनि, मंगल का प्रसाद केवड़े–इलायची से महमहाता होता। जो कोई भी प्रसाद करवाता, चाहे अमृत–भोग के लड्डू, चाहे गुसाइयों के लाल पेड़े...।

'ज़रा ये प्रसाद इनके हाथ से चढ़वा दीजिए पुजारी जी!...फर्स्ट डिवीजन से पास हुए हैं इंट्रेंस के इम्तहान में।...पैर छुओ बेटा पंडीजी के।'

आरती की लौ ठहरती है। सकुचाई आँखें। शरमाया चेहरा।

'कल्याण हो बेटा!...कल्याण हो!...सदा फूलो–फलो। उन्नति करो।...यशस्वी भव'–प्रकाश की आभा दप्–दप् हिलती है।

और चेहरा है कि झेंपे, शरमाये जा रहा है।

आरती के लिए जुटे लोगों में से बहुतों ने आगे बढ़कर शाबाशियाँ दीं। पीठ थपथपायी।

लोगों की भीड़ से गर्दन उचकाकर झाँका था मैंने। ज़रा देखूँ तो, यह दूसरा फर्स्ट आने वाला कौन है? नहीं...जानती तो नहीं! इस

गली के नहीं लगते। फिर भी तुम–आप भी फर्स्ट आये हो न अपनी क्लास में?...तो मुझे बहुत अच्छा लग रहा है। ज़रूर अच्छे लड़के होओगे।...इस गली के सारे लड़के तो गावदी हैं।...हाँ तो मैं भी सेकेंड आयी हुँ। फर्स्ट वाली सुनयना से बस तीन नम्बर कम। सिर्फ़ गणित की वजह से। बड़ा रोना आया, लेकिन सबसे छुपा ले गयी।

क्या करूँ। मेरा मन ही नहीं लगता गणित में। अरे, अब तो बड़ी हो गयी हूँ न तो ज़बरदस्ती बैठकर सवाल हल करने की कोशिश करती हूँ। लेकिन जब छोटी थी न, मन्नू चाचा चिढ़ा–चिढ़ा के रुला डालते थे–देख मध्धू! मैं तुझे पहाड़े रटने का फॉर्मूला बताता हूँ। अब जैसे तेरह के पहले तीन ताल का ठेका ठीक रहेगा–जैसे तेरह के तेरह, तेरह दूनी छब्बीस, तेरातियाँ उनतालीस से पहले, माधुरी मिश्रा, बनाम पूरियाधनाश्री बनाम पूरी खांड सारी...

एकदम बुद्धूपने की बात, लेकिन सब लोग हँस देंगे तो मैं रोऊँगी नहीं क्या?...

तब छोटी थी न!...

अब...

अब उटंग होती फ्रॉकें। लम्बी होती चोटियाँ। सलवार–कुर्ते सिलवाओ, घुटन्ने दिखते हैं इसके। मँझले ताया का निर्देश। माँ ने सिलवा दिये, चुन्नी भी उढ़ा दी लम्बी–सी। मन्नू चाचा ने फिर चिढ़ाया–

'बित्ते–भर की लिल्ली घोड़ी
डेढ़ बित्ते की पूँछ–'

'अरे हट! ताया जी की सनक। अभी मधुरिया है ही कित्ते बरस की? ढाई गज़ की चुन्नी उढ़वा दी।'

'यह न कहो सुनयना बीबी'–सम्दीले वाली मामी थीं–

'इसी उमर की हमारे मुहल्ले की एक लड़की मुसलमान के साथ भाग गयी।'

'अरे, वो तो उठा ले गया होगा अपना धरम कबुलवाने। ऐसे बहुत–से क़िस्से सुने हैं आपसी रंजिश के।'

'कहीं नहीं...' जीजी चुन्नी का फेंटा कसने में हुशियार हो गयी थीं–'आप लोगों के दिमाग़ में शक के सींग उगा करते हैं–हिन्दू कौन–से दूध के धुले हैं? मुसलमान हिन्दुओं से ज़्यादा शरीफ़ होते होते हैं।'

'चुप भी कर, बिना पूछे, जाँचे, लगी हिन्दू–मुसलमान धोने–पछारने–बात तो इस उमर में लड़कियों को सँभालने की हो रही हैं।'

'लड़कों को सँभालने की क्यों नहीं...'

'तू बेबात ज़बान लड़ा रही है बिट्टो, जाकर कहती क्यों नहीं लड़कों के माँ–बाप से–हाँ, तो तब क्या हुआ मामी?' सम्दीले वाली की रसवार्ता में विघ्न पड़ रहा था।

'तब क्या, कालिख नहीं, डामर, डामर पोत गयी माँ–बाप के चेहरों पर–बेइज़्ज़त हो गये सरेआम। अब कोई कानी–कौड़ी के भाव नहीं पूछता सम्दीले में उन्हें...'

'सो तो है ही, अरे उसे बाम्हन, छत्री, बैसों में नहीं मिला भला कोई?...'

'अम्मू दादी! अम्मू दादी!' बच्चों का झुण्ड शोर मचाता आया है–'बड़े पापा, बड़ी मम्मी ने कहा है, वे लोग फिर बाहर जा रहे हैं।'

बेटे–बहू लगातार दौड़–भाग कर रहे हैं। कोर्ट, कचहरी, खरीदार दलाल, इकनारनामा, बैनामा, स्टैम्प, दस्तावेज़–बड़े ने ही ज़िद की–'अम्मा, चली चलो तुम भी। वैसे भी यह सब तुम ज़्यादा समझोगी।...छोटा चल नहीं पा रहा। अपनी पलटन अलबत्ता साथ किये दे रहा है। दलाल ख़रीदार भी शायद तुम्हारी उम्र का थोड़ा लिहाज करें।'

'हाँ–हाँ अम्मू दादी, चलिए ना, हम सब चलेंगे साथ–साथ'... बच्चों ने ज़िद की थी।

आगत, अतीत, वर्तमान

छुटपन, बचपन और बुढ़ापा–

अँधेरे गलियारे के शमादान से लेकर कचहरी के इकरारनामें तक...

सब साथ–साथ...

हट्ट...ग़लत–तुम्हारी बात मैं थोड़ी कर रही। तुम क्यों रहोगे मेरे साथ–साथ।...

तुम्हारी गली भी मेरी गली से कहाँ मिलती है!

ज़रूर पीछे वाली ही कोई गली होगी।

होगी...मुझे क्या ज़रूरत...?

तुमने भी तो हवेली नहीं देखी। नहीं जानते न!

'हूँऽऽ सब यही समझते हैं।'

लेकिन मैं जानती हूँ, तुम्हें मालूम है, मेरी वाली गली–

बताऊँ कैसे?

एक दिन लब मैं स्कूल से लौट रही थी न, तो तुम भी पीछे–पीछे अपने किसी दोस्त से बतियाते चले आ रहे थे। शायद इसी गली से फुटबॉल के स्टेडियम जाना रहा होगा उस दिन और क्या वजह हो सकती थी भला!

तो, जब मैं अपने दरवाज़े से ज़रा पहले दौड़कर घुसी न, तभी मैं समझ गयी कि तुमने मेरी तरफ़ न सही, मेरी हवेली की तरफ़ देखा ज़रूर है।

मेरी तरफ़ क्यों देखते भला? तुम भी तो एक अच्छे लड़के हो। क्लास में फर्स्ट–सेकेंड आने वाले। और मैं भी तो, हम क्यों देखें, एक–दुसरे की तरफ़?

नहीं देखना चाहिए।...न!

क्योंकि मंजुला भाभी की बहनों के लिए भी ताई–चाची आज कह रही थीं–'सबकी सब छम्मक–छल्लो हैं। जब देखो पाउडर–बिन्दी, सुरमे–काजल से लैस, हर किसी से मुस्की मारती रहती हैं। दीदेवार ठहाके लगाती हुई। देख लेना, मंजुला की बहनें देर–सवेर माँ–बाप का नाम डुबाएँगी ज़रूर।... जब देखो तब खिड़की–झरोखे से सान–मटक्की करती बात–बेबात खिखियाती रहती हैं।...'

अरे कोई जाये, कोई आये, लड़की जात को दीदे काढ़कर टकटोरने की ज़रूरत?

तुम्हीं बताओ, यह छिछोरापन नहीं तो और क्या है?

मैंने सुना और सहमकर ज़ोर से आँखें भींच लीं। जिससे तुम्हें न देख पाऊँ।...

लेकिन अब प्यारे मोहन की दुकान पर मैं क्या करती, बोलो?

चार्ट पेपर लेने गयी थी। पैसे गिनकर देने के लिए हाथ बढ़ाया ही था कि दुकान के शोकेस में रखी तेल–क्रीम की शीशियों के बीच–बीच में रखे छोटे–बड़े शीशों में तुम...एक–दो–तीन–दसियों–प्यारे मोहन से–बातें करते हुए।...

मुझसे कुछ नहीं सूझा तो मैं भाग ली। पर मुझे लग रहा था, तुम मन्द–मन्द मुस्कराये जा रहे हो मेरी पीठ पर लहराती चोटियों को देखकर।

कितना अच्छा हुआ जो तुमने सामने, सीधे मुझे नहीं देखा।

ज़रूर तुमने भी अपनी बलरामपुर वाली चाची या रानीखेत से आयी बुआ के मुँह से सुन लिया होगा...

'भोपाल वाली के बेटे को देखा? जब देखो, तंग मोहरी की पैंट पहने, कंघी से बुलबुली सँवारता, सड़कों पे सीटी मारता, चप्पलें लटकारता घूमता रहता है। गये तीन सालों से फेल हो रहा है बारहवीं में। अब पढ़ चुका वो।...इन्दौर वाली का बेटा पढ़ाई में तो ख़ैर ठीक–ठाक है, पर मिज़ाज ख़ासा आशिक़ाना, पुछो ज़रा, कल के छोकरे का अभी से विलायती सैंट लगाये घूमने का ममलब! ये कोई भले घर के लड़कों के लच्छन हैं। पढ़ने–लिखने वाले लड़को को इस सबकी कहाँ फुरसत–कि कहाँ किस गली में किस लड़की का मकान है...'

हाँ, बिल्कुल सही बात है। मेरी हवेली वाली बात तो मैंने इसलिए कही थी न क्योंकि गली से गुज़रता हर आदमी एक नज़र हमारी हवेली पर डालकर साथ वाले से कह पड़ता है–'शुक्ला जी की हवेली है। रच–रचकर बड़े शौक़ से बनवाई लेकिन बनवाने के चार–छह महीने के अन्दर यों ही सोये–सोये गुज़र गये।...मातबर आदमी थे। रसूख वाले।–उमर कहाँ थी। छोटे–छोटे बच्चे। कच्ची गृहस्थी।...'

बड़े–छोटे ताया–चाचाओं के बीच गृहस्थी चल रही है।...

सीढ़ियों पर पैरों की आहट बढ़ती जाती है।

'क्यों किया अम्मू दादी और बच्चों ने सारे दिन?...

'बतायें?...खुफ़ियागीरी?' बच्चे चहकते हैं।

मैं चौंककर बेतरतीब होने लगती हूँ।

बेटा–बहू परेशान हैं। काम बनता नहीं नज़र आ रहा।...(यानी हवेली बिक नहीं पा रही)

सोचा था, एकबारगी सब कुछ निपट जायेगा। पर खरीदार हमें गरजमन्द समझकर काँइयापन से पेश आ रहे हैं।...एक ही रट, क़ीमत घटाइए साहब। पुरानी हवेलियाँ पर मरम्मत में बहुत ख़र्च आता है। सारा ढाँचा ही आउटडेटेड जो ठहरा।...रिहाइश के लिए पुरानी हवेलियों की पूछ नहीं रही अब। ये मेहराबें और शमादान बस जज़्बाती खानापूरी के लिए हैं।

'बड़े पापा! बड़े पापा! अम्मू दादी बताती हैं, नीचे गलियारे में लालटेन जलती थी...और अँधेरे में भूत–प्रेत आते थे।...'

'कैसे भला? तू तो तब पैदा भी नहीं हुआ था...' बेटे ने चिल्लू के गालों पर चपत लगाई। बस, बच्चे चिल्लू को भूत–भूत कहकर चिढ़ाकर भागने लगे।...

'चोऽऽप्प!...इतना शोर...और कहते हो, अच्छी तरह रहे?...'

'नहीं, हम सारे दिन अच्छे बने रहे...अम्मू दादी से पूछ लीजिए।'

सारे दिन नहीं, सारी उम्र!...

पता है? एक दफे अचानक बाहरी मुँडेर पर खड़ी थी कि फक्क! देखा, तुम चले आ रहे थे नीचे गली में। विश्वास ही न हो। जरूर तुम–सा कोई और...लेकिन तुम्हीं थे... इस रास्ते, इस गली से कैसे गुजर रहे हो तुम? देखूँ तो, आख़िर किस तरफ़ जाते हो?

लेकिन–अरे–अरे यह क्या? तुम–तुम तो मेरी हवेली के ही फाटक में घुस रहे हो। मेरी साँसें बदहवास होने लगीं। तो क्या अब कुण्डा भी खटखटाओगे तुम?

कुण्डा सचमुच खटका...घर के सब सिविल लाइन शादी में गये थे। माँ ने कहा–'मध्धुर! ज़रा देख तो बेटी–'

मैं सनसनाते पैरों से सीढ़ियाँ उतरती गयी हूँ।...दरवाज़ा खोलती हूँ और...मेरे ठीक सामने तुम खड़े हो!...

तुम...हाँ तुम ही...तो ऽऽ, क्या करना चाहिए मुझे?

कुछ कहना चाहिए?...लेकिन मैं तो स्तम्भित हूँ...अविचल...आँखे झुकाये सिर्फ़ ज़मीन देखती हुई।...भला ज़मीन में तुम कैसे दीखोगे?

'यह मेरे बड़े भइया की शादी का निमन्त्रण...पिताजी ने यहाँ देने के लिए...भेजा है।...

मैंने निमन्त्रण–पत्रिका थाम ली है।...अब? कुछ तो बोलूँ–ज़रा तो देखूँ...कुछ भी नहीं हो पाया। खड़ी भी न रह पायी। बस आँखें तरतरा आयीं और कुछ न सूझा तो अचानक मुड़कर वापस भाग चली, घर के अन्दर...तेज–तेज साढ़ियाँ फलाँगती हुई मैं, जैसे ख़ुद भी अपने पीछे भागती, ख़ुद को रोकती भी जा रही थी...पागल! रुक न! वापस क्यों भागती जा रही है?...रुक मध्धू।...लेकिन मैं हाँफती हुई ऊपर पहुँच गयी।

एक अच्छी लड़की की तरह!

तुम कब तक खड़े रहे, विस्मित या उदास...नहीं जानती।

लेकिन तुम उदास क्यों होगे भला?

कोई तुम मेरे लिए थोड़ी न एकदम से भाग आये थे।

वो तो तुमने बड़े भाई की शादी के कार्ड बाँटने में पिताजी की मदद के ख़याल से अगल–बगल की गलियों का ज़िम्मा अपने ऊपर ले लिया था, बस।

एक अच्छे लड़के की तरह!

लेकिन मेरी मूर्खता देखो–

नाम तक नहीं पूछा तुम्हारा!

क्यों?...घर आये अजनबियों का पूछते नहीं?

ऊपर आकर कार्ड माँ के हाथों में रख दिया चुपचाप।

सीढ़ी चढ़ने से साँस फूल रही थी।

माँ ने पूछा—'कौन दे गया?'

'ए—क ल—ड़—का।...'

'क्या माथुरों का?'

'क्या मालूम, पूछना भूल गयी।'

'अरे पूछना, बिठाना था बेटे।...तुझसे कैसे ग़लती हो गयी।...ख़ैर, तू शगुन लेकर चली जाना...' (लोग जानते हैं कि बाबूजी की मृत्यु के बाद माँ किसी समारोह में नहीं जातीं)

माँ ने मुझे कानों में बुदे पहनाए। शादी—समारोह में पहना जाने वाला शरारा—कुर्ता। गले में मोतियों की माला और हाथों में शगुन के रुपये।

आज छोटी—सी बिन्दी लगाने की इजाज़त भी मिल गयी।

मैं चुपके से शीशे के सामने जाकर खड़ी हो गयी। देखा तो एकदम शरमा गयी।

फिर सहमकर शीशे से ही पूछा, 'इसमें तो कोई बुरी बात नहीं न? मैं अभी भी एक अच्छी लड़की ही हूँ न?'

शीशे ने दुलारकर कहा, 'बिल्कुल। सभी लड़कियाँ सजती हैं। नाचती—कूदती, हँसती—खेलती हैं शादियों में। तुम भी नाचना—गाना, हँसना—खिलखिलाना उनके घर शादी में। इसमें कोई बुरी बात नहीं।

शीशे ने ठीक कहा था। सचमुच जजिम पर ढोल—मँजीरे लिए बैठी, छोटे—बड़े घूँघटों और सलमे—सितारे जड़ी साड़ियों तथा साटंनी शरारों वाली लड़कियों ने मुझे ज़बरदस्ती खड़ा कर, मेरे पैरों में घुँघरू बाँध दिये।

'ऐ मध्धुर! कलंगी के छैयाँ—छैयाँ, नदिया के तीरे—तीरे वाला.. .अच्छा!' और एक दूसरे से बोली—'बहुत बढ़िया नाचती है, एकदम रबड़ की गुड़िया—सी कमर लचकाती।'

धन्नाक्—धिन्न...ढोलक की थाप के साथ तान खींच दी लड़कियों ने—

कलंगी के छैयाँ—छैयाँ नदिया के तीरे—तीरे,
अपनी नगरिया हमें ले चल बन्ने धीरे—धीरे।

और मैं घूमर लेकर छमा–छम्म नाच रही थी। ढोलक की टनक पर अब तालियों की समवेत थाप भी पड़ने लगी थी। जाते–जाते लोग भी रुककर ताल देने लगे थे। समाँ बँध गया था। घर की बड़ी–बूढ़ियाँ दनादन मेरे ऊपर रुपये वारने लगीं।

और तुम!... मैंने नाचते–नाचते क्या देखा नहीं? बर्फ़ी, बालूशाहियों से भरी ट्रे ले–लेकर मुस्कराते ही सीढ़ियाँ चढ़ते, मुस्कराते ही उतरते। मुझे देख तो रहे नहीं थे, फिर क्या मुझे सोच–सोचकर ही मुस्करा रहे थे तुम?

तुम...क्या तुम समझ गये थे कि उस दिन अपने दरवाज़े पर जो तुम्हें खड़ा छोड़कर मैं भाग ली थी, उस ग़लती पर 'सॉरी' बोलने के लिए ही मैं घूमर ले–लेकर नाचे जा रही थी!...

(क्योंकि इतने भर की तो इजाजत है न एक अच्छी लड़की को।)

"मौली! तनु! चिल्लू!...सॉरी, हमें देर हो गयी...तो क्या करते रहे तुम लोग..."

"बताये, हम लोग कोड़ा–जमाल–शाही खेलते रहे बड़े पापा। बड़ी मम्मी!"

"दादी को परेशान तो नहीं किया।"

"पूछ लीजिए अम्मू दादी से... हमने उन्हें बिल्कुल डिस्टर्ब नहीं किया। हम तो सारे दिन आँख–मिचौली खेलते रहे।"

('मैं भी...')

'बड़ा' पूरी तरह सन्तुष्ट नज़र आ रहा हैं।

और बहू तो ख़ुशी से छलकी पड़ रही है...

"अरे, जानती हैं अम्मी! एक बहुत अच्छा, बेहद शरीफ़ ख़रीदार मिल गया। हम जैसा चाहते थे न, कि नाना जी की हवेली किसी खानदानी के हाथ में जाये–और क़ीमत भी वजिब–उनके पूछने पर राहुल ने यों ही अठारह लाख बोल दिये कि बारगेन तो करेंगे ही... लेकिन वो तो बस उतने पर ही मान गये...यहीं आसपास ही किसी

अगली–पिछली गली के हैं...क्या नाम बताया राहुल?...मम्मी! हम उनको शाम की चाय पर बुला रहे थे। मैंने कहा, आइए न, मम्मी को आपसे मिलकर बहुत ख़ुशी होगी।

"मैंने सोचा, आपकी हवेली जिसके पास जा रही है, उसे आप कम–से–कम देख तो लें...लेकिन...

"मम्मी, आपको बहुत अच्छा लगता उनसे मिलकर।"

"हाँ, मैं देख रही हूँ मैं सुन रही हूँ।"

हमारी हवेली लाखों की है।

मेरी शादी के गीत गाये जा रहे हैं–

लहँगा तो तेरा लाख का, चुनरी हजारों की...मेरी बन्नी बहारों की...

सुनते हुए उस वक़्त, मैं सोचती रही थी कि मेरी शादी का निमन्त्रण 'अगली–पिछली' गलियों तक बँटा या नहीं?

किससे पूछूँ? कहूँ–

कोई तो चला जाये!

चलो समय की, लम्हों की, उड़ी–उड़ी चिंदियाँ बटोरें...

बटोरकर देखें, उसमें एक अच्छी लड़की और एक अच्छे लड़के का अक्स उभरता भी है या नहीं...

क्या मालूम!

मातम

सभी छोटे–बड़े अख़बारों में फ़ोटो के साथ ख़बर छप गयी थी।...चारों तरफ़ उनकी मौत का ऐलान हो चुका था। इतने दिनों, महीनों से चलते एक लम्बे सस्पेंस का अन्त। लोग काफ़ी दिनों से निगरानी रखे हुए थे। एक तरह से तैयार बैठे थे। उन्हें मालूम था, देर–सवेर यह घटित होने वाला है। इसलिए महीनों से छुट्टियों की योजनाएँ तथा आगे–पीछे सलटाए जाने वाले कामों को भी इसी हिसाब से तरतीब दी जा रही थी। अतः ख़बर लगते ही, लोग एक–दो के साथ, अथवा अकेले भी, आने वालों का ताँता लग गया था। सामने पड़े सोफे, दीवान, बैंचों या फिर ज़मीन पर बिछी कारपेट पर वे लोग बैठते जा रहे थे। हर किसी को उनके सामने आना था। इसलिए एक दबा–घुटा संघर्ष–सा जारी था। किसी तरह एक–दूसरे को आगे–पीछे कर, लोग सामने आते, शोकोद्‌गारों के स्टॉक एक्सचेंज से एक–एक, दो–दो वाक्य निकालकर पेश करते और आगे बढ़ जाते–

"बड़ा ही सफ़सोस हुआ सुनकर..."

"क्या करेंगी आप...यहीं पर तो आदमी लाचार हो जाता है..."

"मौत के सामने किसी का वश नहीं चलता..."

"जब तक जिन्दा थे, आपने उनके इलाज और देखभाल में कोई कसर उठा नहीं रखी..."

"दिन को दिन, रात को रात नहीं समझा..."

"शहर में हर कहीं चर्चा हुआ करती थी इस बात की..."

''ख़ैर...उन्हें तो जाना ही था। बस यही कि अब आप एकदम अकेली हो गयीं।''

''बीमार थे तो क्या, आँखों के सामने तो रहते थे। देखकर सन्तोष रहता होगा।''

''लेकिन अब...''

''कोई आस–औलाद भी तो नहीं आगे–पीछे...''

''लाख कहे कोई, अपने–अपने ही होते है।''

''ख़ैर...ईश्वर उनकी आत्मा को शान्ति दे।''

''भगवान आपको इस असहा दुःख को सहन करने की शक्ति दे।''

लेकिन औरतें इतने से न मानतीं। दरवाज़े से, उन्हें देखते ही दौड़ती आकर चिपट जातीं। कन्धे से लगकर सिसकने अथवा हिलक–हिलककर रोने लगतीं। कोई–कोई तो सँभालते–सँभालते भी उनसे लिपटकर आर्द्र स्वरों में विलाप कर उठतीं। इतना कि अनजान आदमी के लिए यह समझना मुश्किल हो जाये कि मृत्यु किसके प्रियजन की हुई है और सम्वेदना कौन प्रकट करने आया है। घर में ठहरी रिश्तेदार महिलाएँ भी आते–जाते ठिठककर खड़ी हो जातीं और रोने लग पड़तीं। कुछेक जल्दी से पास आ, शोकार्त महिला को अलगाने में लग जातीं।

कुछ लोग तो आने के बाद काफ़ी देर रुक जाते। जल्दी जाते ही नहीं। शायद अपने आपको औरों से ज़्यादा क़रीबी जतलाने की गर्ज से। या फिर इस आशय से कि वे ज़्यादा शिद्दत और संजीदगी से शामिल हैं मातमपुर्सी में।

शोक का आवेग थमने पर दूसरी–दूसरी बातें होने लगतीं। गली–मुहल्ले और शहर में घटी दुर्घटनाओं, चोरियों, बाज़ार में आये नये प्रोडक्ट कुकर, चाय, मसालों की ब्रांडों और टी.वी. सीरियलों की।

काफ़ी देर बाद कर्तव्य–निर्वाह की आत्मतुष्टि के साथ वे लोग जाने के लिए उठते।...लेकिन अभी वे ओग बमुश्किल दरवाज़े तक ही पहुँचे होते कि कुछा और लोग आ जाते और आगतों में शामिल महिलाएँ दरवाज़े से ही रोना शुरू कर चुकी होतीं।...

रोना थमने के बाद उन महिलाओं के शोक–विहल सवालों का ताँता लग जाता–ठीक कितने बजे मौत हुई होगी?...पहले नाड़ी छूटी या पहले बोलती बन्द हुई? अच्छा!...साँस चल रही थी आख़िरी वक़्त तक?...मतलब, प्राण बड़ी शान्ति से छूटे!...कह पाये क्या कुछ आपसे? क्या बोले थे?...तुलसीदल या सोना डाला था क्या किसी ने उनके मुँह में?...

मृत्यु से जुड़ी अपनी शोकोन्मत्त जिज्ञासाओं का वे ब्योरेवार जवाब चाहती थीं। जबकि 'वे' थककर पूरी तरह निढाल और लस्त पड़ चुकी थीं। आँखें, मस्तिष्क और चेतना सब किसी असहा बोझ के नीचे दबे–से।

उनका मन चुपचाप, अपने कमरे का दरवाज़ा बन्द कर पड़ा रहने को होता। लेकिन वे जानती थीं, वे ऐसा नहीं कर सकतीं। उनके ऐसा करते ही कमरे के दरवाज़े पर थपथपाहटें पड़नी शुरू हो जायेंगी। उन्हें खोलना ही पड़ेगा और तब सारे लोग उन्हें घेरकर एक स्वर से समझाना शुरू कर देंगे...

ऐसे कैसे चलेगा, एं?...उन्हें हिम्मत से काम लेना होगा।

उन्हें उन सभी लोगों की क़सम...

उन्हें सीने पर पत्थर रखना ही होगा।

एक दिन तो यह होना ही था।...

अब तो उन्हें उनकी यादों के सहारे ही पहाड़–सी जिन्दगी काटनी है...और उसके लिए वज्र–सी छाती करनी पड़ेगी। हम क्या समझते नहीं? आपको भी यह समझना है, और अपने आपको सँभालना है। आख़िर ऐसे कैसे चलेगा...

कभी–कभी वे ख़ुद भी अपने चारों ओर छत्ता बनाकर बैठे लोगों से भयातुर, तंग आयी आवाज़ में पूछना चाहती थीं...आख़िर ऐसे कैसे चलेगा?...लेकिन वे ऐसा नहीं कर सकती थीं।...

लोगों की क्या ग़लती थी? वे यहाँ आये ही इसलिए थे। उनके दुःख में शामिल होने, उनसे हमदर्दी जतलाने। और वे अपना रोल पूरी मुस्तैदी से निभा रहे थे। अपने कई ज़रूरी कामों का हर्ज़ करके।

यहाँ तक कि जब वे पूरी तरह लस्तपस्त हो चुपचाप वहीं की वहीं, आँखे मूँद तकिये या दीवाल के सहारे टिक जातीं तो वे आपस में ही बड़े द्रवित भाव से उन पर पड़ी विपदा की चर्चा करने लगते। घर में ठहरी रिश्तेदार महिलाएँ नहा–धो, निचोड़े कपड़े फैलाने के बाद, उनके इर्द–गिर्द आकर बैक जातीं और आगतों की जिज्ञासाओं का, शोक से जुड़े कुतूहल का, सिलसिलोवार जवाब देने लगतीं। सुन–सुनकर उन्हें भी क़ाफी कुछ जानकारी हो गयी थी। रही–सही भूल–चूक आपस में सुधार ली जाती। जैसे–

"नहीं, मैंने उनकी आँखें उलटने ही गंगाजल लाकर डाला था न मुँह मे..."

बग़ल के घर वाली बुजुर्ग महिला ने सगर्व बताने वाली का संशय दूर कर दिया था कि आख़िरी वक़्त उनके मुँह में गंगाजल डाला गया था या नहीं।

कभी–कभी, थोड़े आगे पीछे, तीन–चार ऐसे लोग आ जाते जो परस्पर परिचित या मित्र होते। उन्हें बग़ैर एक–दूसरे के घर गये 'इस बहाने' मिल पाने का एक अतिरिक्त सुख और सन्तोष मिल जाता। कुछ नये लोगों से परिचय भी हो जाता।

सम्वेदना प्रकट करने के बाद जाते समय वे लोग आपस में एक सम्भ्रान्त मुस्कान के साथ एक–दूसरे के घर आने और मिलते रहने का वादा भी करते।

कुछ, काफ़ी बूढ़ी, बीमार महिलाएँ भी अपने–अपने घरों से ज़िद करके आयीं। उनके अधेड़ देवर, बेटे या बेटों के दोस्त उन्हें ठिंगाते हुए ले आये। किसी–किसी के नौकर–नौकरानी।... आते ही वे शोकातुर हो, कालीन पर ढह–सी पड़ीं और और आर्तनाद के साथ विलाप करने लगीं कि अभी उनके सामने ही तो दिवंगत बुजुर्ग की शादी हुई थी, 'वे' बहू बनकर आयी थीं। ईश्वर को उठाना ही था तो उन्हें उठा लेते। दिवंगत बुजुर्ग को क्यों उठाया? वे ये दिन देखने को बैठी रहीं और 'वे' चले गये।

शोकावेग थमने पर वे वृद्धाएँ अपने–अपने घुटनों, कमर और जोड़ों के दर्द की लाचारियाँ बतातीं परस्पर मुखातिब होतीं और इतने वर्षों बाद एक–दूसरे से मिल पाने पर हर्षातिरेक से विहल हो जातीं। क़रीब–क़रीब सभी बारी–बारी से यही रोना रोतीं कि क्या करें, बेटे इतने व्यस्त रहते हैं कि उन लोंगों को कहीं ले जाने, मिलवाने का उन्हें वक़्त ही नहीं मिलता। इतना मन करता है सबके घर आने–जाने को, बोलने–बतियाने को, लेकिन ये लोग इसे फ़ालतू का काम समझते हैं। डर के मारे ये वृद्धाएँ बेटों की नालायकी या बेरुखी की बात ज़ुबान पर बिल्कुल नहीं लातीं।

स्वयं उनकी बचपन की अत्यनन्त प्रिय सहेली भी उनके पति के निधन का समाचार सुनकर जब मातमपुर्सी के लिए आयी तो वर्षों के बाद इस परिवार से जुड़े सदस्यों से मिलकर इतनी प्रसन्न हुई कि उन्होंने अगले दिन लौटने का अपना कार्यक्रम, अगले हफ़्ते पर मुल्तवी कर दिया। रिश्तेदार महिलाओं ने भी उन्हें पूरी तरह आश्वस्त किया कि यहाँ उन्हें कोई परेशानी नहीं होगी। 'हम लोग हैं न!' दमा उभड़ा तो डॉक्टर बुला दिये जायेंगे। मेडिकल स्टोर भी इसी नुक्कड़ पर है। व्रत उपवास भी उनमें से कई महिलाएँ इतवार, मंगल पर सन्तोषी माता का रखती ही हैं। दूधवाले को पहले से बोलकर रखा जाये, तो ज़्यादा दूध ला देता है। काम भी सभी मिलजुलकर सलटा लेते हैं। यूँ कामवाली महरिन है, एक छोटा मुंडू भी। लेकिन अब नौकर तो नौकर, मेहमानों को देखकर नाक–भौं चढ़ाते ही हैं। यह छोटा मुंडू भी सारे समय मुँह बिचकाये फिरता है, लेकिन हम लोग ध्यान नहीं देते।

बचपन की सहेली दूर–दराज़ के क़स्बे में अकेली रहती थी। बेटे–बहू, बच्चों सहित परदेस में। कभी छठे–छमासे भूले–भटके कोई चिट्ठी–पत्री आ जाती बस। इस लिए यहाँ आकर वह अत्यन्त कृतकृत्य और गद्‌गद महसूस कर रही थी।

पछतावा भी हुआ कि पहले क्यों नहीं आयी कभी!...लेकिन आती कैसे? इस सहेली या इसके दिवगंत पति ने कभी बुलाया ही

नहीं। वे कभी किसी को बुलाते ही नहीं थे, न आये हुए को रोकते। कहाँ कोई कभी इनके यहाँ आता, ठहरता?...साइंटिस्ट थे। रात–दिन अपनी लेबोरेटरी और शोधों में व्यस्त रहते। बाद में अस्वस्थ और अशक्त होते गये। जब तक सामर्थ्य थी, काम किया। पत्नी भरपूर मदद करतीं। बाद में छोड़ना ही पड़ा।

लोगों का कहना था, वे अस्वस्थ भी तरह–तरह के केमिकलों और विकिरणों के दुष्प्रभाव से ही हुए। लोगों का यह भी मानना था कि जब ख़ुद उन्हें विकिरणों से इंफेक्शन हो सकता है तो उनसे दूसरों को भी ख़तरा हो सकता है। है कि नहीं? इस बात कि ऊपर–ऊपर न जतलाकर भी कोई उनके पास जाना या ज़्यादा ठहरना पसन्द नहीं करता था। अधिकांश शुभचिन्तक दूर से ही या फ़ोन पर अपनी हमदर्दी व्यक्त कर दिया करते। यों भी, लोगों के बीच, वे काफ़ी रिजर्व और ज़्यादा ही अनुशासनप्रिय व्यक्ति के रूप में जाने जाते थे। एक तरह से किसी को ज़रा भी लिफ़्ट न देने वाले। लम्बी खिंची बीमारी के दिनों में टी.वी., कैसेट्स, कम्प्यूटर...या फिर पत्नी से कुछ पढ़वाकर सुनना...बस।

सेवा–टहल की समस्या ज़रूर दिनोदिन जटिल होती गयी थी। आख़िरी महीनों में वे पैरों से भी अशक्त हो गये थे। इसलिए भागदौड़ ज़्यादा बढ़ गयी थी। शुरू से व्यवस्थित रहने की वजह से बीमारी में भी उनकी दिनचर्या तरतीबवार ही चलती। स्पंजिंग, शेविंग से लेकर, नाश्ता, खाना, हॉर्लिक्स, कॉफ़ी सब ट्रे–नैपकिन के साथ बाकायदे टाइम–टाइम पर हाज़िर होना ज़रूरी था। इसके अलावा जरूरत पड़ने पर दौड़कर नाक में श्वास–यन्त्र लगाना या सनसनाहट महसूस होने पर हाथ–पैरों की हलकी मालिश। पत्नी ख़ुद ऑर्थराइटिस की पुरानी मरीज़, ऊपर से उम्र भी ढलान पर, इतनी भागदौड़ कहाँ कर सकती थीं। इसलिए धीरे–धीरे सारा कुछ मुंडू पर ही आता गया था। वह सँभालने भी लगा था, बड़े उत्साह और मुस्तैदी से। उनके नहाने–खाने से लेकर दवा–मालिश तक का टाइम उसे रट गया था। घड़ी का काँटा तीन पर पहुँचता कि मौसम्बी का जूस उनकी

तिपाई पर। साढ़े चार बजे नहीं कि भाप उड़ाती चाय का प्याला सामने सामने हाज़िर। सूप में नमक, काली मिर्च तक का अंदाज उसका मालकिन से ज़्यादा सही हो गया था।

पहला सिप लेते ही वे उसकी ओर देख तृप्त हो मुस्करा देते। मुंडू शरमाकर निहाल हो जाता। जाने कैसे इस पर इतने मेहरबान थे। पूरी जिन्दगी कभी औलाद की कमी नहीं खटकी थी। क्या मालूम आख़िरी दिनों में ही वात्सल्य की कोई निसर्ग धारा उनकी सख्त सतहों को फोड़कर फूटी हो...

छोकरा था भी हँसमुख और फुर्तीला। लेकिन आजकल तो, बुलाओ इधर, तो बिदककर जाता उधर है। न अदब, न लिहाज़। इतना भी नहीं कि आख़िर तो मालिक की गमी में शामिल होने वाले मेहमान लोग हैं। क़ायदे से पेश आये। इन लोगों को ग़मी, ख़ुशी में फ़र्क़ करने की क्या समझ और क्या तमीज़! जिन्हें समझ थी, उनकी चिन्ताओं और तरस का क्रम जारी था–''इतनी बड़ी हवेली में कैसे रहेगी अकेली अब ये।...अभी तो मान लो हम सभी लोग इनके आगे पीछे लगे रहते हैं। बाद में क्या होगा?''

अकेली एक औरत का रहना...कभी कोई उन्हें एकान्त पाकर सुझाव रखता कि वे चाहें तो उसकी बड़ी विधवा बहन या बुआ आठ–दस महीने...या चाहें तो हमेशा ही उनके पास रह सकती हैं। बाक़ी लोग भी इसी तरह अपने भतीजे, चचेरे ममेरे भाइयों आदि के प्रस्ताव लेकर आये, जो उनके पास रहकर बैंक आदि की परीक्षाओं की तैयारी कर सकते थे, रोज़गार ढूँढने का सिलसिला चला सकते थे...उनके बाज़ार–हाट के काम भी...जैसा वे सोचें वे लगभग सुन्न, थकी–सी आँखें मूँदे पड़ी रहतीं।

तभी कोई महिला ज़िद करके ट्रे से निकालकर चाय का प्याला थमा जाती–''थकी होंगी, पी लीलिए, थकान और सुस्ती दूर होगी।'' वे बेमन से, हठ रखने की लाचारी में थाम लेतीं तो महिला ट्रे के बाक़ी प्याले बैठे लोगों में बाँट देती। एक प्रौढ़ महिला ने अपनी लड़की को निर्देश दिया कि वह उनके सिर पर तेल दाब दे या माथा सहला

दे, लेकिन उन्होंने अनुनयपूर्वक ना कर दी। दूसरी ने अपनी बहू को इशारा किया कि वह चाय के प्याले समेटकर धो दे। नौकरानी के आने का इन्तज़ार न करे। सुनकर उन्होंने बन्द आँखों धीमे स्वर में मना करना चाहा कि बर्तन धोने वाली बेला तो आयेगी ही अपने समय से, फिर क्यों उनकी बहू...

लेकिन तत्क्षण कई स्वरों ने उन्हें यह कहते हुए चुप कर दिया कि—अब उन्हें इन सारी बातों के लिए परेशान होने की ज़रा भी ज़रूरत नहीं। वे लोग हैं न।...मिलकर सँभाल लेंगे। आख़िर वे उनका दुःख बँटाने आये हैं, न कि परेशानी बढ़ाने। वैसे भी अब दो—दो नौकरों की क्या ज़रूरत? झाड़ू—बर्तन वाली एक नौकरानी काफ़ी रहेगी उन अकेली के लिए। मुंडू को तो पन्द्रह दिनों की पगार देकर चलता कर देना ही ठीक है। बेकार के ख़र्च बढ़ाने से फ़ायदा? अकेली औरत के लिए छोकरे से बाई ज़्यादा ठीक पड़ेगी। इस पर भी थोड़ी देर तक चर्चा चली। लोगों ने उनके बारे में सोचने—समझने के सारे अधिकार अपने हाथों में ले लिए थे। एक के बाद एक निर्णय लिए जा रहे थे कि उनके हक में क्या ठीक रहेगा। कितने नौकर, कैसा रहन—सहन, क्या खाना—पीना, उठना—बैठना या सोना।...

उन्हें टेबल पर खाने के लिए बुला लाने के लिए आपस में अदृश्य होड़—सी मचती। कुछ दिनों से वे ख़ुद टेबल पर आ जातीं। लोग अकबका जाते। डोंगा उनकी तरफ़ बढ़ाने वाली महिला कहतीं, ''तोरी क्यों ले रही है, परवल लीजिए, ताजे बने हैं। तोरी हम खा लेंगे।''

''मुझे तोरी अच्छी लगती है।'' वे किसी तरह कहतीं।

''मूँग की दाल ले लीजिए, हलकी पड़ती हैं। जल्दी पचेगी।''

''छाछ बना लाऊँ भुना जीरा डालकर?''

वे 'न' में हाथ हिलाकर अनमनी—सी ग्रास निगलती रहतीं। किसी ने आकर सूचित किया कि महापात्र आये हैं। महिलाएँ जल्दी—जल्दी खाना निपटा दौड़ पड़ीं। पुरुष भी आ जुटे। बड़े आग्रह और आदर भाव के साथ चर्चा होने लगी कि सारे क्रिया—कर्म और पूजा—पाठ

वैदिक तथा आर्यसमाज तरीक़े के भी, बड़े विधि–विधान से निपटाये जाने चाहिए। दान पुण्य भी...आख़िर यह उनके नाम का आख़िरी काम है।

अरे, आदमी, बस, टैन, टेक्सी से यहाँ–वहाँ जाता है तो भी उसके साथ रास्ते में काम आने वाली कितनी चीज़ें बाँध दी जाती हैं–ये लेते जाओ, और ये भी...और वे तो हमेशा के लिए इतनी लम्बी यात्रा पर चले गये, जहाँ से लौटकर आ ही नहीं सकते। इसलिए उनके उपयोग के सारे सामान और काम में आने वाली चीज़ें दान की जानी चाहिए। ब्रहाभोज के खाने में भी ज़्यादातर चीज़ें उनकी पसन्द की होनी चाहिए। पूरी–कचौरी, सब्ज़ियाँ, रायते और चटनियाँ भी।

उनसे पूछा गया तो वे सिर्फ़ इतना ही बता सकीं कि दिवंगत अपनी प्रयोगशाला और कामों में इतने लिप्त रहते थे कि सुस्वादु व्यंजनों की ओर उनका ध्यान कम ही रहता था। सालों से तो उबला, सादा खाना ही खाते आ रहे थे। किसी ने टोका–"लेकिन मिठाइयों में तो बस बूँदी के लड्डू ही बनते हैं ऐसे भोजों में।" दूसरे ने सुधारा–"खोए के मालपुए भी कई लोग बनवाते हैं।"

"आप क्या कहती हैं?"

"वो तो मधुमेह के मरीज़ थे, पूरा परहेज रखते थे...आप ही लोग मिलकर तय कर लीजिए। दान वग़ैरह की चीज़ें भी"–उनकी उदासीनता से लोगों को बड़ी मायूसी हुई। फिर भी आपस में जुटपटकर तैयारियाँ करने लगे। महिलाएँ दान में दी जाने वाली चीज़ों की लिस्ट बनाने लगीं–पलँग, गलीचे, चादर, तकिये, अर्तन–बर्तन। साबुन–तेल, कंघी–शीशा, शाल–दुशाला। किसी ने जोड़ा–"ट्रे और नेपकिन भी।...इतना बड़ा नाम था, एक सोने की अँगूठी भी दान कर दी जाती तो शोभा बढ़ती। तो लिखो न, उन बेचारी ने तो सब हमीं लोगों पर छोड़ा है। चाहे वज़न में हलकी हो, पर भड़कीली दिखे। नाम बढ़ेगा, शोहरत होगी।"

काम की अधिकता की बात सोचकर महरिन और नाइन के छोटे–बड़े बच्चों को भी बुलवा लिया गया।...सब कुछ व्यवस्थित

और ए–वन हो, इसकी ज़ोर–शोर से कोशिश की जाने लगी। जिंस मसालों के साथ बाक़ी चीज़ों की लिस्ट और काम बाँटे जाने लगे। सब लोग बला के व्यस्त दिखाई देने लगे। किसी को दम मारने की फुर्सत नहीं। हर थोड़ी देर पर कौन–सी चीज़ कितनी और कहाँ से लायी जाये इस पर गम्भीर चर्चा, विमर्श, ग़हमागहमी। बूँदी का बेसन, चीनी, देशी घी, मैदा, मालपूए का खोया.....सब फलाँ नहीं, फलाँ दुकान का...बढ़िया माल हो।

हर तरफ ये ही आवाज़ें। वे जैसे अदृश्य पठारों की खाई में, सन्नाटे की गहन निस्तब्धता में घुटने–सी लगीं। घुटन और घुटन। उबर पाने कि लिए आत्मा छटपटाने लगी। लेकिन मुक्ति के सारे द्वार बन्द। तरकीब नदारद। असहा ऊब, बेचैनी और तड़फड़ाहट उन्हें लकड़ने लगी। मसालों, मिष्ठानों का स्वाद, स्वाद का आभास, अहसास उन्हें वितृष्णा से भरने लगा।...सारी गहमागहमियों और अस्त–व्यस्तताओं के बीच गतिहीन, निस्पन्द, निष्क्रिय अकेली वे।

अचानक धीमे से उठ पड़ीं। 'उनके' कमरे से होती हुई पिछले दालान के दूसरे छोर तक...कुछ पलों के एकान्त में चलती रहीं गुमसुम...फैला हुआ सन्नाटा एक राहत का–सा अहसास दे रहा था कि तभी उतरती सीढ़ियों के पास, अचानक चौंक गयीं–"अरे तू? यहाँ क्यों बैठा है..." झुके सिर, नही हथेलियों में आँखें सटाये बैठा था वह।

अवाक् मौन की गहराई से अस्फुट शब्द फूटे। आवाज़ की नमी जैसे बादलों को डभाडभ कर गयी।

मुंडू ने भरी–भरी आँखों वाला उदास चेहरा उठाया–

"साहेब जी की याद आ रही थी।..."

चिड़िया जैसी माँ

मेरी अपनी बहुत अच्छी माँ!

पता नहीं अब के पहले किसी बेटे ने अपनी माँ को इस तरह का पत्र लिखा या नहीं, लिखेगा भी या नहीं। पर कभी न कभी हर बड़ा हुआ, उद्विग्न, और कई तूफ़ानी लहरों के बीच फँसा हुआ बेटा, अपनी माँ को एक ऐसा ख़त लिखने के लिए छटपटाया ज़रूर होगा, इतना मैं पूरे विश्वास के साथ कह सकता हूँ। एक बात और भी समझ लो माँ!...कि आम तौर पर लड़के, लड़कियों को शर्मीली, संकोची और दब्बू कहकर चाहे जितना चिढ़ाया करें, लेकिन अपना दुःख–दर्द खुलेआम कहने, बाँटने, अपने अन्दर का सब कुछ जग–ज़ाहिर करने में जितने दब्बू, जितने संकोची लड़के होते हैं, लड़कियाँ नहीं। नन्ही बच्चियों से लेकर दादियाँ, नानियाँ तक हँसते–रोते बड़ी सहजता से अपना आत्म–पुराण बखान ले जाती हैं, जबकि मर्द–मानुष बच्चे से लेकर वयोवृद्ध तक, अपने अहसासों की पोटली समेटे ताउम्र अनकहा खड़ा रह जाता है।

मैं स्वयं भी, इस समय जो कुछ, जितना महसूस कर रहा हूँ, उसे सहमा, सकुचाया, अटक–अटककर ही तुम तक पहुँचा पा रहा हूँ, क्योंकि कहा न, तुम्हारे पास बैठकर, गले में बाँहें डाल, सब कुछ कह पाने की पात्रता नहीं मुझमें। जानता हूँ, इस संकोच की बहुत बड़ी क़ीमत चुकानी पड़ी है मुझे।...क्योंकि तुम सोचती हो कि तुम्हारे इस बेटे के पास तुमसे कहने–सुनने के लिए कुछ है ही नहीं। कारण, अब उसके पास एक अदद पत्नी जो है।

यों, कहता–सुनता तो यह बेटा पहले भी नहीं था तुमसे। पर तब वह अकेला था। अक्खड़, उद्दण्ड और खिलन्दड़ा।...बोले या न बोले। कहे या न कहे। था तो सिर्फ़ अपनी माँ का बेटा ही। लेकिन अब? अब उसके पास एक अदद पत्नी है। अब वह मन का सब कुछ नवोढ़ा पत्नी से ही बाँटता होगा, इसलिए माँ से नहीं बाँटता, यह अन्देशा, सच–सच कहो माँ! क्या तुम्हें अन्दर–अन्दर विकल नहीं किये रहता?

नहीं, ज़ाहिर नहीं किया तुमने कभी, कुछ भी। मुझसे बहुत छुपाकर रखी है अपनी यह बेचैनी, यह बेकली। शायद अपने आप में स्वीकारोगी भी नहीं कि कहीं बेटे की मधूलिका वधू से अति अन्तरंगता तुम्हें एक ख़ालीपन के अहसास से, कुछ हाथ से सरक जाने के अन्देशे से, एक विचित्र क़िस्म की विकलता सौंप गयी है। मुझे मालूम है, इस अहसास–मात्र से तुम ख़ुद अपनी दृष्टि में लज्जित और शर्मिंदा महसूस करोगी। कभी पूरे होशोहवास में स्वीकारोगी भी नहीं।

लेकिन मेरा मन कर रहा है कि एकदम तुम्हारे सामने, तुम्हारी खाट पर बैठकर, तुम्हें समझाकर कहूँ कि अगर तुम इस तरह की असहजता या बेचैनी महसूस कर रही हो तो इसमें लज्जित होने जैसा कुछ भी नहीं। एकदम स्वाभाविक प्रतिक्रिया है यह, तुम्हारे जीवन में आये ज़बरदस्त उलटफेर की।

उलटफेर? बेटे की शादी? एक माँ का सबसे मोहक, लाड़–भरा सपना...लेकिन अनादिकाल से इस मोहक सपने के साथ जुड़ी विडम्बना जाने कितनी माँओं ने चुपचाप सही होंगी, तथा किसी और के सामने स्वीकारोक्ति की लज्जा और पीड़ा से बचे रहने की यथासम्भव कोशिशें की होंगी।

पीड़ा क्यों नहीं होगी माँ? धुर बचपन से पूरे छब्बीस सालों तक जिस बेटे पर तुम्हारा एकाधिपत्य रहा, जो एकमात्र तुम्हारी मिल्कियत रहा, वह एकदम, सिर्फ़ दो–चार दिनों के हेर–फेर में तुमसे छिटककर कहीं और जा पड़ा। तुम्हारे देखते–देखते किसी और का अन्तरंग हो गया। और यह जगह भी किसी और ने नहीं, बल्कि एक लड़की यानी एक अन्य स्त्री ने ही ली। ली क्या, तुम्हारे समूचे भावनात्मक

हक पर चुटकी बजाते आसन जमा के बैठ गयी–तो 'लुटी–पिटी' तो तुम महसूस करोगी ही। नहीं माँ, मेरी समझ से यह ज़रा भी अस्वाभाविक नहीं।

जानता हूँ, मेरे द्वारा प्रयोग में लाये इस 'लुटे–पिटे' शब्द पर तुम्हें आपत्ति होगी। कहोगी, 'क्या? मैं मधूलिका के आने से लुटी–पिटी महसूस करूँगी? तुझे क्या पता, कैसा छोह उमड़ता है बेटे–बहू को साथ–साथ देखकर ! जब मेरी उम्र का होगा तब पता चलेगा। माँ की ममता में डूबते–उतराते मार्मिक गीतों का एक अक्षय भण्डार है अपनी लोक–संस्कृति में–इसका साक्ष्य रूप...

जानता हूँ माँ! मैंने इस सच से कब इनकार किया? यह एक पूरा सच है!

'सिर्फ़ एक पूरा सच नहीं'–तुम तड़पकर, छटपटाकर कहोगी–'ऐसे असंख्य, अनन्त सच हैं–तुझे मालूम है, पूरे तीस सालों से, अनारदाने जैसे माणिकों से सज़ा सतलड़ा सहेजकर रखा था, पुत्रवधू का घूँघट उठा उसके गले में पहनाने की साध से। लेकिन जैसे ही पता चला कि मधूलिका को जयपुरी कंगनों का शौक़ है, वह एकमात्र सतलड़ा तुड़ाकर कंगन गढ़वा दिये–सिर्फ़ इसलिए कि मुझे मधूलिका वधू की आँखों में छलकती उस ख़ुशी की विकल प्रतीक्षा थी जो उसके अनचाहे कंगनों को 'सरप्राइज' में पाने पर होती–मधूलिका की हँसी, मधूलिका की ख़ुशी, मधूलिका की सुख–सुविधा मेरे जीवन की एकमात्र आकांक्षा बन गयी थी–इस रंग की साड़ी, ऐसा घाघरा–काँचली पर ज़री का काम–ओढ़नी पर तिल्ले का–वधू को ऐसे सज़ाऊँ, सँवारूँ–ऐसे पहनाऊँ–ऐसे उढ़ाऊँ...'

हाँ–हाँ, माँ...यह एक पूरा सत्य है। लेकिन इसके साथ एक सच यह भी कि अपने इस हद से गुज़रते जुनून में तुम कहीं बिल्कुल भूल गयीं कि मधूलिका तुम्हारी बहू के सिवा कुछ और भी है। एक पत्नी, एक लड़की, एक परिपक्व व्यक्ति और एक माँ की बेटी भी–उसकी अपनी रुचि, अपने शौक़, अपनी इच्छा, अपनी स्वाधीनता...

'मैं कहाँ बाधक थी इस सब में—मैंने तो उसकी बेटी से बढ़कर चाहना की थी—सास का नहीं, माँ का लाड़ लुटाना चाहती थी उस पर।'

बस, यही तो तुम्हारी सबसे बड़ी भूल थी माँ ! एक माँ होकर भी तुम इतना नहीं समझ पायी कि माँ हमेशा एक ही होती है। माँएँ कई नहीं हुआ करतीं। तुम चाहे जितना लाड़ लुटा डालो, बीस—बाईस वर्षों तक जन्मदायिनी माँ के साथ रही बेटी, हफ़्तों—महीनों के अन्दर किसी अन्य स्त्री को अपनी माँ कैसे मान बैठेगी? सुनो और समझो माँ ! तुम किसी बहू के लिए दुनिया की सबसे अच्छी 'सास' भले हो सकती हो, माँ से बढ़कर हो सकती हो, लेकिन 'माँ' नहीं। इसी बात को उलटकर कहूँ तो 'बहू' को भी तुम, बेटी से बढ़कर भले मान लो लेकिन 'बेटी' नहीं हो सकती वह तुम्हारी।

न, मेरी तरफ़ विस्फारित और फटी—फटी आँखों से मत देखो माँ। न यह तुम्हारी अवमानना है, न तुम्हारी भावनाओं का अस्वीकार।

सिर्फ़ एक अनुरोध—एक याचना—जीवन हमेशा भावनाओं से नहीं चला करता, रिश्तों के स्वरूप भी उम्र के साथ थोड़े—बहुत बदलते जाते हैं। इस ठोस वास्तविकता को समझो माँ! कुछ बेहद मधुर सत्य कभी—कभी क्रमशः अत्यन्त करुण बल्कि कड़वे सचों में बदलते चले जाते हैं, हमारे देखते—देखते...और हम लाचार, अवश खड़े रह जाते हैं—मैं ख़ुद भी तो—

पूछोगी क्यों?

हाँ, मैं चाहता था, तुम पूछो मत, क्यों? जिससे मैं उत्तर में कह सकूँ कि तुम्हारा यह मोहपाश, तुम्हारी ममता और देख—रेख का यह बढ़ता हुआ दबाव मुझसे ज़्यादा तम्हारी मधुलिका वधू के लिए एक बोझ बनता जा रहा है। मैं एक अपराध—बोध और आत्मधिक्कार के बीच जीने के लिए बाध्य होता जा रहा हूँ। सोचने में कैसे विपरीत, विलोमार्थक—से शब्द लगते हैं न माँ—ममता और आतंक? लेकिन एक उम्र में आकर यह भी सच हो जाता है। तुम पूछोगी, कैसे?

तो सुनो, अपनी मधूलिका वधू को भरपूर समेट पाने के लिए जैसे—जैसे तुम्हारी ममता की उत्ताल तरंगें हरहराती आतीं, मधूलिका

वैसे–वैसे कतराती जाती। जितना तुम देना चाहतीं, मधूलिका उतना ले पाने का उत्साह बिल्कुल न दिखाती।

लेकिन तुम्हारी उमंग का ओर–छोर न था। तुम हर शर्त पर जल्दी से जल्दी मधूलिका पर मेरे समान ही ममता की गागर उलट देने को उतावली थीं. लेकिन मधूलिका को तुम्हारी भरी गागर का आभास ही जैसे जुकाम के अन्देशे से बिदका देता।

मैं मूक दर्शक बना देखा किया। तुमने हम दोनों को सुबह की चाय तक दरवाज़ा खटखटा कर देनी शुरू कर दी। मधूलिका बिल्कुल न पसीजी। बल्कि उलटे उसे लगा, तुम ज़रा सब्र से काम लेतीं तो वह ख़ुद थोड़ी देर में तुम्हें चाय का कप थमा सकती थी। यह तो उसे शर्मिन्दा–सा करना हुआ।

तुमने धुलकर सूखे मेरे कपड़ों के साथ–साथ मधूलिका के कपड़े भी तहाने शुरू कर दिये। यह मिसाल पेश करते हुए कि भला बेटे और बहू में फ़र्क़ कैसा? देखने सुनने वालों ने अवश्य तुम्हें मानवी के आसन से उठाकर देवी के आसन पर ला बिठाया होगा, लेकिन क्या तुम विश्वास करोगी माँ ! एक दिन मधूलिका ने मुझसे कहा कि उसका मन करता है, कभी वह मेरे सूखे कपड़े तहाये और अलमारी में रखे।

विस्मित कर देने वाली हैं न, मानव मन की ये तिलिस्मी जटिलताएँ!

तुम विकल थीं, आहत भी। मधूलिका की बर्फ़ीली तटस्थता तुमसे छुपी नहीं थी। लेकिन उन बर्फ़ीली दरारों को पाटने का जो तरीका तुमने अपनाया उसने तो हिमनदों को फोड़कर महाजलप्लावन की विभीषिका ही उपस्थित कर दी।

इस तरह कि एक दिन यूनिवर्सिटी से लौटकर मधूलिका ने देखा–उसकी अलमारी के थोड़े अस्त–व्यस्त रखे कपड़े बड़े करीने से दुबारा सजकर रखे गये हैं। उसका माथा ठनका। उसने मुझसे पूछा कि क्या मैंने उसकी अलमारी ठीक की है? मेरे 'ना' कहने पर उसका चेहरा खिंचता चला गया। पता चला, बहू रोज़–रोज़ जल्दबाज़ी में

यूनिवर्सिटी भागती है, सारी अलमारी गुड़मुड़ी, अव्यवस्थित...आज अधखुली अलमारी से आधा पेटीकोट बाहर झूलता देख तुमने सोचा, क्यों न बहू के कपड़े आज करीने से रख दूँ। कुछ मन में यह भी रहा ही होगा कि इसी बहाने उसे कपड़े ढंग से रखने–तहाने का सलीका भी सिखा दूँ। अब न सिखाऊँगी तो कब? और मैं न सिखाऊँगी तो कौन?

लेकिन हुआ इसका उलटा। यह पता चलते ही कि तुमने उसकी पूरी अलमारी खँगाल डाली है, ख़ुश या कृतज्ञ महसूस करने के बदले मधूलिका का चेहरा उत्तेजना से खिंचता चला गया। क्रमशः अपनी खिंचती नसों को नियन्त्रित करने में असमर्थ, वह तेज़ी से भागती हुई बिस्तर पर ढह पड़ी। मैंने बिस्तर के क़रीब जाकर कुछ कहने की कोशिश की ही थी कि मधूलिका वहशियों–सी चीख़ पड़ी–जैसे मैं पास आया नहीं कि भूचाल आ जायेगा और वह कहीं से भी कूद, फलाँग जायेगी। जैसे मेरा स्पर्श मात्र, बिच्छू के डंक–सा ज़हरीला हो।

हतबुद्धि, अवाक् मैं चुपचाप खड़ा रहा, मधूलिका के अनजाने, एक निश्चित दूरी पर। अचानक जैसे कई ज्वालामुखियों के बीच कोई सैलाब आया हो, इस तरह विक्षिप्त हो वह फफक–फफककर रो उठी–बदहवास शब्दों में सिर्फ़ एक ही वाक्य दुहराती कि...मुझे मुक्ति चाहिए। मैं छुटकारा चाहती हूँ–छुटकारा–इस घुटन से सब कुछ से–सब कुछ से।

मैं लज्जित हूँ माँ! नतमस्तक भी। मधूलिका द्वारा तुम्हारी माया–ममता और शिक्षा–दीक्षा की चाहना के इस निर्मम अस्वीकार पर !...

तुम्हारी फटी–फटी–सी, शून्य में निहारती विस्फारित आँखों का सामना कर पाने का साहस नहीं मुझमें। इसीलिए तो जीवन में पहली बार तुमसे बात कर पाने के लिए इस क़लम और अक्षरों का सहारा लिया।

विश्वास करो माँ! मधूलिका को समझाने की मैंने जब–जब कोशिश की, उसे और ज़्यादा अनुदार और असहिष्णु ही पाया। कारण

सिर्फ़ एक। मधूलिका मुझ पर अपना समूचा एकाधिकार चाहती है। उसके सपनों का सम्पूर्ण साम्राज्य सिर्फ़ मेरी धुरी पर टिका है।...वह भूल जाती है कि मेरी धुरी तुम हो! मेरी माँ!

मधूलिका ग़लत है, लेकिन कुछ ग़लतियाँ सुधरने के लिए ज़्यादा समय माँगती हैं। अतः हमें सब्र से काम लेना होगा और हमेशा की तरह तुम्हें ही उदार होना होगा।

वह इस तरह कि प्रकृति के कठोर नियमों के हवाले से तुम्हें ख़ुद को समझाना होगा माँ कि जैसे पेड़–पौधे, कीट–पतंग और पशु–पक्षी अपने शिशु–शावकों को दाना–चुग्गा दे, उन्हें पंखों पे सहेजकर उड़ा देते हैं, उड़ाकर विमोह हो जाते हैं, ऐसा ही कुछ एक मानवी माँ को भी होना पड़ेगा। जीवन के उत्तरार्द्ध में क्रमशः छिटकते, दूर जाते बच्चों को अपने से हिलकाए रखने की करुण, दयनीय कोशिशों को संयमित करना होगा। माया–मोह की अपनी पिटारी चुपचाप समेट लेनी होगी...

कैसा लगता है! आज मैं तुम्हें जग की रीत सिखा रहा हूँ। पूरे छब्बीस सालों तक तुम्हारी महामोही गोद में पलने–पुसने के बाद, तुम्हें विमोह हो जाने की शिक्षा दे रहा हूँ–एक चिड़िया जैसी हो जाने की–मुझे क्षमा करना माँ–लेकिन मेरी कही बात पर एक बार सोचना अवश्य! एक चिड़िया जैसी हो पाने वाली बात।

भुक्खड़ की औलाद

पिछली बार छुट्टियों में घर गयी तो इस बात पर शुबहे की कोई गुंजाइश न रही कि बढ़ती उम्र की गिरफ़्त माँ पर पूरी तरह हावी हो चुकी है। न दायाँ देखती हैं, न बायाँ, जो मुँह में आया, बोल जाती हैं।

अब उसी समय, नीता की शादी में, शामियाने के एक तरफ़ आरामकुर्सी पर उठंगी मुझसे मटर–पनीर और कोफ्तों के लिए मसालों की लिस्ट जंचवा रही थीं कि एकाएक सामने कुर्सियाँ ढोते हुए मज़दूरों में से एक को हाँक लगा बैठीं...

''कौन? बैजनाथ है रे?...इधर तो आ!...देख, यही हैं बिटिया। इन्हीं के बारे में तुझसे कह रही थी।''

"नौंस्कार बहिन जी...''

पहली बार मेरे सामने उस खिसियानी हँसी का बेहतरीन नमूना पेश हुआ था। वह बेहद ढीलमढाली से, दाहिने हाथ की पाँचों उँगलियाँ खिचड़ाए बालों से ज़रा नीचे, माथे से सटाये खड़ा, मुझे सलाम कर रहा था।

और माँ धाराप्रवाह उसका नख–शिख वर्णन किये जा रही थीं–"अरे, उधर क्या देखती है? उसके सिर पर? बूढ़ा नहीं है। उसके बाल ही चाईचुआँ जैसे हो गये हैं।...उमर नहीं है ज़्यादा...कित्ते साल का होगा रे तू बैजनाथ?...''

फिर उसकी उम्र का सर्टिफ़िकेट देखे बग़ैर ही–" अरे, अपने दातादीन का छोटा लड़का है बिट्टो! तुझे दातादीन कोचवान की याद

है कि नहीं? अब तो रिक्शा खींचता है। क्या देख रही है? लगता नहीं न दातादीन का बेटा यह? लगेगा भी कैसे? यहाँ वह खाया–पीया, गये ज़माने का गठा शरीर कहाँ यह भुक्खड़ की औलाद.!...लेकिन दातादीन भी अब वह दातादीन नहीं रहा बिट्टो! झूल–सा गया है पूछेगी, क्यों? अरे, यही बुढ़ौती और औलाद का दुःख...

"पिछले हफ़्ते जाने कहाँ से इतने सालों बाद घर का अता–पता पूछता पहुँच गया...और लगा तेरे बाबूजी के नाम की दुहाई देने... पूछेगी क्या? अरे, यही कि इस बैजनाथ का कहीं ठिकाना लगवा दूँ, नहीं तो यह 'हड्डी' किसी नदी या पोखर में छलाँग लगा देगा।"

माँ साँस लेने के लिए रुकतीं, लेकिन इसके पहले कि मैं कुछ पूछती, फिर शुरू हो जातीं–"सो मुझे दया आ गयी। उसे रोक लिया–वैसे ज़बान नहीं दी है दातादीन को पर सोचा, तुझसे कह दूँगी, इसे ले जा अपने साथ। सुभाष बाबू से कहकर कहीं कोई ठिकाना लग जाये तो बड़ा अच्छा हो..."

मेरी नज़र फिर से उसकी अजीबो–ग़रीब हुलिया की ओर उठी ही थी कि माँ वापस चालू हो गयीं–"उसकी हुलिया पर न जा, देखने में न है पूरा भुच्चड़–सा, पर जानती क्या है...है हाईस्कूल पास...पहले जमाने के हाईस्कूल पास हाकिम–हुक्काम हुआ करते थे और अब के? हालत देखो ज़रा..."

मुझे सचमुच विश्वास न आया था। हकीकत जानने की गर्ज से पूछा, "कहाँ से पास किया है हाईस्कूल..."

"जी बहिन जी, सिरीराम तिलोचन हाईस्कूल छोहतरवाँ से..."

कहकर वह खिसियाना–सा मुँह करके हँस दिया था।

मैंने खीझकर होंठ सिकोड़ लिए थे और बुदबुदाई थी–'इरीटेटिंग...' सिर से पैर तक मटमैला उटंग–सा पाजामा, आधी बाँह की झुल्ली–सी क़मीज़ और उसके बीच दुबला, सूखा–सा चेहरा....चेहरे के बीच से फूटी खिसियानी–सी हँसी और माँ का नॉन स्टॉप बजता ग्रामोफ़ोन... एक विचित्र ऊब और वितृष्णा से मन भर गया।

''ब्याह–गौना सब हो चुका है इसका...लेकिन करे क्या! कहीं पेट का ठिकाना ही नहीं लगता इसके। और ऊपर से सुना है कि इसकी औरत पेट से है–क्यों रे?''

अब तो हद हो गयी...भला क्या जवाब दे इसका वह? किसी तरह माँ पर आयी खीझ और चिड़चिड़ाहट पर काबू पाती उससे सपाट लहजे में बोली–"ठीक है, तुम जाओ, कुर्सियाँ ढोओ।''

मैंने तो सोचा था, साफ़–साफ़ नकार जायेगे, पर सचमुच कानों को विश्वास नहीं हुआ, सुभाष को यह कहते सुनकर–लेती चलो फ़ैक्टरी में किसी कांट्रैक्टर के ज़िम्मे कर दूँगा...''

"गोया आपके इस हृदय–परिवर्तन का सेहरा इस बैजनाथ के ही सिर बँधना था..." मैंने ठिठोली की।

लेकिन सुभाष हँसी–ठिठोली के बीच भी बात का खुलासा करते चलते हैं...

"पहली बात तो यह कि माँजी कह रही हैं इसलिए और दूसरे, इधर एक्सटेंशन वर्क चल रहा है–काफ़ी वर्कर्स भर्ती किये जा रहे हैं। खप जायेगा उन्हीं में...परेशानी सिर्फ़ यही है कि इस जंगली को समझा दो, वहाँ जाकर इधर–उधर मेरे नाम का ढिंढोरा न पीटना शुरू करे कि मुझे फलाँ ने लगवाया...नहीं तो लोग समझेंगे कि अब मैनेजर साहब वर्करों की भर्ती भी करने लगे...''

उसने सुना तो जैसे डरते–सहमते ही धीमे से मुस्करा पड़ा–"जाना होगा? बहिन जी और जीजा जी...''

"एई, जीजा–वीजा नहीं–सिर्फ़ 'साहब' बोलना, समझे।"

"जी, जी, और आपको मेम साहेब...''

"मुझे कुछ कहने की ज़रूरत नहीं...तू चुप रहना, यही बहुत है...'' मैंने खटाक् से उसे पूरी तरह निरुत्साहित कर दिया।

फिर मुझे याद आया–"हाँ, अपना सामान वग़ैरह कैसे लायेगा? गाँव में होगा न!''

''नहीं–सामान है न, यहीं पर...''

चलते समय उसका सामान देखा तो फिर बेवजह चिढ़ हो आयी–सिर्फ़ एक गन्दे–से झोले में किसी तरह एकाध क़मीज़, पाजामे ठुँसे हुए थे–हाँ, साथ में एक पुराना–सा अल्युमिनियम का दूध लाने वाला छोटा–सा डिब्बा ज़रूर वह ख़ुश–ख़ुश लटकाये हुए था...

''वह क्या है?''

"घी है बहिन जी...घर की भैंस का...''

"वाह! लगता है, घी–दूध की काफ़ी आदत है तुझे...''

''नहीं बहिन जी...यह माई ने आप और जीजा–नहीं, साहेब और आपके लिए भिजवाया है..."

मुश्किल से दबाई हुई हँसी की परत मैंने खींचकर निकाल फेंकी और वापस अल्युमिनियम के डिब्बे में भरे पाव–डेढ़ पाव घी की ओर देखकर ओठ बिचकाये–"हम घी–वी नहीं खाते। तुम्हें खाना हो तो ले चलो, वरना यहीं से वापस...समझे...''

''जी...'' वह हताश–निराश स्वर में डरते–डरते बोला–"लिए चलता हूँ, लौटाने से माई को दुःख होगा।''

प्लेटफ़ॉर्म पर अपने गाँव से ही आये किसी आदमी से वह रुक–रुककर संकोच–भरे स्वर में घर–परिवार के नाम सन्देश भिजवा रहा था–''कहना, महीना–पन्द्रह दिन में आऊँगा...राज़ी–ख़ुशी लिखूँगा...और 'घर' में कहना, परेशान न हों लोग–हालचाल भेजते रहें सबकी, हाँ?...''

मुझे सुनकर हँसी आ रही थी, इस मूँजी को शायद यहाँ से बम्बई की दूरी नहीं मालूम...महीना–पन्द्रह दिनों में आने की बात कह रहा है...थोड़ी दया भी ओयी...जिस मातबरी से वह अपना सन्देश अपनी औरत के बदले 'घर' के नाम कहला रहा था, 'कोई परेशानी की बात हो तो लिख देंगे...फ़ौरन आऊँगा...' जैसे पूरा धन्नासेठ ही हो।

गाड़ी पर सामान चढ़ाने और तरतीब से रखने तक वह पूरी तरह मुस्तैद रह सब काम करता रहा। सुराही भरकर लाना, खाने

का सामान, फलों की डलियाँ रखवाना, हुक्मअदूली के लिए हाथ बाँधे खड़ा रहा...लेकिन जैसे ही गाड़ी प्लेटफ़ॉर्म से खिसकी, वह एकाएक असहाय–सा हो दूसरी तरफ़ वाली खिड़की पर जा पीछे छूटते प्लेटफ़ॉर्म को अपलक छटपटाता–सा देखने लगा...मेरे अन्दाज से वह रो रहा था...

सुभाष को देशी स्टाइल ढीलमढाल तरीक़े से चिढ़ है। दूसरे दिन ही एक कांट्रैक्टर को बुलाकर बात की और बैजनाथ को उसके एक अदद झोले और घी के डिब्बे सहित उसके हवाले कर दिया...रहने के लिए भी जहाँ दूसरे वर्कर रहते हैं, कहीं किसी के साथ इन्तज़ाम करने के लिए कह दिया गया।

दो–ढ़ाई हफ़्ते बाद अनायास ही उसका ख़याल आया। पहली बार मन में थोड़ी दया–सी उपजी और दायित्वबोध भी कि अब तो यहाँ वह सिर्फ़ हमारी दया पर ही है। खोज–ख़बर तो लेनी ही चाहिए...सुभाष से पूछा...

''वो बैजनाथ–कहाँ कैसे है...कभी दिखता–विखता है...''

"हाँ, दिखा था, एक–दो बार...देखते ही चेहरा ऐसा गद्‌गद हो आया उसका जैसे रामलीला का भरत–मिलाप ही करने वाला है...मैं बिना देखे ही आगे बढ़ गया कि वह जंगली क्या मालूम क्या सीन क्रिएट कर दे...''

फिर रुककर बोले–"अजीब 'स्केयर–क्रो' जैसी हुलिया बनाये रहता है'' काट्रैक्टर भी क्या सोचता होगा कि साहब किस अजायबघर से यह 'जन्तु' पकड़कर लाये हैं...''

"वही तो 'बल्कि इसीलिए जाते समय मैंने इशारे से समझा दिया था कि वह ज़्यादा यहाँ बँगले पर न आया–जाया करे...फिर भी अपनी ज़िम्मेदारी तो थोड़ी बहुत हो ही जाती है। जमादार से कहला दूँ उसके पास, कि कभी–कभी आ जाया करे?...''

"नहीं जी...तुम भी तमाशा करती हो...आना होगा तो वह ख़ुद आयेगा। तुम्हें सन्देश भिजवाने की ज़रूरत नहीं।''

और एक शाम सचमुच हिचकता–सा वह ख़ुद ही आया...मैंने देखा तो दया आ गयी। हौसला दिलाते हुए बोली–"आओ–आओ, बैजनाथ...क्या हुआ, तुम आये ही नहीं। अरे, कभी–कभार तो आ ही सकते हो। कैसे हो?''

''ठीक हूँ बहिन जी...''

"कोई दिक़्क़त तो नहीं?'' मैंने पूरे रुतबे और दायित्वबोध का भाव जताते हुए कहा–''कोई परेशानी हो तो बताना...''

वह काफ़ी देर गुमसुम–सा चुपचाप बैठा रहा। लगा, जैसे कुछ कहने में हिचक रहा हो...आख़िर मैंने पूछा–"क्या बात है? कुछ कहना है?''

"जी...बहिन जी...'' वह अटका, फिर किसी तरह कह गया–"यहाँ से घर जाने के लिए चालू डिब्बे का किराया कितना होगा...'' और उसने सहमती आँखें जमीन की ओर टिका दीं।

मैं हैरान! कानों पर ऐतबार न आया। फिर भी किसी तरह खीझकर हँसी–''अरे, तू आदमी है या अहमक? अभी तो तुझे आये महीना–भर भी नहीं हुआ और घर–गाँव बिसूरने लगा..." फिर अपने लहजे को ज़बरदस्ती नरम किया–"क्या बात है?''

वह वैसे ही अनमना–सा बैठा रहा, जैसे मुझे कुछ बताने लायक कारण तलाश रहा हो। फिर किसी तरह जोड़–तोड़कर बोला–"यहाँ की बोलचाल समझ में नहीं आती बहिन जी..."

''बस, यही बात है!" मैं हँसी तो जैसे उसने एक राहत–सी महसूस की...आँखें ज़मीन से उठा, सहजता से मेरे चेहरे पर टिकाकर बोला–"सब इंगलीस बोलते हैं न...''

जी में आया कहूँ, 'तेरा सिर'...पर कहा नहीं, बोली–"अरे, तुझे इंगलिश, हिन्दी का फ़र्क़ भी समझ में नहीं आता? और कहता है कि दसवीं पास किया है, ऐं? इंगलिश तो साहब लोग बोलते हैं न, वर्कर लोग तो सब अपनी–अपनी भाषा बोलते होंगे...यह बड़ा शहर है न, और कारख़ानों वाला, सो जाने कहाँ–कहाँ के वर्कर आते हैं यहाँ काम करने।''

"तो क्या यहाँ चौदहों 'भासाएँ' बोली जाती हैं बहिन जी?" उसमें थोड़ा उत्साह छलका...

बच्चों के साथ मैं भी खिलखिलाकर हँस पड़ी–"अरे वाह! तू तो पूरा भाषा विज्ञानी निकला...अच्छा जा, एकाध हफ़्ते में तुझे चौदहों भाषाएँ समझ में आने लगेंगी....समझा, घबराया मत कर...''

"जी बहिन जी...नौंस्कार...''

''नमस्ते...''

उसके जाने के बाद भी बच्चे बैजनाथ की चौदहों भाषाओं पर देर तक खिलखिलाते रहे।

वह कभी–कभार इसी तरह आता रहा। नौंस्कार करता और कारपेट के एक कोने पर कम से कम जगह लेकर बैठ जाता। बोलता उससे कोई नहीं। मैं वही घिसे–पिटे दो वाक्य दुहराती कि वह कैसा है? कोई तकलीफ़, दिक़्क़त, परेशानी हो तो बता दिया करे।

और वह जवाब में सिर्फ़ इतना ही कहता कि वह ठीक है। बाक़ी समय वह वैसा ही चुपचाप बैठा मुझे, बच्चों को उठते–बैठते, बातें करते देखता रहता बस, और थोड़ी देर तक बैठे रहने के बाद नमस्कार करके चपचाप चला जाता।

शायद इसी बीच ख़बर आयी कि वह एक बेटी का बाप बन गया। सुनकर वह अजीब भकुआ–सा मुँह बनाये बैठा रहा–जैसे उसकी समझ में ही नहीं आ रहा था कि इस अहसास को कैसे झेला जाये–वह ख़ुश होने की भी कोशिश करता तो उलटे एक दयनीयता उभर आती चेहरे पर...

और बच्चों के लिए तो यह एक बड़े अजूबे की ख़बर थी–बैजनाथ और पिता? फादर? पापा?–जैसे उनके गले के नीचे उतरता ही नहीं था। बैजनाथ के सहमे, खिसियाये चेहरे के साथ वे किसी भी मानवीय दुःख–सुख, हास–विलास और रिश्ते तक की कल्पना नहीं कर सकते थे।

लेकिन कुल चार दिन बाद मैं देखते ही परेशान हो गयी—हे भगवान! यह फिर हाज़िर—"कैसे आये बैजनाथ...सब ठीक—ठाक है न?"

"जी..." और वह गुमसुम बैठा ही रहा।

अन्दर की खीझ बढ़ती जा रही थी। शंका भी प्रबल कि यह अच्छा इसने सीख लिया, वक्त—बेवक्त धमक जाना। किसी तरह ज़ब्त कर पूछा—"फिर? कैसे आये..."

वह तब भी चुप रहा...जैसे मुँह से कह न पा रहा हो। किसी तरह काफ़ी देर बाद एकाएक अजीब ढही—सी आवाज़ में बोला—"बहिन जी..."

"हाँ, क्या है..." मेरा सब्र जवाब दे रहा था।

"मैंने आज रात को सपना देखा कि वह लड़की जो पैदा हुई, अन्धी हो गयी..."

और उसकी आवाज़ पूरी तरह जैसे भरभराकर ढह गयी...

मैं स्तब्ध—सी रह गयी। लेकिन फिर तुरन्त सँभलकर हँस पड़ी—"ओह समझी...तू सारा समय यही सब सोचता रहा होगा न ...गाँव—घर...परेशानी, तकलीफ़...इसी से ऐसा सपना देखा...अरे, सपने भी कहीं सच होते हैं...तू तो दसवीं तक पढ़ा है न...दुनिया में जो सबसे ज़्यादा अविश्वसनीय, असम्भव बात हो, उसे सपना कहते हैं... सपने का मतलब, सच से कोसों दूर...समझा न..."

"जी बहिन जी।"

"तो बस, यही सोच...सपने कभी सच नहीं हुआ करते।"

वह सहमकर फिर रुक गया...फिर धीरे—से बोला, "मैं गाँव नहीं जा सकता न बहिन जी..."

"अरे, पूरा अहमक ही है तू तो भई, एक सपना देखा और गाँव जाने को तैयार...पहले आदमी कुछ करता—जुटाता है तब घर जाने की सोचता है ऐसे ख़ाली हाथ, फटेहाल जाकर तू क्या समझता है... निहाल कर देगा घरवालों को? बिना पैसे के कहीं पूछ नहीं होती, समझा?"

"जी...''

"जी–जी तो करता है लेकिन फिर जाने के लिए अड़ जाता हैष्जा, कहा न, सपनों से बढ़कर झूठी चीज़ कुछ नहीं..."

"जी हाँ...सपना तो झूठा होता ही है...''

"हाँ, जा, और कोई परेशानी हो तो बताना...''

"जी, अच्छा...''

उसने सचमुच मन को समझा लिया। बहुत दिनों तक उसके घर से कोई चिट्ठी–पत्री नहीं आयी थी, तब भी मैंने उसे बता दिया कि उधर के तो सारे शहर ही बाढ़ में डूबे हैं। जब रेल की लाइनें ही बाढ़ में डूबी हैं तो चिट्ठी कहाँ से आयेगी। और वह मान गया।

बोलता तो वैसे भी नहीं था, पर जिस तरह से आता, बैठता और नमस्ते करता, उसी से लगता कि जी–तोड़ कोशिश करके किसी महासमर से जूझ रहा है।

लेकिन उस दिन, जैसे ही मैंने अपना उसकी तकलीफ़, परेशानी बाँटने वाला जुमला दुहराया तो वह जैसे तैयार होकर आया था–"बहिन जी ! मेरे बाद आये एक वर्कर का ठेकेदार ने दस रुपया बढ़ा दिया...''

"अच्छा? अभी साहब से पूछती हूँ...'' लेकिन सुभाष जाने किस मूड में उखड़े बैठे थे। सुनते ही बरस पड़े–"अरे, तू यह भी देखता है कि दूसरे वर्कर कितनी चुस्ती–दुरुस्ती से काम करते हैं? तू तो एकदम ढीलमढाली से जाने क्या सोचता रहता है...तेज़ तो चला ही नहीं जाता और वैसे ही कपड़े एकदम झूलते लटकते...पहले काम करना सीख, फिर पैसे बढ़ाने की बात सोचना..."

"जी..." बहुत दिनों बाद वह दोनों हाथ फँसा खिसियाना–सा हँसा था...जैसे, कैसी भी ग़लती हो, कैसा भी अपराध, कैसी भी बेवकूफ़ी, उसका चिरभागी वही है।

जाने लगा तो एक तरफ़ ले जाकर बोली–"साहब ठीक कहते हैं, बैजनाथ! शहर में सिर्फ़ नेकदिली और ईमानदारी से काम नहीं

चलता। थोड़ी चौकसी, चालाकी भी चाहिए होती है...हाकिम, साहब लोगों को देख, लपककर काम थाम लेना, फुर्ती से उठना, चलना यह सब सीखना होता है समझा?..."

"जी..."

"और हाँ, तू जब से आया है, यह झिल्ले से कपड़े पहने रहता है। एकाध जोड़े नये कपड़े बनवा ले...पैसे न हों तो संकोच मत करना। मैं दे दूँगी..."

"नहीं बहिन जी...पैसे जुट तो गये हैं थोड़े...लेकिन..."

"लेकिन रखा है गाँव जाने के लिए न! और यहाँ फटेहाल हुलिया बनाये घूम रहा है...अरे, पहले क़ायदे से खाना–पहनना सीखकर आदमी बन, तब गाँव–गाँव करना...तू और तेरा गाँव...रहा तो इतने दिनों क्या मिला गाँव में तुझे? मारा–मारा तो फिरता रहा; और उसके पीछे पेट काटकर, फटेहाल रहकर पैसे जुटाना...यह भी कोई बात हुई...इतनी मुश्किल से तो काम लगा है तेरा। है कि नहीं..."

"जी...वह तो है ही..."

"तो पहले मन लगाके काम सीख, इसमें पैर जमा ले, तब गाँव जाने की बात करना, समझा?"

"जी..."

"और सबसे पहले जाकर अपने लिए दो जोड़ी कपड़े बनवा..."

"जी...जी हाँ..."

दो–तीन हफ़्ते बीत गये। वह नहीं आया। सुभाष से भी पूछा तो टका–सा जवाब मिला कि वे बैजनाथ की राजी–ख़ुशी पूछने के लिए ऑफ़िस नहीं जाते।

हारकर जमादार से कहा। दूसरे दिन वह आया। बदन पर शायद छह–सात दिनों पुराने नये कपड़े झूल रहे थे और चेहरा बुख़ार से लाल तपा हुआ। हमेशा की तरह ही कारपेट के कोने में बैठकर उसने सिर घुटनों के ऊपर कोहनियों में छुपा लिया।

"क्या है बैजनाथ?''

चुप।

"क्या बुख़ार ज़्यादा है ?...''

चुप।

"अरे, बोलता क्यों नहीं?'' कुछ खाया–पीया है या नहीं..." मैं झल्लाई।

अब उसने चेहरा उठाया लाल सुर्ख, भरभराई–सी आँखें और बोलने में पूरी तरह अशक्त, रुँधा–सा गला...वह कोशिश करके भी बोल नहीं पा रहा था। किसी तरह सँभलकर कह पाया–"मन नहीं किया कछ खाने का...''

"अरे, बैजनाथ ! तू तो बच्चों से भी गया–बीता है। भाई ! कहीं ऐसे भी हिम्मत हारते हैं? अरे, तू मरद–बच्चा है ! ज़रा–से बुख़ार से एकदम खाना–पीना छोड़, गाँव–घर को बिसूरे जा रहा है। जितनी तेरी तबीयत नहीं ख़राब है उससे ज़्यादा तूने सोच–सोचकर हालत बना ली है। ले, यह पुर्जा और जा डॉक्टर के पास...कल तक चंगा होकर दो दिन बाद से काम पर जाना शुरू कर...''

थोड़ा रुककर पूछा–"वो तेरे साथ जो रहता है, उसने नहीं पूछा कुछ खाने–पीने को...''

सुनते ही उसकी आँखें फिर तेज़ी से भरभरा आयीं–"यहाँ तो सबके अपने काम हैं। सबका टाइम बँधा है। कोई घर है अपना, बहिन जी...?''

"अच्छा–अच्छा...ले, दूध पी एक गिलास और डॉक्टर के पास जा...''

''न...नहीं...मन नहीं।''

मन में बुरी तरह झुँझलाई कि अच्छी मुसीबत गले पड़ी।...अब बच्चों की तरह इसका मनावना करो, जैसे और कोई काम नहीं मुझे।

"अरे, पी भी...और गँवारों की तरह मिनमिनाना छोड़। हिम्मत करके डॉक्टर के पास चला जा और अपने पाँव पर खड़ा होना सीख, समझा?''

"जी..." मेरे लहजे से चौंककर सहम गया वह। पुर्जा लिया और धीरे–धीरे चला गया।

वह ठीक हो गया और पहला वाला सिलसिला फिर से चालू हो गया, लेकिन अब वह नये धुले कपड़ों में आता और सुभाष को तो देखते ही इतनी जल्दबाज़ी में सलाम करता कि कभी–कभी ज़ोरों की हँसी आती। सुभाष उससे एकाध बात खानापूरी के नाम पर कर देते तो उसके चेहरे की ख़ुशी देखते ही बनती...

अब वह जानबूझकर घर या गाँव की बात ही नहीं करता...सिर्फ़ अपने काम और ख़ुशहाली की। साथ ही बोलते समय हलके–से सहमता हुआ, लेकिन बारीकी से मेरे और सुभाष के चेहरे की प्रतिक्रिया जानने की कोशिश करता। जैसे हमें उसकी तरफ़ से सन्तुष्ट होने में अभी कितनी कसर बाक़ी है...यहाँ तक कि एक दिन घर–गाँव की कोई बात चलते ही वह तत्परता से बोला था–'अब इधर गाँव कहाँ जाऊँगा, अभी कुछ दिनों के बाद देखा जायेगा.'' और उसके बाद बड़ी सहजता से बोला–'पैसे भी तो सब बीमारी और कपड़ों में ख़र्च हो गये न...'' फिर जल्दी से अपनी बात आप ही सँभाली–'जल्दी क्या है चला जाऊँगा...हैं न बहिन जी...'

और उसने शाबाशी पाने के लिए दो लाचार आँखें उठा दी थीं।

उसी कारपेट के एक कोने में एक दिन जब सुभाष ने उसे बताया कि ठेकेदार उसके काम की तारीफ कर रहा था और अगले महीने से शायद उसे भी पचास रुपये हफ़्ता ज़्यादा मिले...तो उसके चेहरे पर जो उल्लास फैला था उसे देखकर मैं विश्वास ही नहीं कर पा रही थी कि यह बैजनाथ का ही चेहरा है और यह उस चेहरे की ही उजास है...

जाते हुए उसने गद्गद रोमांचित स्वर में कहा था–'नौंस्कार बहिन जी।'

लेकिन हफ़्ते–डेढ़ हफ़्ते ही बीते होंगे कि एक दिन रात में घण्टी बजी। खोला तो बैजनाथ था। उसने बिना नमस्कार किये चुपचाप सिर झुकाये एक गन्दा–सा बादामी रंग का काग़ज़ मेरी तरफ़ बढ़ा दिया। किसी तरह जोड़–तोड़कर लिखी किसी अपढ़, अनभ्यस्त के हाथ की अस्पष्ट–सी लिखावट थी। पहले तो कुछ समझ में नहीं आया, लेकिन बहुत कोशिश करके पढ़ा तो सन्न रह गयी...आशय था...बैजनाथ की औरत गुज़र गयी...उसे आना चाहिए...बादामी काग़ज़ को ही मोड़कर लिफ़ाफ़े–सा बना, बैरंग छोड़ दिया गया था।

भागी–भागी सुभाष के पास पहुँची और काग़ज़ दिखाकर आशय भी बता दिया। उन्होंने यों ही उलटा–पलटा और बिना ज़रा भी विचलित हुए निश्चिन्तता से बोले–"तुम भी क्या गँवारों–सी बात करती हो...भला ऐसी कोई बात होती तो दातादीन, जो इतने दिनों तक तुम्हारे यहाँ कोचवानी कर चुका है, तार–लिफ़ाफ़ा छोड़ यह बिना टिकट का बादामी काग़ज़ छोड़ता...'' फिर इन्होंने पत्र में पड़ी तारीख़ पर निगाह दौड़ाई..."और यह देखो, इस पर महीने–भर पहले की तारीख पड़ी है...वैसी कोई बात होती तो अब तक दो–तीन चिट्ठियाँ या कुछ ख़बर तो आयी होती...यह सीधे–सीधे किसी ने दुश्मनी या मसखरी में लिखी है...''

सुभाष की अक्लमन्दी की वैसे भी कायल हूँ। वापस जाकर वही सब उसे समझा दिया...वह कुछ नहीं बोला...हकबका–सा खड़ा रहा।

किसी अदृश्य कोने से सहानुभूति का एक आवेग उमड़ा। मैंने उसके मन की बात भाँपकर सुभाष से कहा–"फिर भी...क्यों न बैजनाथ हफ़्ते–भर के लिए गाँव हो ही आये...उसके दिल में सच–झूठ की तसल्ली तो हो जायेगी...''

''क्या गँवारों–सी बात करती हो..." वे बैजनाथ की उपस्थिति भूलकर मुझे फटकार उठे–"तसल्ली क्या खाक होगी? हाँ, तीन–चार सौ रुपयों पर पानी फेर आने की तसल्ली ज़रूर हो जायेगी। और यही तो लिखने वालों का मक़सद है...इससे कहो, ज़रा सोचे "मान लो, अगर वह मर ही गयी हो तो यह क्या उसे जाकर जिला

लेगा?'' फिर अपने ज़रूरत से ज़्यादा कठोर हुए लहजे पर ख़ुद ही सँभल गये–''हालाँकि उसकी कोई गुंजाइश नहीं...फिर भी बीमार हो, अब–तब लगा हो, तब भी सुनते ही जाने का कोई तुक हुआ...और सबसे बढ़कर इसी महीने के अन्त से कांट्रैक्टर इसकी मज़दूरी बढ़ाने वाला है...और गाँव दस–पाँच कोस तो है नहीं कि गया और आया...''

थोड़ा रुककर इन्होंने फिर अपनी दलील पुख्ता की–"सोचकर देखे। जब एक–डेढ़ महीने पहले औरत गुज़र ही गयी तो यह थोड़े दिन और रुककर ठेकेदार से मज़दूरी बढ़वाकर क्यों नहीं जाता?''

मैंने उसके चेहरे की तरफ़ देखा...वह वैसा ही खड़ा था, काठ–सा बना...चेहरे पर न पीड़ा थी, न दंश, न छटपटाहट ही, न कोई शिकवा–शिकायत, ज़िद या विद्रोह ही। सिर्फ़ एक अजीब–सी उबाऊ वीरानी, जिससे सुख–दुःख दोनों के ही शोर–शराबे बहुत दूर रहते हैं...''

मुझे जाने क्या हुआ कि पूरी रात बिल्कुल सो नहीं पायी। सिर के अन्दर हथौड़ियाँ–सी चलती रहीं। हारकर शाम को सुभाष के आने के पहले किसी तरह उसे बुलवाया और पूरे समय तक सिर्फ़ यही समझाती रही कि ख़बर झूठ है, उसकी बीवी गुज़री नहीं है, गाँव में ही सही–सलामत है।

सब कुछ सुन लेने के बाद उसने धीरे–धीरे चेहरा ऊपर उठाया... मैंने सोचा था, उस चेहरे, उन आँखों में राहत होगी, और शायद मेरे प्रति अपार कृतज्ञता। पर उसके चेहरे पर ऐसा कुछ भी न था। हैरान थी मैं। पहले मैं...उसकी समझ से ऊपर थी, अब शायद वह मेरी समझ से ऊपर था उसने थोड़े लम्हे और इन्तज़ार किया जैसे मैं कुछ और कहना चाहती होऊँ तो कह लूँ, फिर उठा, "अच्छा बहिन जी...नौंस्कार...'' कहता हुआ काम पर वापस चला गया।

मुझे याद है, उसके बाद भी कई बार उसका जाना टलता रहा। पहले छुट्टी नहीं दी कांट्रैक्टर ने। उसके बाद ओवर टाइम लगातार मिलते

रहने से सीजन में रोज़ दो–चार ज़्यादा जुटा पाने का लालच लगा रहा। बाद में सुनाई पड़ा कि कांट्रैक्टर उसकी दस–बीस रुपये की मज़दूरी और बढ़ाने वाला है। इसके बाद कांट्रैक्टर के घर शादी पड़ गयी और मेहनती, ईमानदार होने की वजह से उसने बैजनाथ को भी घर के काम में मदद के ख़याल से रख लिया। शादी के बाद ख़ुश होकर उसने एक जोड़ी कपड़े भी उसके लिए बनवा दिये थे।

आख़िर पूरे पौने दो साल बाद उसे अपने गाँव जाने की छुट्टी मिल पायी। उसने मुझसे पूछा कि किसके लिए क्या ले आये? अपने पैसों का पूरा हिसाब भी मुझे थमा दिया और ज़िद की कि अपने गाँव–घर ले जाने से पहले वह मेरे दोनों बेटों के लिए कपड़े बनवाना चाहता है। जिस पर मैं अन्दर से हँस पड़ी, लेकिन ऊपर से डपट दिया कि पहले अपने खाने–रहने का ठिकाना करो, अभी हज़ार ख़र्चे हैं। हमेशा की तरह वह सहमकर चुप हो गया।

अन्त में साड़ियाँ, कपड़े, जनानी–मर्दानी धोती वगैरह एक–एक कर वह खरीदकर लाया। थोड़ी बिन्दी, नेलपॉलिश, चूड़ियाँ वग़ैरह मैंने भी ख़रीदवा दीं। हाँ, सामान ज़्यादा होने पर उसे एक टीन का बक्स भी ख़रीदना पड़ा। अन्त में सारे सामान से लैस होकर वह चला तो मैंने हिदायत दी कि लौटते समय वह मेरे घर पर होता आये और माँ जो कुछ अचार, मुरब्बे दें, लेता आये।

महीना ख़त्म होने से चार–छह दिनों पहले अचानक जाने किस बात पर बैजनाथ की याद हो आयी, अरे, अब तो उसके लौटने के दिन पास आ रहे होंगे, एक ही सवा महीने की छुट्टी लेकर तो गया था। असल में बैजनाथ के लौटने से ज़्यादा इन्तज़ार मुझे माँ द्वारा भेजे सेब के मुरब्बे और अमरूद की जेली का था। आजकल में ही चल देना चाहिए उसे वहाँ से। पर क्या ठिकाना? ठहरा तो पूरा गँवार ही और वह भी इतने दिनों का घर–गाँव से बिछुड़ा। इसके साथ ही एक आशंका प्रबल हो उठी कहीं ऐसा न हो कि उसका वापस आने

का मन ही न करे। गाँव से पहली बार शहर आकर लौटने वालों में कितनी बार ऐसे वाक़ये सुनने को मिल जाते हैं।

कल्पना के कितने ही झरोखों से छींट की लाल–हरी साड़ी पहने बैजनाथ की किशोरी पत्नी को मैंने ज़बरदस्ती रोक रखने के लिए अबोध मासूम हठ करते भी देख लिया।

लेकिन मुझे बेहद आश्चर्य हुआ, जब छुट्टी ख़त्म होने के दो दिन पहले ही रात में बेल बजी और खोलने पर सामने लम्बे सफ़र से थका–हारा टीन का बक्सा लिए बैजनाथ खड़ा था।

पता चला, स्टेशन पर उतरकर बस पकड़ी और बस से मेरा घर पहले पड़ता था तो सोचा बहिन जी का सामान देता चलूँ।

मैं पहली बार उसके ऊपर चिढ़ने के बदले उसकी समझदारी से बेहद ख़ुश हुई थी और तुरन्त उसकी तारीफ़ करती चालू हो गयी थी–"यह तूने बड़ा अच्छा किया जो ठीक टाइम से छुट्टी पूरी होने तक आ गया। और क्या? एक दिन थकान भी तो मिटायेगा...नहीं तो बहुत–से अहमक गाँव जाते ही टाँग फैलाकर पसर जाते हैं...वही पुरानी आलसी, निठल्ली आदत फिर उन पर हावी हो जाती है, 'अरे हाँ, तेरे माँ–बाप कैसे हैं ?''

''ठीक हैं बहिन जी।''...और बेहद ठण्डे लहजे में बोला–"वैसे अब तो दोनों बहुत ही बूढ़े हो गये हैं न–खाँसी, बुख़ार, दर्द जोड़ों का ये सब तो लगा ही रहता है।''

"अच्छा तो उनकी दवाई वग़ैरह कुछ की तुमने ?"

''हाँ, कई दफे ले जाकर सरकारी अस्पताल में दिखाया फिर बड़े डाक्टर को...तो अब पहले से ठीक थे।''

"अच्छा ख़ैर...माँ–बाप तो बूढ़े हुए ही 'दातादीन कोई आज का है...'' और मैंने इस उबाऊ प्रसंग को जल्दी से ख़त्म कर दिया–"और बाक़ी सब ?''

''बाकी सब ?" उसने ख़ुद ही मेरे प्रश्न को उलटकर प्रश्न कर दिया। मैं अचकचाई–"जैसे तेरी बच्ची..."

''ठीक है...पर वह अपने ननिहाल में है न!...''ननिहाल? ननिहाल में क्यों रखा है?''

वह थोड़ी देर रुका और फिर धीरे–धीरे बोला–"और कहाँ रखते...? मेरी औरत तो बह गयी थी न...''

अचानक उद्विग्नता, आशंका और उत्सुकता साथ–साथ हावी हो उठी–''तेरी औरत? कहाँ? कैसे? तो क्या वह चिट्ठी...''

"हाँ, भैंस बह गयी थी न बाढ़ में। माँ–बाप तो बूढ़े ठेले ठहरे। सो उसको ढूँढ़ती निकल गयी थी 'बाढ़ का टाइम था ही, सो लौटते–लौटते नहर का पानी बढ़ आया...''

"फिर?" मैंने साँस रोककर पूछा।

"फिर वही...भैंस और वह दोनों ही बाढ़ में बह गये थे।''

"क्या?'' टी०वी० देखते बच्चे एकदम से खिलखिला पड़े थे–''क्या बैजनाथ की औरत और भैंस एक साथ पानी में बह गये?''

''शटअप..." मैंने डाँट दिया बच्चों को।

''फिर? कैसे मिली बैजनाथ?"

"तीन–चार दिन बाद इश्टीमर वाले ढूँढ़कर लाये। अधमरी और बेहोश हालत में।''

''चलो, मिल गयी..." मैंने ढाढ़स बँधाया। और ख़ुशी से सचमुच राहत की साँस ली।

''हाँ...लेकिन भैंस तो बह ही गयी...उससे बहुत आसरा था...अब, तंगी बहुत हो गयी घर में।''

मैं जैसे अन्दर ही अन्दर इस सच को नकारने की जी–जान से कोशिश करने लगी कि एक भूखे परिवार के आसरे के लिए तो भैंस का रहना ज़्यादा ज़रूरी था ''अपने को झुठलाते हुए कहा–"छोड़ो, भैंस का क्या है, दूसरी आ जायेगी, तुम्हारी औरत तो बच गयी...'

वह कुछ नहीं बोला। लेकिन मेरे अन्दर से तड़ाक से एक पाशविक सच निकला, नहीं, भैंस का बचना ज़्यादा ज़रूरी था।

अब तो शायद जीवन–भर भैंस ख़रीद सकने लायक पैसे भी नहीं जुटा पायेंगे...बैजनाथ या उसके माँ–बाप। जबकि औरत तो

''छोड़...खाया–पीया है तूने क्या कुछ...यहीं खा ले।''

''नहीं बहिन जी...चलता हूँ...'' और वह जल्दी से बक्सा खोलकर मुरब्बे–अचार की बोतलें निकालने लगा।

''क्यों? खायेंगा क्यों नहीं? घर से तेरी बीवी ने बनाकर दिया है क्या?''

''नहीं बहिन जी, वह उठने–बैठने लायक कहाँ रही अब...''

''क्या? तभी से?''

"जी...बहुत पानी पी गयी न, दो दिन बहती–बहती...''

''ओह! तो डॉक्टर को दिखाया था?''

''दिखाया था....''

''क्या बोले...''

''...यही कि इसके फेफड़ों में बहुत पानी भर गया है...शहर भी ले गया था...''

''तो?...''

"जब तक रहा...हर तीसरे दिन ले जाकर सूई लगवाता रहा। बाद में बिजली का सेंक भी बताया।''

''तो कराया?''

''जी...दो–तीन बार कराया।''

''फिर?''

"फिर सब पैसे ख़त्म हो गये और मैं यहाँ चला आया।" कहते हुए वह मेरा सामान निकालने लगा...मेरी दो साड़ियाँ और सुभाष का स्वेटर छूट गया था, वह भी माँ ने भिजवा दिया था। सब निकाल चुकने के बाद मैंने देखा, उसके टीन के बक्से में कुछ भी न था, सिर्फ़ मक्की के दानों की एक गन्दी–सी पोटली थी, जिसमें से थोड़े–से दाने इधर–उधर छिटके पड़े थे। उसने बक्सा उठा लिया और खड़ा होकर बोला–"नौंस्कार बहिन जी...''

फिर वह सहमे–सुनसान अँधेरे में उतर गया...अँधेरी काली रात थी, खामोशी में सिर्फ़ उसके ख़ाली बक्से में छिटके मक्की के दाने छनछना रहे थे...और बच्चे सुनकर बरबस होंठों–होंठों में मुस्करा पड़े थे।...

और एक सत्यकथा...

मेरे बचपन की उस छोटी–सी, पतली–सी गली की यात्रा, मेरी क़लम कितने–कितने वर्षों से कर रही है, लेकिन गली है कि ख़त्म होने को नहीं आती।

और ताज्जुब. क़लम को भी कोई थकान नहीं महसूस होती इस यात्रा में। शायद वह चाहती है, यह गली कभी ख़त्म न हो। यह यात्रा चलती रहे।

बहुत–से राजमार्ग जुड़े, नाट्यशालाएँ खुलीं, इमारतें उठीं, ढहीं ...दुकानों के शटर गिरे और खुले, लेकिन यात्रा चलती रही। गली जस की तस रही, मेरे ज़ेहन में। क़लम को जब सुस्ताने की मंशा हुई भी तो उसी गली के तीसरे मकान पर ही...जो तीन दशक पहले ही बिक चुका है।...

आँगन में लाल मुनियों वाले पिंजड़े टँगे होते थे। चारों ओर चुनार मिट्टी के नक़्क़ाशीदार गमलों में चितकबरे क्रोटन, पाम। बारहसिंगे की सींगें एक–दो नहीं, पूरी एक कोठरी भर। राजा रवि वर्मा की आदमक़द पेंटिंग्स की अनुकृतियाँ। पिता थे मध्यमवर्गीय, लेकिन शौक रजवाड़ों के पालते थे।

आज सोचती हूँ, माँ उन दिनों ज़्यादा से ज़्यादा चालीस की रही होंगी। किन्हीं कारणों से घर में सिर्फ़ बीस दिनों तक एक शिक्षक ने पढ़ाया था–हिन्दी, उर्दू, अंग्रेज़ी का प्रारम्भिक ज्ञान, चालीस तक पहाड़े। जब तक पिता थे, तब तक तो चालीस तक गिनती की भी ज़रूरत कभी महसूस न हुई थी। सरकारी मुलाजिम की

बीवी, नौकर--चपरासियों से घिरी इत्मीनान से गृहस्थी चलाती थीं। मनोनुकूल पति, घर और विवाह के कई वर्षों बाद कोख में आयीं बेटियाँ, ऊपर से अन्तिम सन्तान के रूप में गोदी में खेलता बेटा... अपने सुख–सौभाग्य पर इतराती माँ...

अब एक असहाय बेवा थीं। चार बड़ी–छोटी बेटियों और एक ढाई बरस के बेटे के साथ। दो–तीन मझोली बीमा पॉलिसियाँ और मध्यमवर्गीय गृहस्थ की काटी–कपटी बचतों की पासबुकें। 'स्थायी आय' के सामने एक बड़ा–सा क्रॉस टँगा था। पिता शिक्षा विभाग में उच्च अधिकारी थे, किन्तु उन दिनों सेवा–निवृत्ति पर तो पेंशन का प्रावधान था, मृत्यु पर नहीं।

इसलिए जुड़–मिलकर एक विधवा और उसके पाँच बड़े होते बच्चों के गुज़ारे की जुगत बिठाई जाने लगी, पर किसी के वश का था क्या वह?

पिता की मृत्यु हमें समाज में खुलेआम निरीह और अनाथ प्रमाणित कर गयी थी। यह मेरे बाल मन के लिए असह्य स्थिति थी। महीनों पिता की मृत्यु वाले प्रसंग से, उसके सम्बन्ध में पूछे जाने के भय से, कतराती। टीचरों, लड़कियों से आँखें चुराती लोगों की सहानुभूति और जिज्ञासा से एक घबराहट, वितृष्णा–सी होती।

तब से अब तक किसी का दुःख बाँटना होता है, तो मौन होकर ही महसूस करती, बाँटती हूँ।

इस बीच कटावदार मुँडेरों और मेहराबों वाले हमारे मकान में कई किरायेदार रख लिए गये। शानदार फ़र्नीचरों और काँच के झाड़फ़ानूसों से सजी रहने वाली हमारी बैठक और बरामदे में अब जहाँ–तहाँ पत्थर के कोयले की अँगीठी में दाल उफनती होती ष्अलगनियों पर अधमैले अंगोछे और लुंगियाँ टँगी होतीं।

फिर भी पासबुकें बड़ी तेज़ी से ख़ाली हो रही थीं। मेरे अबोध बचपन का सबसे दहशतजदाँ अहसास वह था, जब माँ ने आख़िरी बार किसी पासबुक से बचे–खुचे रुपये निकाले और घर आकर उस खाली हुई पासबुक को ख़ाली–ख़ाली आँखों से देखती रहीं...

दशकों बाद, अभी भी उन अवसादी अहसास के बीच से कभी 'न किन्नी न' निकलती है, तो कभी 'सुमिंतरा की बेटियाँ', 'आदमकद' या 'लाल पलाश के फूल न ला सकूँगा'...जैसी कहानियाँ। ख़ाली पासबुकों वाला प्रसंग अनायास 'यामिनीकथा' में कब, कैसे आ गया, मुझे पता भी नहीं। शायद उस दृश्य–प्रसंग का एक भावनात्मक भार था, जो उपन्यास में आने के बाद ही हलका हुआ।

इसी तरह का एक थोड़ा दिलचस्प प्रसंग। पिछले वर्षों, मेरे उपन्यास 'मेरे सन्धिपत्र' पर एम.फिल. करने वाली एक शोध–छात्रा ने बताया कि परीक्षकों ने 'सन्धिपत्र' शब्द पर 'कामायनी' के प्रभाव के विषय में प्रश्न किया उससे।...सुनकर अचानक मुझे याद आया कि उन दिनों अक्सर मेरी पुस्तिकाओं, डायरी पर लिखा होता–आँसू से भीगे आँचल पर/अपना सब कुछ रखना होगा तुमको अपनी स्मित रेखा से/यह सन्धिपत्र लिखना होगा।

जीवन के व्यंग्य, कथा–कहानी के प्रसंग...इनकी एक समान्तर दुनिया बसती जा रही थी अन्दर। लेकिन ज़रूरतें इन सबसे पूरी तरह बेख़बर, बेलगाम बढ़ती जा रही थीं। हमारी ऊँची होती फ्रॉकें, ऊँची होती क्लासें, बढ़ती उम्र, बढ़ती फ़ीस प्रायः सहमा जाती हमें।

बरसों–बरस, माँ हम बच्चों से छुपकर घर के किसी कोने में रोतीं, लेकिन हमारी भूख–प्यास का संकेत मिलते ही बदहवास हो जुट जातीं रसोई में। उन पर जुनून–सा सवार था, अपने बच्चों को किसी भी तरह का आर्थिक दबाव, अभाव न महसूस होने देने का। माँ हमारी छोटी से छोटी ज़रूरतें पूरी कर ले जाने के उपाय सोचतीं, हम उन्हें माँ की आँखों से छुपा ले जाने के। माँ सुविधाएँ तो जुटा देतीं लेकिन 'सुख' का क्या करतीं।...यथासम्भव हम बच्चे भी अपनी तरफ़ से माँ के सामने ख़ुश दिखने का ही अभिनय करते!

शहर के सम्भ्रान्त, इज़्ज़तदार घरानों में हमारी गिनती थी। इसलिए माँ हमारी सामाजिक प्रतिष्ठा और मान–मर्यादा को लेकर सदैव सन्नद्ध रहतीं। वे यह भी समझती थीं कि सामाजिक प्रतिष्ठा और सम्पन्नता का बहुत नज़दीकी रिश्ता हुआ करता है। ज़रा–सी चूक सारी मान–मर्यादा मिट्टी में मिला सकती है और माँ को तो इसी समाज में चार–चार बेटियाँ ब्याहनी थीं, अकेले दम पर।

एक बात बहुत अच्छी थी। अपनी कटावदार नफीस मुँडेरों और नक़्क़ाशियों वाली मेहराबों के साये में हमारा मकान, हमारी सारी बदहालियाँ छुपा ले जाया करता था। लेकिन किरायेदार हमेशा झींक–झींककर, अपनी तंगहालियों का रोना रो–रोकर पैसे देते। प्रायः मकान छोड़ने से पहले, डेढ़–दो महीने की हेराफेरी भी कर जाते, लेकिन मकान–टैक्स और बिजली के बिलों का भुगतान माँ को समय पर ही करना पड़ता। कभी दुमंज़िले सायबान की बाहरी मुँडेर पर खड़ी होती और नीचे गली में साइकिल पर मकान–टैक्स की नोटिसों का पुलिन्दा बाँधे म्युनिसिपैलिटी का कारिन्दा दिखाई पड़ जाता तो सहमकर सूख–सी जातीं। थरथराती शिराओं में भय की लहर–सी व्यापती, हाथ–पैर ठण्डे होते महसूस होते। मन करता, माँ को नन्हे शिशु की तरह हाथों में उठाकर इन सारी आपदाओं से दूर उठा ले जाऊँ।

लेकिन जानती थी, यह सम्भव नहीं था। हमारे वश में कुछ था, तो यही कि हम निरन्तर ख़ुशहाल बने रहने और दिखने का निरन्तर अभिनय करते रहें। एक हफ़्ते शीशम का नक़्क़ाशीदार पालना बिकता, दूसरे हफ़्ते भोंपू वाला ग्रामोफ़ोन। कभी पीतल के हंडे, परातें और सुराहीदान तो कभी बारहसिंगे की सींगें। जब वे बिककर जा रही होतीं, तब भी हम ऐसी निर्लिप्तता जताते जैसे इन सारी की सारी बेज़रूरत चीज़ों ने बेवजह जगह घेर रखी थी। अच्छा हुआ जो कबाड़ से मुक्ति मिली और हम सब झटपट सफ़ाई कर डालते। जगह और ज़्यादा ख़ाली दिखाई देने लगती। अगले दिन हमारी फ़ीसों का भरा जाना या बिजली के बिल का अदा होना तो महज़ एक संयोग है, ऐसा कह हम अपने आपको कई–कई बार प्रबोधते।

आज पैंतीस–चालीस वर्षों बाद भी कभी–कभी खिड़की, बालकनी से सड़क की तरफ़ देखती हूँ तो लगता है, सुबरन कबाड़ी हमारा हारमोनियम और शीशम का पालना सिर पर उठाये चला जा रहा है और मैं तार पर फँसी पतंग देखने के बहाने आख़िरी बार उन्हें देखें जा रही हूँ।

उस हारमोनियम पर बाबूजी कभी–कभार अपनी छोटी–सी डायरी खोल, राग पीलू या अल्हैया बिलावल गाया करते थे। साहित्य–संगीत के मर्मज्ञ थे। सरकारी कामकाज के बीच–बीच में शेरो–शायरी भी चलती रहती। शौक़िया लिखते थे। तरन्नुम से, डूबकर गाते थे। बुलन्द आवाज़ में। शान्त, अनुशासित घर में डूबती भरी–भरी सी आवाज़।

उठो हिन्द वालो ! हुआ है सवेरा...इस तरह की बहुत–सी ग़ज़लें आज़ादी मिलने के बाद उन्होंने लिखी थीं। मातहतों के बीच फ़ाइलें निपटाने के बीच भी कभी बाहरी बैठक से उनकी ताज़ा–तरीन ग़ज़ल गूँज जाती

ये फहरे हिन्द से लेकर, अटल कैलाश तक फहरे;
जिएँ तो 'वीर' सर पे, और मरें तो लाश पर फहरे।

'वीर' (वीर प्रताप सिंह) उनका तखल्लुस था।

सुनती हूँ, कोई भी ऊर्जा कभी नष्ट नहीं होती, सिर्फ़ परिवर्तित होती जाती है। शताब्दियों पहले की ध्वनियाँ भी ध्वनि–तरंगों में परिवर्तित हो, वायुमण्डल में व्याप्त होंगी ही होंगी। तब शायद राग पीलू और अल्हैया बिलावल की वे धुनें, हारमोनियम पर निकाले पिता के तन्मय स्वर भी चारों ओर की अदृश्य ध्वनि–तरंगों में व्याप्त होंगे न!...''

बारहवीं तक आते–आते मेरी उदासी और एकान्त की तलाश बढ़ गयी थी। अब तक दो बड़ी बहनें ससुराल में थीं, दो छोटे भाई–बहन घर में। बीच में मैं और माँ। एक तरह से घर में छोटी बहन, भाई और माँ के बीच की कड़ी भी मैं थी। थी कुछ नहीं, पर अनजाने अपने आपको माँ की भी अभिभावक–सी महसूस करती। एक असहाय, अक्षम अभिभावक। मेरे और माँ के बीच सारा सम्वाद मौन में ही चलता। ब्याही बेटियाँ, जानने–समझने पर भी ज़्यादा कुछ कर पाने या कैसी भी मदद पहुँचाने में असमर्थ थीं। शेष किसी के भी सामने हमें मुँह खोलने की पूरी मनाही थी।

बारहवीं में प्रथम श्रेणी मिली। मेरिट की छात्रवृत्ति भी। 'आज' की 'बाल–संसद' से अलग 'दादा' (स्व. श्री मोहनलाल गुप्त, हास्यव्यंग्यकार) मेरी कहानियाँ, कविताएँ और लेख 'आज' के साप्ताहिक, साहित्यिक

परिशिष्ट में प्रकाशित करने लगे थे। दादा ने रचनाओं के पीछे लिखा मेरा पता देखा, तो मुझे अपने घर बुलाया। पैदल सिर्फ़ पाँच मिनट की दूरी पर थे। घर में चारों ओर ठुँसी किताबों की ओर दिखाकर प्रोत्साहित किया, 'मन चाहे जितनी ले जाओ, पढ़ो!...रचनाएँ यहीं घर पर सुबह मेरे कार्यालय जाने से पहले दे जाया करो, सिर्फ़ दाम्पत्य–कुण्ठाओं पर कहाँ तक लिखा जायेगा और हाँ. सब कुछ स्वाहा कर. विक्षिप्त हो, 'निराला' बनने की ज़रूरत नहीं !...'

मेरी क़लम आजन्म ऋणी रहेगी उनके शुरुआती सहारे के लिए।

अपवादी रूप से शालीन व्यक्तित्व था उनका। मेरे प्रति विशेष स्नेह भी।

छात्रवृत्ति के पैसे मिलते, 'आज' से दस रुपए का मनीऑर्डर आता, तो एक रुपया डाकिये को देने के बाद नौ रुपये, पूजा की चौकी पर विराजते माँ के भगवानों के सुपुर्द कर देती। माँ के अनवरत चलते हवन में सचमुच ही चुटकी–भर समिधा।

पढ़े–पढ़ाये जाने वाले महान् रचनाकारों में, राष्ट्रकवि मैथिलीशरण गुप्त का तुक के प्रति अतिरिक्त आग्रह असहनीय हो उठता कभी–कभी मेरे लिए। (तब 'उस समय' से रचनाओं को जोड़कर देखने और उनका मूल्यांकन करने की तमीज़ नहीं थी...) लेकिन 'साकेत' में कैकेयी का अन्तर्दन्द्व मेरा अत्यन्त प्रिय काव्यांश था, है और सीधी–सादी होने पर भी 'सोने का संसार मिला मिट्टी में मेरा, इसमें भी भगवान! भेद कुछ होगा तेरा!' जैसी पंक्तियाँ जीवन और नियति के प्रति एक निस्पृह तटस्थता से भर देती थीं।

'दादा' न कहते, तो भी 'निराला' की विक्षिप्तता मुझे उस छोटी उम्र में भी स्वीकार नहीं थी। कवि कमज़ोर होगा, तो शब्द सामर्थ्य की प्रतीक 'राम की शक्ति पूजा' जैसी कविता के आराधक कहाँ जायेंगे? दुरूहता और क्लिष्टता, उस समय भी साहित्य के लिए हानिप्रद ही ज़्यादा लगती, लेकिन इसके प्रतिकूल, संस्कृत तत्सम शब्दों की बहुलता के बावजूद प्रसाद का गद्य, पद्य दोनों अपने लालित्य में डुबो लेता।

शायद साहित्य, कला, संगीत की मर्मज्ञता की अनमोल विरासतें ही थीं, जिन्होंने हमें उन गाढ़े, घुटन–भरे तकलीफ़देह दिनों में भी जिलाये रखा, हमें जीवन आस्था और जिजीविषा दी। बिना आह किये मज़बूती से टिके रहने और मुस्कराते हुए झेल ले जाने की कूवत। बेरौनकी और मायूसियाँ हमें कभी रास न आतीं। परस्पर हास्य–विनोद और चिढ़ने–चिढ़ाने की गुंजाइशें हमारे बीच हमेशा रहतीं। ख़ुद अपनी गलतियाँ स्वीकारने और ख़ुद पर ठठाकर हँसने की एक बहुत स्वस्थ परम्परा हमारे परिवार में कायम थी। शायद इसीलिए आज तक जितना हास्य–व्यंग्य लिखा, उसका तैंतीस प्रतिशत आलम्बन–उद्दीपन निखालिस अपने ही गोदाम का। वह तो भला हो हिन्दी साहित्य का, कि इसकी सोहबत में रहते–रहते अब हँसने–हँसाने की कुटेवों से काफ़ी कुछ निजात मिल चुकी है।

एम.ए. प्राइवेट किया। किसी तरह द्वितीय श्रेणी की उम्मीद थी, लेकिन जब उनसठ प्रतिशत मिले, तो मुझसे ज़्यादा माँ को लोगों ने पीएच.डी. के लिए उकसाया। हमारे सन्दर्भ में हमसे कहीं–कहीं ज़्यादा पागलपने की हद तक महत्त्वाकांक्षी माँ थी।

थोड़ी–सी पहचान के बल पर विश्वविद्यालय के प्रवक्ता डॉक्टर बच्चन सिंह ने भी प्रोत्साहित किया, स्वयं अपने निर्देशन में भी लेने के लिए आश्वस्त कर दिया, तो हिम्मत बढ़ी। कई लोगों ने यह भी दिलासा दिया कि प्राइवेट छात्रा रहीं, तो क्या हुआ? अंक अच्छे आये हैं, छात्रवृत्ति भी बड़ी न सही, छोटी तो मिल ही जायेगी। काम रुकेगा नहीं।

अभी तक मुझे जीवन में नियति और परिस्थितियाँ ही थकाती, बिराती आयी थीं लेकिन छात्रवृत्ति के प्रसंग में पहली बार किसी खलनायक से साक्षात्कार हुआ। वे थे हिन्दी–विभाग के अध्यक्ष। वे 'अकारण' मुझसे प्रारम्भ से ही, एकदम बराबरी की–सी खार खाये बैठे रहते। मैं हतप्रभ, अवाक् थी।

लोगों ने मेरे द्वारा कहे, समझे 'अकारण' को जातिवादी कारणों की संज्ञा दे रखी थी, लेकिन मैं इस सबसे अलग अपने निर्देशक के आत्मीय निर्देशन में अपना काम करने की ठान चुकी थी। मैं अब

भी मानती हूँ कि विभागाध्यक्ष डॉ. शर्मा के विस्मित कर देने वाले क्रोधी, दम्भी आचरण के पीछे अवश्य कोई कुण्ठाजनित कारण था। व्यक्ति कभी बुरा नहीं होता, स्थितियाँ बनाती हैं उसे बुरा...''लेकिन मई की वह जलती–झुलसती दोपहरी मैं कभी नहीं भूल सकती, जब विश्वविद्यालय ऑफ़िस के अपने कक्ष में विभागाध्यक्ष ने दहाड़कर, मुझे मिल चुकी छात्रवृत्ति के अनुमति–पत्र पर, सिर्फ़ इसलिए अपने हस्ताक्षर करने से मना कर दिया था, क्योंकि उनके द्वारा संस्तुति किये गये शोध–छात्र की छात्रवृत्ति नहीं स्वीकृत हुई थी।...

निरुपाय मैं, स्वीकृत छात्रवृत्ति का लिफ़ाफ़ा हाथ में लिए, अपने निदेशक के कहने पर, उतप्त दोपहरी में गर्मी के थपेड़े खाती, पैदल सेंट्रल ऑफ़िस में रजिस्ट्रार के पास चली जा रही थी। पता नहीं, चेहरा पसीने से ज़्यादा तर था या आँसुओं से...पता नहीं, अन्धड़ बाहर ज़्यादा था या अन्दर। एक ख़ौफ़, दहशत और आक्रोश भरी लाचारी.. .सौ रुपये महीने का सहारा एक दम्भी व्यक्ति की निरर्थक हठवादिता की वजह से छीना जा रहा था और कोई कुछ कर नहीं पा रहा था। था भी कौन। निश्चित मियाद के अन्दर विभागाध्यक्ष के हस्ताक्षर के साथ वह फार्म जमा न हो पाने की स्थिति में छात्रवृत्ति मिलने का प्रश्न ही नहीं था।

किसी तरह अपना छितरा–बितरा साहस और सारी ऊर्जा समेटकर रजिस्ट्रार के सामने मेज पर अपना फॉर्म रखकर कह गयी, 'सर! यह कागज़ मैं आपको वापस करने आयी हूँ, मेरे लिए इसका कोई अर्थ नहीं रह गया है'

आश्चर्य! उन्होंने सदय आवाज़ में मुझे आश्वस्त किया। बताया कि विभागाध्यक्ष बिना बात के अड़े बैठे हैं, जबकि उनके छात्र को भी छात्रवृत्ति स्वीकृत हो गयी है। सचमुच उसके बाद ही अध्यक्ष ने मेरे फॉर्म पर हस्ताक्षर किये।

और अन्ततः चालीस की जगह सौ रुपये वाली छात्रवृत्ति मुझे मिली। चमत्कारों, संयोगों की बड़ी विलक्षण भूमिका रही है मेरे जीवन में...लेकिन आश्चर्य है कि विश्वास हमेशा अपने कर्म और आस्थाओं पर ही रहा।

कर्म के साथ कर्म–स्थलियों के ध्रुवान्तों की, धुर गाँव की पगडंडियों से नगर क़स्बों से लेकर महानगरों तक के राजमार्गों की दूरियाँ तय की हैं मेरी क़लम ने मेरे साथ–साथ। निम्न और निम्न–मध्य वर्ग की लाचारियाँ जितनी अपने हिस्से में आयीं, वे 'अग्निपंखी' और 'दीक्षान्त' में तद्‌रूप हुईं, तो उच्चवर्गीय अभिजात्य से जुड़े अनुभव, अहसास 'मेरे सन्धिपत्र' या 'यामिनीकथा' और अन्यान्य कहानियों में। विपन्नता की निरुपायता के साथ–साथ खेलते–खाते जीवन के बीचोबीच भी बैठकर देखा तो यही जाना कि दुःख, दुःख होते हैं, सम्पन्न और विपन्न नहीं हुआ करते। उन्हें बड़ा और छोटा बताना क़लम की नादानी है।

■■■